变色龙

契诃夫经典小说集

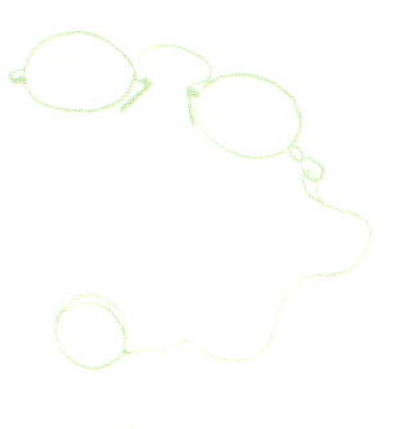

[俄] 安东·巴甫洛维奇·契诃夫 著
路雪莹 译

以俄罗斯科学出版社 1974 年版《契诃夫作品和书信三十篇》为底本

另参考俄罗斯真理报出版社 1981 年版《契诃夫短篇和中篇小说集》

安东·巴甫洛维奇·契诃夫（*1860–1904*）

“我，大人……非常高兴，大人！您，可以说，是童年的朋友，想不到已升任如此要职，大人！嘿，嘿，大人。”

“我亲爱的，为什么要我给您写信呢，要知道后来她躺在医院时亲自给您写信来着！”

在等他们回来的时候，格利沙、安妮娅、阿辽沙、索尼娅和厨娘的儿子安德烈坐在客厅的餐桌旁玩“罗托”。

车夫姚纳·波塔波夫全身都白了，像个幽灵似的。他一动不动地坐在赶车的座位上，深深地弓着身子……他那匹小马也一动不动。

“叫你来你就过来！你怎么像座雕像似的站着不动？”他听到格里高里神父生气的声音，“叫你呢！”

他从女教师身边跑过，却没看见她，只管把两手举得高高的，喊道：“啊，这太可怕了！多么粗鲁！多么愚蠢！野蛮！可恶！”

安纽塔站起来，扬起下巴。柯罗奇科夫用心地敲打着，他沉浸于这个工作，没有发觉安纽塔的嘴唇、鼻子和手指已经冻得发青了。

万卡撇撇嘴，用两个黑拳头擦了擦眼睛，抽抽搭搭地哭起来。

我用胳膊从后面抱住她，和她一块儿冲下了深渊。

他们走着，谈论着大地的美，没有注意小小弱弱的乞儿小妞在捯着小碎步努力跟着他们。

林边有一个放牧的老头儿，倚着一棵湿乎乎的桦树。

它的新主人靠在圈椅里抽烟，它则边摇尾巴边琢磨：在哪儿更好？陌生人这儿还是细木匠那儿？

尖刻的言辞让空气变得污浊、压抑，而呼出毒气的已经不是冬天的两只癞蛤蟆，而是整整三只。

导读：变幻世事中的恒常人性

安东·巴甫洛维奇·契诃夫（1860—1904）是俄国十九世纪最重要的作家之一，与法国的莫泊桑和美国的欧·亨利并称为世界短篇小说三杰。契诃夫是一位深受各国读者喜爱的作家，也是一位对二十世纪文学产生了深远影响的作家。

01 文学地图中的契诃夫

契诃夫1860年出生于俄国南部罗斯托夫省塔甘罗格市，他的祖辈为农奴，1841年其祖父为全家赎身，在全俄取消农奴制之前二十年获得了自由。契诃夫的父亲在塔甘罗格经营一家杂货店，后因经营不善而破产。在契诃夫十六岁的时候，其父避走莫斯科，家人也追随而去，他和一个弟弟被留在故乡，他一边完成中学学业，一边变卖家里的东西，筹钱寄往莫斯科，帮助家里维持生活。1879 年，契诃夫中学毕业进入莫斯科大学医学系，从 1880 年开始发表作品，赚取稿费贴补家用。

契诃夫早期写作主要是出于经济方面的考虑，他以契洪特等为笔名，写得很快，多是幽默讽刺类的小故事，甚至写过笑话。作品质量有高有低，但已经显示出机智诙谐的特色和善于讲故事的才能。由于丰沛的写作才能，契诃夫最终走上了专业作家的道路，并未以行医为主业。

结核病早早地夺去了契诃夫的生命，他去世时只有四十四岁，所以他的创作生涯并不长，不过二十余年。但是他一生勤奋写作，充分发展自己的天分，为世界留下了相当丰厚的文学遗产，从而超越死亡，进入了不朽。

谈到契诃夫，就不能不谈整个十九世纪的俄罗斯文学。十九世纪被称为俄罗斯文学的“黄金时代”，更确切地说，是“黄金世纪”，因为这个世纪俄罗斯文学的发展是一个相当完整又轰轰烈烈的过程，令人目不暇接，深深震撼。

十九世纪初，普希金元气充沛、全面开花的创作是黄金世纪的肇始，为其后的俄罗斯文学铺展出一片宽广的空间；普希金去世后，莱蒙托夫紧紧跟上，中经以果戈里、屠格涅夫为代表的作家群体全方位地开发深耕，终于烘云托月似的耸立起托尔斯泰和陀思妥耶夫斯基这两个世界文学的高地，俄罗斯文学亦进入到巅峰状态。

而契诃夫好像处于高山的另一侧，或是一系列伟岸山峰的余脉。契诃夫是一个完整的文学世纪的收束者，同时他的作品本身已经成为下一个世纪文学新潮流、新样式的滥觞，具有二十世纪文学的某些特点了。在契诃夫之后，俄罗斯文学景观大变，先是兴起了迥异于“现实主义”的、流派纷繁的现代文学，史称“白银时代”，后来随着历史大势的扭转，进入了“苏联文学”时代。

在文学史的链条中，每一位重要的作家既受到传统的影响，其自身也必定有另辟蹊径之处，从而成为新传统的发明者，对后来的文学产生影响。但是传统与影响好像空气一样是看不见、摸不着的，更多地体现为气氛或启发，而不是模仿和类似。契诃夫对于二十世纪文学的影响应该也主要是以间接的形式实现的。首先是人们对他的喜爱程度，无论是在中国读者中还是在外国作家中，喜爱契诃夫的比例都是相当高的。例如海明威就十分推崇契诃夫，而海明威的作品对欧美小说，特别是短篇小说的影响是相当明显的，所以是否可以说，契诃夫间接地影响了二十世纪的欧美文学？

02 从敏锐的讽刺者到温和的描述者

契诃夫创作生涯本身的阶段性演变是很清晰的。应该说，他刚开始给一些所谓“轻杂志”投稿的时候，并没把写小说当作很严肃的事业，而只是当作解决经济问题的手段。《小公务员之死》《胖子和瘦子》以及《变色龙》就是这个时期的作品，它们之所以广为人知（特别是在中国），是因为人们从中挖掘出了所谓的“社会批判意义”。

我认为，作为契诃夫早期作品的代表，我们似乎更应该注意到这样一些特点：由于夸张造成的喜剧效果，对细节的灵敏捕捉和生动再现，对人性弱点的洞察——当然，对这些弱点的思考可以导致对“社会”“制度”的反思，但毕竟“奴性”也差不多是一种“固有”的人性。所以，在这些看似简单的“小品”中，已经包含了契诃夫日后成长为大作家的基本要素。在成熟期的作品中，《套中人》比较多地保留了夸张、嘲讽的风格，而对人性的弱点甚至可悲的展现则更深刻、更充分了。

在写了最初的一批滑稽小品和游戏之作之后，他的作品中已经出现了现实批判和社会关怀的内容。随着现实关怀成分的日益增长，其写作亦逐渐成熟，形成了清晰、独特的风格，契诃夫终于成为短篇小说艺术的大师。

我很喜欢契诃夫从早期过渡到成熟期的作品，这些作品篇幅不长，差不多不再出现“逗笑”的因素，也没有宏大的话题和深奥的思辨，从这些作品中特别能感受到契诃夫“善解人意”的特点。从《钢琴师》到《卡西坦卡》等都属于这个时期、这一类型的作品。在这些作品中，每个故事都很单纯，意味并不复杂，也很容易体会和理解，它们各自从某个侧面描摹人性的缺陷或局限，忧伤、孤独和无奈等心理感受，以及命运的无法掌控、死亡的不可避免，等等。在这些作品中，作家的细腻体察是通过不动声色的叙述“渗透”出来的，让读者自行体会，心有戚戚。

我特别喜欢的是这些作品不设门槛，没有障碍，易于理解。作者对他的人物怀有同情与包容，悲悯与谅解，作品笼罩着淡淡的忧郁或浓郁的忧伤，却点到为止，绝不滥情，正是“怨而不怒，哀而不伤”的尺度。

契诃夫创作后期一些比较单纯的作品，如《古谢夫》《罗斯柴尔德的小提琴》《在大车上》也属于这一类，不过艺术手法上更加成熟，表达更加含蓄，思虑更加深沉；而《跳来跳去的女人》《脖子上的安娜》篇幅略长，故事的曲折开合大一些，人物的命运也发生了急剧转折，但心理的动机和逻辑都不超过人之常情的范围，讲的也是日常的、被重复无数次的故事。这些故事都是一些“小制作”，结构精巧，观察精微，勾画精确，好像多棱镜一样，让我们从一个个场景和故事中照见自己和似曾相识的他人，领悟人性中普遍共通的元素，看到命运对人的播弄。总之，细读这些作品，可以令人生出悲悯之心。

儿童、动物和大自然是契诃夫作品中最明亮的元素。契诃夫对儿童和动物的描写中流露出单纯的、无保留的喜爱，那天真的、未经污染的生命原初状态给成年后的人生带来莫大的抚慰和治愈，而像万卡这样被摧残的儿童则令人心碎。在契诃夫的作品中，另一个常常抚慰人心的元素是大自然。虽然契诃夫也会描写自然的严酷和压迫，但是他更多地描绘自然的安详、宁静、深邃、宽广。契诃夫是大自然的爱好者，尤其喜爱钓鱼，他对自然的细腻体验和描写自然的高超笔法与屠格涅夫异曲同工，而且在他的作品中，大自然带有某种泛神论式的灵性，仿佛是人的精神家园和灵魂庇护之所，令人生出天地悠悠的旷远之思。

但契诃夫已经敏锐地察觉到了自然遭遇的危机，人类活动（工业化及现代生活方式）对自然的破坏已经开始，契诃夫在多篇小说中都对此有所涉及，最为突出的是《芦笛》一篇，小说中表达的对大自然命运的忧虑其实就是对人类命运的忧虑。契诃夫早在一百多年前就表达了对自然环境的忧思，令人佩服他的先见和先进，其后一个多世纪中发生的事情不幸证实了作家的预感，而这场巨大的灾难还远未结束。

03 描摹时代的守夜人

在小说创作日渐成熟之后，契诃夫开始越来越多地投入新型戏剧创作的尝试。契诃夫对戏剧有着自己的见解，在《没意思的故事》中曾对旧的戏剧形式进行批评和嘲讽。但契诃夫对新型戏剧的探索开始得并不顺利，《海鸥》的首演没有得到观众的认可，而且几乎引起了一场骚乱。好在契诃夫在斯坦尼斯拉夫斯基的鼓励下坚持了自己的风格，并逐渐为观众所接受。到了创作末期，戏剧代替小说成为契诃夫创作的重心，他在生命最后阶段完成的《三姐妹》和《樱桃园》是世界戏剧史上里程碑式的作品。

1890 年，契诃夫的生命中发生了一件大事，这一年他不顾身体的病弱和亲朋的劝阻毅然远行，前往作为流放地的远东萨哈林岛进行考察，四月出发，年底方回。契诃夫的这个行动表明他已决心担负起一个严肃作家的社会责任，可以看作其创作进入成熟期的标志。

进入成熟期之后，契诃夫的作品变得有些复杂、沉重，有的甚至陷入晦涩，特别是一些涉及“体制”和“社会”问题的作品，也许因为时过境迁，令人很难追索各种互相争执的主张的理路和是非。例如《没意思的故事》《第六病室》以及《带阁楼的房子》都有着时代的烙印，也是在艺术上比较成功的篇什，其中《第六病室》由于完美的寓言结构，堪称杰作。如果从“现实主义”的角度，把这些作品当作现实的镜子，那么也许可以通过它们观察十九世纪的俄国走向近代化、尝试建立现代国家和现代社会的进程，我们会发现这个进程并不顺利，甚至有陷入泥潭或走到死胡同的趋势。

契诃夫的后期小说气氛变得有些灰暗、沉闷，这是因为他对人物的生活环境和生活方式抱着严重否定的态度。婚姻生活的沉闷无聊（《文学教师》），与婚姻制度相冲突的爱情的艰难无望（《关于爱情》《带小狗的女士》），主人公“闭环式的”精神“茧房”（《套中人》《醋栗》《宝贝儿》），不同社会阶层之间的严重隔阂（《新别墅》），都是沉闷窒息的现状的表征。

外省小城是很多故事的背景（《第六病室》《文学教师》《宝贝儿》《未婚妻》等等）。对小城生活的描写，最具代表性的是《约内奇》。这篇小说描写的是一个人在小城度过一生而最终“陷落”和“异化”的过程，着力描摹小城人物那种循环单调、了无新意、附庸风雅、浅薄自足的精神状态。戏剧中，《三姐妹》集中表现了外省的窒息，全剧笼罩着挥之不去的阴郁之雾。

在契诃夫晚期作品的以灰色为主调的世界中，只有那些年轻的、不谙世事的、幻影般稍纵即逝的“爱情”留下了几抹柔美的亮色（《文学教师》《带阁楼的房子》《约内奇》）。

契诃夫敏锐地感受和捕捉到时代的脉搏，不露声色、平平淡淡地渲染出一种无形又无所不在的压抑、灰暗的气氛，或隐或现地表露出对时代剧变的预感。

有的人物试图冲破晦暗的现实，摆脱精神的疲软瘫痪，找到生命的意义，同时为社会寻找出路，拯救苍生。这是俄国知识分子中激进的一脉。《带阁楼的房子》中丽达改造社会的热情和自信，《三姐妹》中伊琳娜对高尚的、有意义的生活的追求，都体现了这部分知识分子心灵的真诚和纯洁。但尤为值得注意的是《未婚妻》中的萨沙和《樱桃园》中的特罗菲莫夫，这两个人物热情洋溢，高尚纯洁，针砭时弊，臧否人物，各自启蒙了一名年轻纯洁的女性，指引她们投入新的生活，预言了新时代的到来。然而他们自己却是不折不扣的失败者，不仅贫困潦倒，无以为生，而且显然是语言的巨人、行动的矮子，表现出一种对个人生命很懒散、很不负责任的态度。凡此种种，恐怕都是当时社会上真实人物的写照。

契诃夫的最后一篇小说《未婚妻》和最后一部戏剧《樱桃园》具有标记时代的象征意义，它们宣告了贵族旧家的彻底没落和瓦解，同时各以一位年轻的女性代表光明、希望和未来，喊出“你好，新生活”的乐观、高亢的呼声，也算契诃夫与这个世界告别时对新世纪的祝福。但这也许是“勉力的乐观”，因为纵观契诃夫的作品，可以看到他的主调是灰暗沮丧的，他总是消解和否定所有的滥情和激昂，从不给出确切的答案和圆满的结局。

也许因为糟糕的健康状况，契诃夫很早就试图一窥死亡的内幕，在《没意思的故事》《古谢夫》《第六病室》中都对这个问题有很多思索。契诃夫最后的作品之一《主教》用平静的笔触描写了人走向死亡的过程，也可以看作契诃夫自己正在与生命告别，虽依依不舍，但毕竟是落花流水、无可奈何的事。

最后，《黑修士》和《大学生》都具有宗教的色彩。《大学生》描写的是瞬间的宗教体验（所谓“大学生”其实是宗教学院的学生）；《黑修士》则比较复杂，可以从多方面解读，其中涉及幻觉、命运，带有某些神秘色彩，也包含诸如学术的意义、“超人”的权力和使命等抽象思考。巧合的是，十年之后，契诃夫自己和这篇小说的主人公一样，是在异域的疗养地辞世的。

契诃夫一代的俄国知识分子，总的来说，接受的是现代人文主义的教育，崇尚理性和科学，离宗教比较远，但是人生的大困惑，以及世界的大问题，在离开宗教之后似乎难以得到令人信服的解答，大概这就是属于二十世纪的迷惘，是现代主义文学艺术滋生的土壤。契诃夫的小说中那种无出路感和荒诞感已经透露出时代的普遍情绪或精神危机，而对于俄国大变动的预感，对于未来的隐隐不安和勉力乐观，正是俄国十九世纪政治、社会、文化和文学进程的顺理成章的终结。一个天翻地覆的新世纪已经初露端倪，契诃夫就是在这个时候告别了他所留恋的人间。

从艺术上来说，契诃夫的小说犹如绘画中的早期印象派，已经表现出对传统范式的若干背离，但仍有清晰的描摹对象，是有迹可循的，这使得他的作品容易进入，富于启发，能得到广泛的认同，至今保持着在文学史上的尊贵地位。

以上是我个人对契诃夫作品的一些体会，相信读者在阅读中会获得自己的心得。我认为，阅读是个人的行为，是读者与作品之间的事。读者或许能够在阅读的时候跨越时空与作者相会，或心有戚戚，或独有妙悟，或赞叹感动，或争辩反驳。不过对于作品的解读和批评，并没有标准答案。在这个问题上，我抱着与契诃夫相同的相对主义的态度。

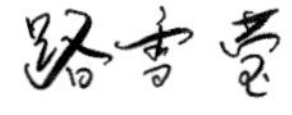

2020 年 11 月 25 日

目 录

КАТАЛОГ

小公务员之死

在一个挺好的晚上，一个同样挺好的庶务官伊万·德米特里奇·切尔维亚科夫坐在剧院正厅的第二排，举着望远镜看《格尔涅维勒的钟》[1]。他看着戏，心情非常好。可是突然间……在小说中经常有这个“可是突然间”。作者们是对的：生活中充满着意外！可是突然间，他的脸皱了起来，眼珠向上翻，呼吸停顿……他把望远镜从眼前拿开，弓起身子，然后……阿嚏！！！您看到了，他打了个喷嚏。不管在哪儿，打喷嚏的人都不会挨骂。农民也打喷嚏，警察局局长也打喷嚏，甚至三品文官有时候也打喷嚏。大家都打喷嚏。切尔维亚科夫一点儿都没感到难为情，他用手绢擦了擦嘴，然后，作为一个有礼貌的人，环顾四周，想看看自己的喷嚏是不是

---

1. 一出三幕小歌剧。

打扰了别人。可是这下子他不安起来。他看见坐在他前面，也就是正厅第一排的一个小老头儿正用手套使劲地擦他的秃头和脖子，嘴里在嘟囔着什么。切尔维亚科夫认出这个老头儿是交通部的文职将军普利兹查洛夫。

“我把唾沫喷到他身上了！”切尔维亚科夫想，“他不是我的上司，是别的部门的，但还是不好。得道歉。”

切尔维亚科夫清清喉咙，探身向前，在将军耳边小声说：

“请原谅，大人，我打喷嚏时喷到您了……我不小心……”

“没关系，没关系……”

“看在上帝的分儿上，请原谅。我……我不是故意的！”

“嗐，请您坐回去吧！让我看戏！”

切尔维亚科夫讨了个没趣，傻笑着，继续看戏。他看着戏，可是已经没有心情了。他开始感到焦虑不安。幕间休息的时候，他靠近普利兹查洛夫，转了半天，才鼓起勇气嗫嚅地说：

“我打喷嚏时喷到您了，大人……请原谅，……我……那个……不是……”

“哎呀，够了……我已经忘了，您还没完！”将军不耐烦地撇了撇下嘴唇，说道。

“他说忘了，可是他眼神多凶啊，”切尔维亚科夫怀疑地看着将军，“连话都不想说。应该跟他解释，我完全是无意的……这是自然现象，否则他可能以为我想啐他呢。就算现在不这么想，以后也会这么想！……”

回到家，切尔维亚科夫跟妻子讲了自己的失礼行为。他觉得妻子对这件事的态度太漫不经心了：她先是很害怕，可当她得知普利兹查洛夫是“别的部门的”，就放心了。

“不管怎么样，你还是去道个歉，”她说，“要不他会以为你在公共场所的举止不得体。”

“说的就是呀！我道歉了，可是他挺怪的……一句客气话都没说。不过，当时也没工夫多说。”

第二天切尔维亚科夫穿上新制服，理了发，去找普利兹查洛夫解释……他走进将军的接待室，看到那儿有很多求见的人，将军本人就在这些求见者中间，已经开始接待他们了。将军问了几个求见者的情况后，抬起眼看向切尔维亚科夫。

“您大概还记得，大人，昨天在‘乐园’剧院，”庶务官开始报告，“我打了喷嚏，结果无意中喷到了您……请原……”

“这算个什么事……天知道！您有什么事？”将军对下一个求见者说。

“连话都不想说！”切尔维亚科夫想道，他脸色发白，“这么说是生气了……不行，这事不能就这么算了……我得跟他解释……”

当将军跟最后一个求见者谈完话，往内间走的时候，切尔维亚科夫跟在他的身后，吞吞吐吐地说：

“大人！我之所以斗胆打扰大人，正是出于，我可以说，后悔！……我是无意的，请您务必了解！”将军做了一个哭脸，挥了一下手。

“您简直是拿我寻开心，先生！”他说着，消失在门后。

“哪有寻开心的意思？”切尔维亚科夫想，“一点儿也没有什么寻开心的意思！他是将军，却不明事理！既然这样，我就不再向这个摆架子的人道歉了！去他的吧！我给他写封信，但是不再找他了！真的，再也不找他了！”

切尔维亚科夫这样想着往家里走去。给将军的信他也没写出来。他想来想去，怎么也想不好这封信该怎么写，只好第二天再上门解释。

“昨天我来打扰过您，大人，”当将军抬起眼疑惑地看着他的时候，他吞吞吐吐地说，“我不是像大人您说的那样，是寻开心。我来道歉是因为我打了喷嚏，喷到了大人……我没想寻您的开心。我哪敢寻开心啊？要是我故意寻开心，那就对上司……太……失敬了……”

“滚出去！”将军忽然脸色发青，身上发抖，大声咆哮了一声。

“什么？”切尔维亚科夫被吓蒙了，小声问道。

“滚出去！！”将军跺着脚，又说了一遍。

切尔维亚科夫的肚子里有什么东西断裂了。他什么都看不见，也什么都听不见，退到门口，来到街上，拖拉着脚步走了起来……他机械地回到家，没脱制服，躺到长沙发上，然后就……死了。

瘦子和胖子

两个朋友，一个胖子，一个瘦子，在尼古拉铁路的一个车站上相遇了。胖子刚在车站上用过餐，嘴唇上沾着奶油，亮亮的，像熟透了的樱桃。他身上散发着白葡萄酒和香橙花的气味。而瘦子刚下了车，带着一大堆箱子、包袱和纸盒子。他的身上散发出火腿和咖啡渣的味道。跟在他背后的是一个下巴挺长的瘦女人——这是他的妻子，和一个高个儿、眯着一只眼的中学生——这是他的儿子。

“波尔菲里！”胖子看见瘦子，喊了一声，“真的是你吗？我亲爱的！多少年没见了！”

“哎呀！”瘦子大惊道，“米沙！童年的朋友！你从哪儿冒出来的？”

两个朋友互相亲吻了三次，热泪盈眶地互相端详着，两个人都又惊又喜。

“我亲爱的！”亲吻之后瘦子开口说道，“真没想到！真是意外！来，你好好看看我！你还是像当年那么英俊！还是穿戴那么讲究！哎呀，你呀，天哪！嗯，你怎么样？发财了？结婚了吗？我已经成家了，你看见了……这是我的妻子，路易莎，娘家姓凡森巴赫……她是新教徒……这是我儿子，纳法纳伊尔，三年级学生。纳法尼亚[1]，这是我童年的朋友！学校的同学！”

纳法纳伊尔想了一下，摘下了帽子。

“我们上学的时候在一块儿！”瘦子继续说，“你记得那时候是怎么拿你寻开心的吗？给你起的外号叫赫洛斯特拉托斯[2]，因为你用烟纸把课本烧了一个洞；我的外号是厄菲阿尔特斯[3]，因为我喜欢告状。哈，哈……那时候我们都是孩子！纳法尼亚，别害怕，过来，走近点儿……这是我的妻子，娘家姓凡森巴赫……新教徒。”

纳法纳伊尔稍微想了一下，藏到了父亲的背后。

“嘿，朋友，过得怎么样？”胖子兴冲冲地看着朋友，说道，“你在哪儿高就？升级了吧？”

“我在政府任职，亲爱的朋友！当上八品官已经两年了，得到了斯坦尼斯拉夫勋章。薪水挺低……得，管它呢！我妻子教音乐，我干私活儿，用木头做烟盒。我做的烟盒可好

---

1. 纳法纳伊尔的昵称。
2. 公元前四世纪，希腊人，放火烧掉了以佛所城的狄安娜神庙。
3. 公元前五世纪，希腊人，曾为波斯军队带路。

呢！一个卖一卢布。要是买十个以上，你知道，还有折扣。混口饭吃呗。你知道，我原来在司里任职，现在调到这儿，还在同一个系统，当下面的科长……我就要在这儿上任了。喂，你怎么样？已经升到五品了吧，啊？”

“不，我亲爱的，你得把我说得再高一点儿，”胖子说，“我已经升到三品了。有两枚星章了。”

瘦子忽然脸色发白，整个人都惊呆了，可是很快他的五官就扭动起来，绽放出最夸张的笑容，从他的脸上和眼睛里好像迸出了很多小火星儿似的。而他的身体则缩起来，弓起来，整个人小了一号儿……他那些箱子、包袱和纸箱也收缩起来，变皱了……他妻子的长下巴变得更长了；纳法纳伊尔挺直身体立正，把制服的所有扣子一一扣好……

“我，大人……非常高兴，大人！您，可以说，是童年的朋友，想不到已升任如此要职，大人！嘿，嘿，大人。”

“行了，得了吧！”胖子皱起眉头说，“你何必用这种语气呢？我跟你是童年的朋友，何必来这套官场礼仪！”

“求上帝饶恕……您哪能这么说呢，大人……”瘦子缩得更小了，嘿嘿地笑道，“大人您的垂爱……犹如雨露甘霖……这是，大人，我的儿子纳法纳伊尔……我妻子路易莎，新教徒，在某种程度上的。”

胖子想说些什么反驳的话，可是瘦子的表情是那么谄媚巴结、毕恭毕敬，让这三品官觉得恶心。于是他转过头去，伸手跟瘦子告别。

瘦子只捏住胖子的三根手指，深深鞠躬，发出像中国人那样嘿嘿的笑声："嘿……嘿……嘿。"他妻子微笑。纳法纳伊尔并拢脚跟立正，把制帽掉在了地上。三个人都惊喜交加。

变色龙

警官奥楚蔑洛夫穿着新大衣，手里拿着个小包儿走过集市广场。他的身后跟着个红头发的警察，那警察抱着个筐子，里面满满都是没收来的醋栗。周围很安静……广场上一个人也没有……小铺子和小酒馆敞着门，好像一些饥饿的嘴巴，没精打采地望着上帝创造的世界。商铺旁连个乞丐都没有。

“怎么，你咬人？你这该死的！”奥楚蔑洛夫忽然听见有人嚷嚷，“伙计们，别放走它！现在可不让咬人了！抓住它！啊……啊！”

传来狗的尖叫声。奥楚蔑洛夫循声望去，看到从商人毕楚金的木柴场里跑出一条狗，它用三条腿蹦跳着，边跑边回头看。一个人追出来，那人穿着浆过的花布衬衫和敞着怀的背心。他追上那狗，身子向前一探，扑倒在地，抓住了狗的后腿。再次传来狗的尖叫声和人的喊声：“别放了它！”小铺子里探出一张张睡眼惺忪的脸，木柴场旁边一下子聚起一群人，好像从地里钻出来的一样。

“像是出乱子了，大人！”警察说。

奥楚蔑洛夫向左转了四十五度，朝着人群走去。他看到那个穿着敞怀背心的人站在木柴场大门口，举着自己的右手，让大伙儿看他流血的手指头。他那半醉的脸上的表情仿佛在说：“我要扒了你的皮，坏蛋！”而那手指则像是一面胜利的旗帜。奥楚蔑洛夫认出这个人是金银匠赫留金。这场纷乱的肇事者叉开前腿，浑身发抖地蹲在人群的中央：这是一条白色的猎狗狗崽，脸尖尖的，背上有一块黄斑。它眼里含着泪，目光里充满了懊丧和恐惧。

“这是怎么回事？”奥楚蔑洛夫挤进人群，问道，“因为什么？你举着手指头干什么？……谁在喊？”

“我好好走着路，大人，没招谁没惹谁……”赫留金对着拳头咳嗽两声，开口说道，“我正跟米特里·米特里奇说买木柴的事……这个坏蛋忽然无缘无故地咬了我的手指……请您原谅我，我是个干活儿的人……我干的是细活儿。让他们赔，因为——我这个手指，可能一个星期都不能用了……这个，大人，连法律里也没说人受了畜生的害就得忍着……要是人人都挨狗咬，那还不如不活了……”

“嗯！……好……”奥楚蔑洛夫清清嗓子，立起眉毛，严厉地说，“好……这是谁的狗？我不能随便放过这件事。我要让你们知道随便放狗出来的后果！是该管管这些目无法纪的先生们了！等到罚了这混蛋的钱，我就让他知道把狗和别的畜生放出来会有什么后果！我要给他点儿颜色瞧瞧！……叶尔德林，”警官对警察说，“你去打听清楚，这是谁的狗，打个报告！这狗得打死，马上！它可能是条疯狗……这是谁的狗，有人知道吗？”

“这好像是日加洛夫将军的狗。”人群里有人说。

“日加洛夫将军的？嗯！……帮我，叶尔德林，把大衣脱下来……太热了！可能要下雨……我就是有一点不明白，它怎么能咬你呢？”奥楚蔑洛夫对赫留金说，“莫非它够得到你的手指？它那么小，你呢，看，这么个大个子！你的手指头大概是被钉子扎了，然后就想出了一个敲竹杠的主意。你可……不是什么好东西！我知道你们这种人，都是魔鬼！”

“大人，他想寻开心，就用烟头戳了它的脸，那狗也不傻，就咬了他……他是个荒唐鬼，大人！”

“你胡说，独眼龙！你又没看见，你凭什么胡说？警官大人是英明的大人，知道谁说谎，谁像对着上帝一样说良心话……要是我说谎，就让调解法官判我的罪。他那儿有法律，写得清楚……如今大家都平等了……我的兄弟是宪兵……告诉你们……”

“别胡搅！”

“不对，这不是将军的狗……”警察深思熟虑地说，“将军没有这样的狗。他的狗大半是猎禽犬……”

“你拿得准吗？”

“拿得准，大人……”

“我就知道。将军的狗都是名贵的纯种狗，这只狗……鬼才知道是什么东西！要毛色没毛色，要样子没样子……贱种一个……将军会养这样子的狗？你们的脑子呢？要是这样的狗落到彼得堡或莫斯科，你们知道会怎么样吗？那儿可不管什么法律，马上就弄死！赫留金，你受了害，这事不能就这么算了……得好好教训他们！是时候了……”

“也可能是将军的……”警察自言自语地说，“它的脸上又没写着……前两天我在他家院子里见过这样一只狗。”

“没错，是将军的！”人群里有人说。

“嗯！……给我，叶尔德林老弟，把大衣穿上……起风了……挺凉……你把它带到将军家问问。就说是我找到的，让你送去的……让他们别放它出来……它可能是一条名贵的狗，要是每个猪猡都用烟往它的鼻子上戳，不几天就要给糟践坏了。狗是娇气的东西……你这笨蛋，放下你的手！用不着伸出你那根蠢手指头！都怨你自己！……”

“将军的厨子来了，问问他……嘿，普罗霍尔！亲爱的，过来一下！看看这只狗……是你们家的吗？”

“瞎猜！我们家从来没有这种狗。”

“用不着问来问去了，”奥楚蔑洛夫说，“这是条野狗！用不着多说……我说是野狗就是野狗……打死就完了。”

“这不是我们家的，”普罗霍尔接着说，“这是将军哥哥的，他前两天来了。将军不喜欢细身子的狗，他老人家的哥哥喜……”

“莫非他老人家的哥哥来了？弗拉基米尔·伊万内奇来了？”奥楚蔑洛夫问，马上眉开眼笑了，“嘿，天哪！我都不知道！来住住？”

“住住……”

“不得了，天哪……想他兄弟了……我竟然不知道！这么说这是他老人家的狗？很高兴……把它领走吧……挺好的小狗……挺机灵……把这家伙的手指咬了一口！哈——哈——哈……嘿，你哆嗦什么呀……呜呜……呜呜……生气了，小机灵鬼……这小狗崽……”

普罗霍夫把狗叫过来，带他离开了木柴场……人们就对着赫留金哈哈大笑。

“我以后再跟你算账！”奥楚蔑洛夫威胁道，然后裹紧大衣，继续在集市广场上巡视。

钢琴师

夜里一点多。我在公寓里赶一篇诗体小品文的约稿。忽然门开了，跟我同住的前音乐学院的学生彼得·鲁波廖夫完全出人意料地走进屋来。他头戴大礼帽，大衣敞着怀，乍一看，我觉得他活像列别基洛夫[1]；随后，当我定睛看清他那苍白的脸庞和异常尖锐的目光，以及那好像发炎的眼睛，就不觉得他像列别基洛夫了。

“你为什么回来这么早？”我问道，“才刚两点钟，难道婚礼已经结束了？”

我那同屋并不回答。他一言不发地走到屏风后面，脱了衣服，喘着粗气躺到床上。

“睡吧！你这蠢猪！”过了十分钟，我听见他嘟囔，“既

1. 俄国作家格利鲍耶陀夫的剧作《聪明误》中的人物。

然躺下了，那就睡！要是不想睡，那就……见你的鬼去！”

“你睡不着吗，别佳[1]？”我问道。

“鬼才知道……不知怎么睡不着……总是想笑……笑得睡不着！哈！哈！”

“你有什么可笑的？”

“发生了一件可笑的事，竟出了这种该死的事！”

鲁波廖夫从屏风后面走出来，笑着坐到我身旁。

“可笑，又……丢脸……”他一边用手把头发拨乱，一边说，“打从出生，我的老弟，我还没经历过那样的怪事！……哈！哈！一场混乱，头号闹剧！上流社会的一出闹剧。”

鲁波廖夫用拳头敲着膝盖，又一下子站起来，光着脚在凉地板上走来走去。

“我挨了个巴掌！”他说，“因此我提前回来了。”

“得了，干吗说谎？”

“上帝保佑……一个巴掌……一点儿不错！”

我打量着鲁波廖夫。他面色疲惫，可是整个外表依然是那么彬彬有礼、温文尔雅，以至于“一个巴掌”这个粗鲁的词和他的书生气质完全扯不到一块儿。

“那是一场头号闹剧……我一路回家一路大笑，噢，你快别写你那破玩意儿了！我跟你说说，把一切说出来，也许，就不那么想笑了！……快停下！很有趣的事！……喏，你听

---

1. 彼得的昵称。

我说……在阿尔巴特街住着某位普里斯维斯多夫，一个退伍中校，娶了冯·克拉克伯爵的私生女……也算作贵族……他把女儿嫁给了商人的儿子叶斯基莫索夫，这位叶斯基莫索夫是个 paevenu [1]、mauvais genre [2] 和戴小圆帽的猪猡 [3]，mauvais ton [4]，可那父女二人，一心想着 manger [5]、boire [6]，也就顾不了什么 mauvais genre 了，今晚八点多钟我去普里斯维斯多夫家弹钢琴。道路泥泞，雾雨迷蒙……我心里像平日一样忧郁。”

“你说简短点儿，”我对鲁波廖夫说，“别搞心理描写……”

“好吧……我来到普里斯维斯多夫家……婚礼过后，年轻人和客人们正在大嚼水果，我等着舞会开始，走到我的工位——钢琴旁边坐下来。

“‘啊，啊……你来了！’主人看见我，说，‘那么你，伙计，要当心，好好弹，主要是——别喝醉了……’

“我，老弟，已经习惯人家这样迎接我，也没生气……哈！哈！……既是个蘑菇，就不能不让人采啊！……不是这样吗？我算个什么呢？钢琴师，仆人……一个会弹琴的侍

---

1. 法语，暴发户。在小说中这个法语词是用俄语字母拼出的，代表俄式发音。
2. 法语，低级趣味的人。
3. 可能指犹太人。
4. 法语，无教养的人。
5. 法语，吃。原文为俄式发音。
6. 法语，喝。原文为俄式发音。

者……在商人家还被人用‘你’呼来唤去，还赏我茶钱——而我一点儿也不生气！于是，由于无事可做，我就在舞会开始前稍稍试练一下，你知道，好活动活动手指。我弹了一会儿，听见，我的老弟，身后有人在随着琴声哼唱。我回头一看，是位小姐！这小妖精站在我的身后，亲切地看着琴键。我说‘mademoiselle[1]，我不知道有人在听我弹琴！’而她叹息道：‘多好的曲子！’‘是啊，’我说，‘是支好曲子，……那么您喜爱音乐喽？’就这么攀谈起来，那小姐很健谈。我又没逗她说，是她自己侃起来的。‘多遗憾，’她说，‘现在的年轻人不学习严肃音乐了。’我这傻瓜，糊涂虫，很高兴有人能注意到我……还是那讨厌的自尊！……我，你知道，就拿开了架势，向她解释年轻一代的冷漠是由于我们的社会缺少美的需求，我竟讲起大道理来了！”

“那闹剧呢？”我问鲁波廖夫，“你爱上她了，还是怎么的？”

“亏你想得出！恋爱……这是私人的闹剧，而发生的却是差不多全体卷入的、上流社会的闹剧……是的！我跟那小姐谈着谈着，忽然觉得有点儿不对劲：我身后坐着的几个人在叽叽喳喳……我听见‘钢琴师’这个词，有人‘嘿嘿’地笑……就是说，在议论我……出了什么事了？是不是我的领结松了？我摸摸领结——好好的……当然，我就没有在意，

---

1. 法语，小姐。

继续谈话……而那小姐情绪激动，和我争论，脸涨得红红的。她是那么激烈，猛烈抨击作曲家们，可真够冲的！照她的意见，《恶魔》中管弦乐的编排是好的，可是没有旋律，李姆斯基–克尔萨柯夫只是个鼓手，瓦尔拉莫夫创作不出任何完整的东西……如今的男孩子和女孩子们花二十五戈比上一节音乐课，刚能凑合弹几个音阶，就以为能写音乐评论了……我这位小姐就是这样的……

“我听着，但并不争辩……我喜欢那青春的气息，喜欢看到他们思考问题，但我的身后一直在叽叽咕咕，叽叽咕咕……到底怎么回事呢？忽然一个胖胖的雌孔雀摇摇摆摆地向我这位小姐踱过来，大概是妈妈姨姨之流，神情庄重，面色紫红，足有五抱粗……她看也不看我，在她耳边悄悄说了几句什么……你注意听……那小姐跳起来，捧住双颊，就像给蜇了一下似的，一下子从钢琴旁边跳开了……

“到底怎么回事？聪明的俄底浦斯，请解释一下吧！喏，大概，或是我的礼服从后面开裂了，或是那小姐在衣装打扮上出了什么问题，否则很难理解这件怪事。为了稳妥起见，过了十分钟，我到前厅去检查自己的形象……我检查了领结、礼服、裤扣……全都安然无恙，什么也没破。算我走运，老弟，前厅里有个拿着包的老妈子，她把一切解释给我听了……要不是她，我会被一直幸福地蒙在鼓里。‘我家小姐总是改不了脾气，’她跟一个仆人说，‘她看到钢琴旁边有个年轻人，就跟他扯起闲篇儿来了，就像和一个真正的上流人谈话似的……又是叫又是笑，可这个年轻人原来不是客人，是钢琴师……是个弹琴的。你可聊得真来劲！多亏玛尔法·斯捷潘诺夫娜悄悄告诉了她，要不她没准儿还会跟他挽手呢……现在害臊了，可是晚了，说出的话也收不回来了……’你觉得如何，啊？”

“小姑娘也蠢，老妈子也蠢，”我对鲁波廖夫说，“不值得介意。”

“我也没介意……只是感到可笑，再就没什么了……我对这种事习以为常了……当初，的确曾经难受过，而如今……去他的吧！小姑娘傻乎乎的，年纪轻轻……她也怪可怜的！我坐下，开始弹舞曲……那里不需要任何严肃的作品……我只管弹那些华尔兹、卡特里尔舞曲、轰鸣的进行曲……要是你那颗音乐家的心感到难耐，就去喝上一杯，于是你自己也就会随着《薄伽丘》[1]的乐曲兴奋起来了。”

“那闹剧又是怎么回事？”

“我按着琴键……并没想那姑娘……只是一笑了之而已，可是……我的心底有某种东西在翻腾，就好像有个老鼠正在那里偷啃不花钱的面包干……我自己也不明白，为何那样郁郁不乐……我说服自己，骂自己，嘲笑自己……我随着自己的琴声哼唱，可是我的心感到一阵阵刺痛……不知怎的刺得难受……先是胸口有什么东西在翻腾、啃咬，突然冲向喉咙，

---

1. 德国作曲家祖佩的小歌剧。

那感觉……就像堵着一团东西……你咬紧牙关，忍一会儿，它就退下去了，然后又来一次……这是什么事儿啊！就这样，好像成心似的，脑子里尽是各种各样倒霉的想法……

“我想到，我成了一个什么样的废物……跑了两千里地来到莫斯科，指望当个作曲家或钢琴演奏家，却成了个钢琴师……实际上，这是很自然的……简直可笑，可我心里还是翻江倒海的……我也想起了你……我想，我那同屋此刻正在那儿爬格子呢……这可怜的家伙描写昏睡的议员、面包里的蟑螂、秋天的坏天气……写的都是早就被描写过的东西，陈词滥调……我这样想着，不知为什么可怜起你来了……怜惜得快掉泪了！……你是个圣洁的小人物，有灵魂，可是你知道，你没有那种如火的东西，没有胆子，没有力量……没有狂热的激情。为什么你不是个药剂师，不是个鞋匠，而是个作家，基督才知道你是怎么回事！我想起我所有那些不走运的朋友，所有这些歌手、画家、业余爱好者，曾经，所有这些幻想是那么令人心潮起伏、朝思暮想，他们豪气冲天，而如今……鬼才知道！

“我不明白，为什么我的脑子里净钻进一些这样的念头。把自己的事赶出去，就想起朋友们，把朋友赶出去，又想起那姑娘……我嘲笑那姑娘，断定她一钱不值，可是她总不让我安生……我想，俄国人是什么鬼东西啊！当你自由自在，正在念书或者无事游荡，你可以跟他一起喝茶，拍他的肚皮，跟他女儿谈情说爱，可只要你成了地位稍微比他低一点儿的人，你可就得有自知之明了……你知道，我竭力扼制这些想法，但它们还是直往嗓子眼里撞……一个劲儿往上撞，揪心、憋闷……最后我觉得我的眼眶湿了，我的《薄伽丘》中断了，于是……一切都见鬼去了，富丽堂皇的大厅里，一阵鬼哭狼嚎……我歇斯底里大发作……”

“你胡说！”

“上帝保佑！”鲁波廖夫红着脸强笑着说，“那真是一场大乱啊！后来我觉得有人把我拽到前厅……给我穿上大衣……我还听见主人的声音‘谁把钢琴师灌醉了？是谁竟敢给他喝伏特加？’末了，我挨了一巴掌……真是奇事！哈！哈！……当时顾不得笑，可现在觉得可笑极了……可笑至极……一个身强力壮的大高个子！像个消防瞭望塔似的，没想到……却忽然歇斯底里大发作！哈！哈！哈！”

“有什么可笑的？”我问道，他的肩膀和脑袋都笑得直抖，“别佳，看在上帝的分儿上……这有什么可笑的？别佳！亲爱的！”

但别佳还在哈哈大笑，从他的笑声中我不难看出歇斯底里的发作，于是我一边骂着公寓里夜间不送热水，一边张罗着照顾他。

老年

五品文官、建筑师乌捷科夫回到他的故乡，他是被派来修复墓地的教堂的。他在这座城市里出生，念书，长大成人，又成了家。可是一出车厢，他几乎不认得它了。一切都变了。……比方说，十八年前，当他移居彼得堡时，如今这火车站的所在地，还是顽童们追逐黄鼠的地方。那条主要大街的街口，如今矗立着一座四层楼的“维也纳旅馆”，而当年这个地方只有一排不像样子的灰色栅栏。但是不管栅栏也好，房子也好，什么都不如人的变化大。从旅馆的仆役那里，乌捷科夫得知，他记忆中的人大半已经过世，或者穷困潦倒，被人遗忘了。

“那你还记得乌捷科夫吗？”他向年老的仆役问起他自己，“那个和老婆离了婚的建筑师乌捷科夫——他当时在斯维列别耶夫有幢房子。你大概记得的！”

“不记得了，您哪——”

“嘿，怎么能不记得呢！当时那可是头号新闻，连马车夫都知道的。你想想看！给他们办离婚的诉讼代理人是沙普金那个骗子……他是个出名的骗子，当年在俱乐部被人揍了一顿……”

“是伊万·尼古拉伊奇[1]吗？”

“是，是的。他怎么样？活着还是死了？”

“活着哪，上帝保佑。他老人家如今是公正人，开了一家事务所。他日子过得挺好，在基尔比契大街有两所房子，不久前刚嫁了女儿……”

乌捷科夫在旅馆的房间里走来走去，他想了想，决定去会一会这位沙普金，解解闷。正值中午时分，他从旅馆里出来，不慌不忙地走到基尔比契大街。他在事务所见到了沙普金，几乎认不出他来了。当年那个身材修长、动作敏捷，总是眉飞色舞、涎皮赖脸、带着几分醉相的诉讼代理人，不知什么时候已经变成了一位谦和、虚弱、白发苍苍的老人了。

“您不认识我了，把我忘了……”乌捷科夫上前搭话说，“很久以前我是您的客户，我是乌捷科夫……”

“乌捷科夫？哪个乌捷科夫？啊！”沙普金想起来了，愣了一下，然后是一番惊呼、寒暄和叙旧。

“简直没想到！真没想到！”沙普金连声说，“请您吃

---

1. 名，沙普金是姓。

点儿什么呢？想喝香槟吗？也许想来点儿牡蛎？我亲爱的，当初我可没少从您手里捞钱哪，我简直不知怎么招待您才好……”

“请别麻烦了，”乌捷科夫说，“我没时间。我现在就得去一趟墓地，看看教堂，我接了整修教堂的活儿。”

“那太好了！我们一起抽支烟，喝点儿酒，然后一起去。我的马好极了！我把您送去，介绍您跟教堂的长老认识一下……一切都由我来安排……您怎么了，天使，好像防着我一手，好像在担心？坐近一点儿！现在已经没什么好担心的了……嘿嘿……当年，不错，我是个滑头的小伙子，是个骗子……谁都不敢跟我接近，可如今我已经是个淡泊的人了。我老了，有家有业了，可以死了！”

于是两个朋友一起吃饭，喝酒，坐着双套马的雪橇出城，前往墓地。

“真是往事如烟啊！”沙普金坐在雪橇上，回忆说，“往事真让人难以置信！您记得当年您和夫人离婚的经过吗？已经过了差不多二十年了，恐怕您全都忘了，可我还记得一清二楚，就像昨天发生的事一样。天哪，我费了多少脑筋啊！当时我是个滑头，专会搞诡辩、刁难人，坏得很……我一心想办一件棘手的案子，要是报酬丰厚就更好了。比如像您的那桩案子……您当时付给我多少？五六千！怎么能不绞尽脑汁呢？您那时去了彼得堡，把一切都推给我，您看着办！而您那已故的妻子，索菲娅·米哈依洛夫娜，虽然是商人出身，却很骄傲，自尊心很强。要收买她，叫她把罪责全都认在自己账上，又很难……难得很！我去找她谈判的时候，她远远地看见我，就对女仆嚷道：‘玛莎，我吩咐过你，不许放下流痞进来！’我千方百计……又是给她写信，又是想方设法与她见面，全被她拒之门外！只好通过第三者从中斡旋。我跟她周旋了很久，只是当您同意给她一万的时候，她才投降……她抵挡不住那一万卢布，支撑不下去……她哭了，往我的脸上吐口水，可还是同意了，承担了罪名！”

“好像，她从我这里拿的不是一万，而是一万五。”乌捷科夫说。

“对，对……一万五，我记错了！”沙普金有点儿发窘了，“嗐，这已经是过去的事了，没必要再掩盖罪过了。我给了她一万，剩下五千装进了自己的口袋。我骗了你们两个……事情已经过去了，没什么可害臊的……况且，您自己说说看，鲍里斯·彼得洛维奇[1]，我不从您那儿弄钱，又从谁那儿弄钱呢？……您是个富有的、养尊处优的人……又是结婚又是离婚地瞎折腾，您发了大财……我记得，您从一项承包工程上就捞了两万，不坑您坑谁呢？而且，我承认，还有嫉妒在折磨着我……您捞了钱，人们在您面前还要脱帽，而我呢，为了几个卢布就要挨揍，在俱乐部里人家还打我的嘴巴……算了，想这些干什么！该忘掉了！”

1. 名，乌捷科夫是姓。

“请您说说，后来索菲娅·米哈依洛夫娜过得怎么样？”

“拿到一万卢布以后？很糟……上帝知道她是怎么了，是有点儿发疯，还是良心和自尊心在折磨她？因为她为了钱出卖了自己，或者，说不定她还爱着您，反正，您知道，她开始酗酒……她一拿到钱，就跟军官们一起坐上三套马车兜风、纵酒、放荡……和军官们到了酒馆里，不要巴特尔温酒或别的劲儿小的酒，专要白兰地，非要喝得心里发烧、酩酊大醉才罢。”

“是啊，她脾气很怪……我吃了她不少苦头。有时她为一件事生起气来，就大闹一场……后来怎么样了？”

“过了一个星期，又一个星期——有一天我正在家里写东西，忽然门开了，她走了进来——她喝醉了。她说‘把您的臭钱收回去！’然后把一叠钱扔到我脸上。也就是说，她受不住了！我把钱收起来，数了数……少了五百卢布。她只来得及挥霍掉五百卢布。”

“您把钱怎么办了？”

“已经是过去的事情了……没什么可隐瞒的……当然是装进自己腰包了！您为什么这样看我？您猜猜，后来发生了什么事……这完全是一部小说，一个精神病例！这样过了两个月左右，有一天夜里，我醉醺醺地回到家里，情绪很坏……点上灯一瞧，索菲娅·米哈依洛夫娜坐在我的沙发上，也喝醉了，情绪非常焦躁亢奋，就像刚从精神病院跑出来一样。……她说：‘把我的钱还给我，我改主意了，既然堕落，那就彻底堕落吧，一落到底吧，快点儿，坏蛋，把钱还我！’真不像话！”

“那您……给她了吗？”

“我记得，我给了她十个卢布……”

“啊！怎么能这样？”乌捷科夫皱起了眉头，“如果您自己不能或是不愿意给她，那么可以给我写信……我却不知情，哦！什么也不知道！”

“我亲爱的，为什么要我给您写信呢，要知道后来她躺在医院时亲自给您写信来着！”

“可是当时我正忙着再次结婚，忙昏了头，顾不上回信……可是您是局外人，您跟索菲娅没有什么过节……为什么不拉她一把呢？”

“不能用今天的标准来衡量，鲍里斯·彼得洛维奇。现在我们是这样想，当初是那样想……现在我可能会给一千卢布，而当时就是那十卢布……也不是白白给她的。这种丑事，应当忘掉……不过我们到了……”

雪橇在墓地门口停下来，他们走进大门，沿着又宽又长的林荫道向前走去。已经落叶的樱桃树和洋槐，以及灰色的十字架和墓碑都泛着银白的霜色。每颗雪珠都反射着正午明亮的日光。像所有的墓地一样，这里也散发出一股刚刨开的、清香的泥土的气味。

“我们这里的墓地真好，”乌捷科夫说，“简直是一个花园。”

“是啊，但是可惜，小偷总偷墓碑……索菲娅·米哈依洛夫娜就埋在右边那个灰色的铸铁像后面。您想看看吗？”

两个朋友拐到右边，踏着厚厚的积雪向那铸铁像走去。

“就在那儿……”沙普金指着一个白色大理石做成的小墓碑说，“有个准尉在她墓前立下了这块碑。”

乌捷科夫慢慢地摘下帽子，让头上的秃顶暴露在太阳光底下。沙普金也随他摘下帽子，于是又有一个秃顶在阳光下发亮。周围是一片墓园特有的寂静，仿佛空气也凝固了。两个朋友看着墓碑，沉默着，沉思着。

“她安息了！”沙普金打破了沉默，“她承担过罪名，喝过白兰地，可如今这对她都无所谓了。您得承认，鲍里斯·彼得洛维奇！”

“什么？”乌捷科夫忧郁地说。

“不管过去的一切多么令人反感，总比这个强。”

沙普金指指他的白头发。

“从前，我没想到过死。……我觉得，就是遇上死神，它也不能把我怎么样。现在呢……唉，不说它了！”

乌捷科夫感到非常忧郁，他忽然渴望痛哭一场，就像当年渴望爱情一样……他感到，哭一场他会觉得心里好受些。他的眼眶潮湿了，喉头也哽住了。但是……沙普金站在身边，乌捷科夫不好意思当着别人表现自己的脆弱。他急忙转身向教堂走去。

过了大约两个小时，同教堂管事谈完话、看过教堂以后，他才利用沙普金同祭司聊天的空当跑出来，想哭一场……他悄悄向墓碑跑来，好像做贼一般，不时回头张望。那块白色的小小的墓碑沉思地、忧郁而天真地望着他，就好像躺在下面的是个小姑娘，而不是他那放荡的、离了婚的妻子。

“哭吧，哭吧！”乌捷科夫想。

但痛苦的时机已经错过，不管老人怎么眨眼睛，不管怎样调动情绪，眼泪却没有流下来，喉头也没有哽咽……乌捷科夫站了十分钟左右，便挥了挥手，去找沙普金了。

孩子们

爸爸妈妈和娜佳姨妈不在家。他们到那个总是骑着一匹小灰马的老军官家参加洗礼去了。在等他们回来的时候，格利沙、安妮娅、阿辽沙、索尼娅和厨娘的儿子安德烈坐在客厅的餐桌旁玩"罗托"[1]。凭良心说，他们该去睡觉了，但还没有从妈妈那儿打听出受洗礼的小娃娃长什么样，以及晚宴上都有什么吃的，难道能睡得着吗？

此时桌子的上面吊着一盏灯，照着桌子上乱七八糟的数字板、果壳、纸片和带有数字的小玻璃片。每个参加游戏的孩子面前都放着两张数字板和一小堆玻璃片。桌子当中有个白白的小碟子，里面放着五枚一戈比的硬币；在盘子周围，有一只吃了一半的苹果，一把剪刀，一个应该用来放果壳的

1. 一种卡片游戏。

盘子。孩子们在赌钱，赌注是一戈比，大家定了一条规矩：谁作弊就马上开除谁。除了这几个玩游戏的孩子，桌旁再没有别人了。保姆阿加菲娅·伊万诺夫娜正在厨房教厨娘裁衣服；他们的大哥，五年级的瓦夏，正无聊地躺在客厅的长沙发上。

他们玩得很起劲。格利沙的表情最紧张。这是个九岁的男孩，矮个子，胖脸蛋，剃着光头，嘴唇厚厚的，像黑人一样。他已经在上学校的预备班了，因此被认为是最聪明的。他是为了赢钱才玩的。如果不是为了碟子里的那些戈比，他早去睡觉了。格利沙褐色的眼睛不安而嫉妒地扫视着同伴们的纸板，他的光头里塞满了赢不了钱的恐惧、妒忌，以及钱财方面的考虑，这使得他集中不了精神，没法安安静静地坐在那儿，总是如坐针毡地扭动着身体。他一赢就急忙把钱抓过来，立刻藏在口袋里。

他的妹妹，八岁的安妮娅，长着一个尖下巴，一双聪颖、明亮的眼睛，她也生怕别人赢：她的脸红一阵儿白一阵儿的，眼睛紧紧地盯着其他的赌徒。她对钱并不感兴趣，对她来说，赌运是关乎自尊心的问题。

另外一个妹妹索尼娅，是个六岁的小姑娘，长着一头鬈发，脸蛋白里透红。只有非常健康的孩子，价钱昂贵的娃娃，以及糖果盒上画的小孩才有这样的脸蛋。她是因为喜欢游戏本身才玩的。她满脸痴迷，无论谁赢了，她都一样开心，拍手大笑。

阿辽沙是个小胖子，像个圆球，他呼哧呼哧喘着粗气，也瞪大眼睛盯着牌。他既不爱钱，也不争面子，只要不把他从桌子旁赶走，不打发他去睡觉，他就谢天谢地了。别看他表面上挺超脱的，骨子里可是个十足的小坏蛋。他坐在这儿与其说是为了玩“罗托”，不如说是为了等着看赌钱时在所难免的纠纷，要是谁打了人或是骂了人，他就高兴得不得了。本来他早就想去趟厕所了，但他却一分钟也不离开桌子，生怕不在时别人会拿走他的玻璃片和戈比。因为他只认得一位数和以零结尾的数，所以就由安妮娅替他算数目。

第五个玩伴是厨娘的儿子安德烈。这是一个皮肤发暗、病恹恹的男孩，他穿一件印花衬衫，胸口戴着一个铜十字架，正带着一种痴迷的表情凝神望着数字。他对赢钱和别人的斩获都无动于衷，因为他完全沉浸于数学的游戏及其简单的哲理中：世界上有多少各种各样的数字啊！而它们竟然不会互相混淆！

除了索尼娅和阿辽沙，所有的人依次喊出数字。由于数字太单调，玩着玩着，孩子们就为它们发明了许多的术语和可笑的外号。比方说，赌徒们把七叫作拨火棍，把十一叫作两根小棍，把七十七叫作谢苗·谢苗内奇，把九十叫作老爷爷，等等。此时孩子们玩得正起劲。

“三十二！”格利沙喊道，一边从父亲的帽子里掏出一些黄色的圆纸筒，“二十七！拨火棍！二十八——割干草！”

安妮娅看见安德烈错过了二十八。要放在其他时候，她一定会向他指出来，但现在她的自尊心跟硬币一起放在那个小碟子里，所以她暗自高兴。

“二十三！”格利沙继续喊，“谢苗·谢苗内奇！九！”

“红蟑螂，红蟑螂，”索尼娅指着一只跑过桌子的红蟑螂喊着，“哎呀！”

“别打，”阿辽沙用他的男低音说，“它可能有孩子……”

索尼娅目送着红蟑螂，想着它的孩子：“它们该是些多小的红蟑螂啊！”

“四十三！一！”格利沙继续喊道，他因为安妮娅快赢了而感到痛苦，“六！”

“赢了！我赢了！”索尼娅叫起来，她娇憨地转动着眼珠，大笑起来。

其他的玩伴脸都拉长了。

“得检查一下！”格利沙恨恨地看着索尼娅，说道。

格利沙仗着自己年龄最大、最聪明，在牌桌上发号施令，别人都得听他的。他们把索尼娅的纸板仔仔细细地检查了很久，使她的玩伴们大失所望的是，她并没有作弊。下一盘又开始了。

“昨天我看见了什么呀！”安妮娅好像自言自语地说，“菲里普·菲里普维奇不知怎么弄的，把眼皮翻了起来，他的眼睛变成了红的，可吓人了，像魔鬼一样。”

“我也看见了。”格利沙说，“八！我有个同学会动耳朵。”

安德烈抬眼看看格利沙，想了想，说：

“我也会动耳朵……”

“你动动看！”

安德烈动他的眼睛、嘴唇、手指，他以为他的耳朵也动起来了。大家一起笑他。

“这个菲里普·菲里普维奇是个坏人，”索尼娅叹了口气，说，“昨天他到我们儿童室来，可那时我只穿着一件衬衣……我觉得这样很没礼貌！”

“赢了！”格利沙忽然大叫起来，同时把钱从碟子里抓过来，“我赢了！你们检查吧，要是愿意的话！”

厨娘的儿子抬起眼睛，脸变白了。

“我，那个，不能再玩了。”他喃喃地说。

“为什么？”

“因为……因为我没钱了。”

“没钱不能玩！”格利沙说。

安德烈抱着一线希望又把衣兜翻了一通，可是除了一些面包皮和一截带着牙印的铅笔，什么也没有。他撇撇嘴，开始难过地眨眼睛，马上就要哭出来了……

“我替你下注！”索尼娅说，她受不了他那痛苦的眼神。“可是你以后得还我。”

钱凑齐了，赌局接着进行。

“好像什么地方在敲钟。”安妮娅瞪大眼睛说。

所有的孩子都停下游戏，张开嘴，望着黑乎乎的窗户，却只看到了室内的灯投射在黑暗中的影像。

“你听错了。”

“夜里只有墓地才敲钟。”安德烈说。

“墓地为什么要敲钟？”

“为了不叫强盗进教堂。他们怕敲钟。”

“强盗进教堂去干什么？”索尼娅问道。

“这还不明白：为了把看门人打死呗！”

有一会儿谁都不说话了。大家你看看我，我看看你，战战兢兢地继续玩。这一次安德烈赢了。

“他作弊。”阿辽沙无缘无故地用男低音说。

“你胡说，我没作弊！”

安德烈气得脸都白了，嘴也歪了，照着阿辽沙的脑袋打了一下子！阿辽沙凶狠地瞪着眼睛，蹿起来，一只膝盖跪在桌子上，也照着安德烈的脸打了一个耳光！接着两个人又互相打了一个耳光，都大哭起来。索尼娅受不了这么可怕的场面，也哭了，于是餐厅里不同调门的哭声响成一片。但不要以为赌局就此结束了。过了还不到五分钟，孩子们开始大笑，又和和气气地说话了。他们脸上还带着泪，但这并不妨碍他们笑。阿辽沙甚至感到满足：总算打了一架！

五年级的学生瓦夏走进餐厅。他一副困倦颓唐的样子：

“真岂有此理！”他看见格利沙正摸索着他那装着硬币、叮当作响的口袋，“难道能给小孩子钱吗？难道能允许他们赌博吗？这种教育真够好的，没说的。岂有此理！”

但小孩子们玩得那么来劲，他自己也不禁想要参加进来，试试运气。

“等一下，我也玩。”他说。

“拿出一个戈比！”

“马上。”他掏着兜说，“我没有一戈比，但这儿有一卢布。我出一卢布。”

“不行，不行，不行……放一个戈比！”

“你们这些傻瓜，不管怎么说，卢布要比戈比值钱。”中学生解释道，“谁赢了，就找给我钱。”

“不行，对不住，你走吧！”

五年级学生耸耸肩膀，去厨房找女仆要零钱。但厨房里一个戈比都没有。

“那你换给我零钱。”他从厨房回来后，又来缠格利沙，“我付给你利息。你不愿意？那卖给我十个戈比，我给你一卢布。”

格利沙怀疑地斜眼看着瓦夏：他是不是在耍什么圈套？这是不是一个骗局？

“我不。”他说，紧紧攥住口袋。

瓦夏开始发脾气、骂人，管这些赌徒叫蠢货、死脑筋。

“瓦夏，我替你出钱！”索尼娅说，“坐下吧！”

中学生坐下来，在自己面前放了两张纸板。安妮娅开始喊数。

“我掉了一个戈比！”格利沙忽然焦急地说，“等会儿！”

孩子们取下灯，爬到桌子底下去找那一个戈比。他们的手抓到痰和果核，头碰在一起，但没有找到戈比。他们又重新开始找，直到瓦夏把灯从格利沙手里夺下，放回原处。格利沙还是摸着黑接着找。

但现在终于找到了那个戈比。赌徒们在桌旁坐下，想继续玩。

“索尼娅睡着了！”阿辽沙报告。

索尼娅把长着鬈发的脑袋放在胳膊上，睡得十分香甜，就像她已经睡了一个钟头似的。她是在别人找戈比时不知不觉睡着的。

“去，到妈妈的床上睡去！”安妮娅说，领着她离开餐厅，“走吧。”

孩子们一起送她。而过了大约五分钟，妈妈的床上呈现出一个有趣的场面：索尼娅在睡觉，阿辽沙在她的旁边打着鼾，格利沙和安妮娅把头枕在他们的腿上睡着，厨娘的儿子安德烈也挤着躺在那儿。在他们身边散落着许多的戈比，它们已经失去了作用，直到下次赌博。晚安！

苦 恼

向谁诉说我的悲伤[1]

1. 引自宗教诗《约瑟夫的哭泣和往事》。

薄暮时分。大片大片湿漉漉的雪花在刚点亮的街灯周围懒洋洋地盘旋着，在房顶、马背、肩膀、帽子上铺了软软的、薄薄的一层。车夫姚纳·波塔波夫全身都白了，像个幽灵似的。他一动不动地坐在赶车的座位上，深深地弓着身子，弯到了一个活的身体所能弯曲的极限。看起来，哪怕在他身上积起一个雪堆，恐怕他也不觉得有必要把雪抖掉……他那匹小马也一动不动。它纹丝不动，瘦骨嶙峋，四条腿像棍子一样僵直，看起来简直像那种一戈比一块的马形蜜糖饼干。它仿佛在想心事。无论谁被从犁铧旁拉走，离开熟悉的灰色场景，被抛到这里，陷入一个光怪陆离、喧闹不止、行色匆匆的漩涡中，都免不了有心事要想……

姚纳和他的小马已经很久没挪窝了。他们在午饭前就离开了大车店，可是一直没有开张。不过此时夜幕已降临这座城市，暗淡的街灯有了活力，街上热闹起来。

“赶车的，去维堡！”姚纳听到有人喊，“赶车的！”

姚纳打了个激灵，透过被雪沾在一起的睫毛，他看到一个穿着有风帽的大衣的军人。

“去维堡！”那军人又说了一遍，“你是睡着了还是怎么的？去维堡！”

姚纳抖抖缰绳表示同意，这么一抖，雪片从马背上和他的肩上纷纷落下……那军人坐进了雪橇。赶车的吧嗒着嘴，像天鹅那样伸长脖子，欠起身，与其说是出于需要，不如说是出于习惯挥了一下鞭子。小马也伸长了脖子，弯起它那像棍子一样的腿，迟疑地走了起来……

“往哪儿走，你这鬼东西！”刚一起步，姚纳就听到黑暗中来来往往的人群里传来了喊声，“往哪儿走，见鬼了，右边走！”

“你怎么不会赶车！靠右走！”军人生气地说。

一辆轿式马车的车夫在骂，一个横穿马路的行人的肩膀撞到了马脸上，一边掸去袖子上的雪一边狠狠地瞪着眼。姚纳在赶车的位子上如坐针毡，局促不安，他架起胳膊肘，像中了邪一样眼珠乱转，好像搞不清楚自己在哪儿和为什么在这儿。

“都是些坏蛋！”军人嘲弄地说，“都故意跟你撞车，或跑到你的马腿跟前。他们是商量好的。”

姚纳回头看看客人，嘴唇动了动……看样子他想说什么，可是什么都没有说出来，只从喉咙里发出“咝咝”的声音。

“怎么了？”军人问道。

姚纳咧嘴笑了一下，喉咙用力，发出嘶哑的声音：

“老爷，我，那个，这个礼拜死了儿子。”

“哦！……他怎么死的？”

姚纳整个身子转向乘客，说：

“谁知道他！可能是热病吧……在医院躺了三天就死了……这是上帝的意思。”

“拐呀，魔鬼！”黑暗中传来喊声，“你瞎了还是怎么的，老狗？眼睛看着！”

“走吧，走吧……”乘客说，“像这样我们明天也到不了。快点儿赶！”

赶车的于是又伸长脖子，欠起身，慢条斯理地挥鞭驾车。后来他几次回头看乘客，可是乘客闭着眼，看样子没打算听他说。把客人拉到维堡以后，他把车停在酒馆旁，在赶车的座位上弓起身子，又一动不动了……潮湿的雪再次把他和小马涂成了白色。就这样过了一个小时，两个小时……

沿着人行道走来三个年轻人，其中两个又高又瘦，另一个个子矮小，是个驼背。他们穿着套鞋，走路的声音很大，一路骂骂咧咧的。

“赶车的，去警察桥！”驼背岔着音儿喊道，“三个人……二十戈比！”

姚纳抖抖缰绳，吧嗒吧嗒嘴。二十戈比的价钱不合算，可是他无心讲价……一卢布也好，五戈比也好——现在对他来说都无所谓，只要有乘客就行……三个年轻人一路互相推推搡搡，说着粗话来到雪橇跟前，马上开始抢座位。他们争论着：哪两个人应该坐着？哪一个人应该站着？他们相骂、生气、指责，闹了半天，最后决定驼背应该站着，因为他个子最矮。

“嗯，走吧！”驼背站好，岔着音儿说，他说话的时候把气吹到了姚纳的后脑勺上，“抽它！看你这帽子，兄弟！整个彼得堡也找不着比这更破的了……”

“呵呵……呵呵……”姚纳嘿嘿地乐起来，“管它呢……”

“哼，管它呢，你倒是赶哪！你要一路都这么个赶法吗？啊？你是不是想挨一下子啊？……”

“我脑袋要炸开了……”一个高个儿说，“昨天在杜克马索夫那儿我跟瓦西卡两个人喝了四瓶白兰地。”

“我不明白你为什么要撒谎！”另一个高个儿生气地说，“你就像个猪一样地胡说八道……”

“我要撒谎就让上帝惩罚我，这是真的……”

“这要是真的，虱子会咳嗽也是真的。”

“呵呵！”姚纳乐了，“先生们真快活！”

“呸，见你的鬼！……”驼背发火了，“你这老鬼，到底走不走？难道能这样子赶车吗？抽它一鞭子！驾，见鬼，驾，使劲抽它！”

姚纳感到驼背在自己的背后扭动身体，说话的时候搅动着空气。现在他挨着骂，身边有人，胸口那孤独的感觉开始渐渐减轻。驼背骂不绝口，花样百出，直到骂得噎住，猛烈地咳嗽起来。两个高个儿开始谈论一个叫娜杰日达·彼得罗夫娜的女人。姚纳趁着一个间隙，又回头看了一眼，嘟囔道：

“这个礼拜我，那个，死了儿子！”

“我们都会死的……”驼背叹了口气，咳嗽几声，又擦擦嘴唇，“行了，快点儿，快点儿。先生们，这个走法我真受不了了！他什么时候才能把我们拉到啊？”

“那你给他加点劲儿……照脖子上来一下子！”

“老家伙，听见了吗？我可要揍你的脖子了！……跟他们这种人客气的话，就只能步行了！……你听见了吗，毒龙[1]？你是不是把我们的话当耳边风啊？”

姚纳更多的是听到，而不是感觉到后脑勺挨了一下子。

“呵呵……”他笑道，“快活的先生们……愿上帝保佑你们健康！”

“赶车的，你有老婆吗？”一个高个儿问道。

“我吗？……呵呵……快活的先生们！如今我老婆早成了泥了……嘻嘻，呵呵。躺在坟里了！……儿子也死了，我倒活着……真是怪事，死神认错门了……本该找我，结果找上了我儿子……”

于是姚纳回过头，想说说他儿子是怎么死的。可是这时

---

1. 原文是“高雷内奇龙”，俄国神话中的一条怪龙。

候驼背长出了一口气，说，谢天谢地，他们总算到了。姚纳接了二十戈比，久久地看着这几个浪荡子的背影消失在黑暗的门洞里。又剩下他一个人了，又陷入了寂静……刚减轻了一会儿的苦恼又来了，更沉重地堵着他的胸口。姚纳两眼不安而痛苦地扫着街道两边川流不息的人群：在这成千上万的人当中，能不能找到一个可以听他说说话的人？但人们行色匆匆，没看见他，也没看到苦恼……苦恼铺天盖地，无边无际，要是姚纳的胸口裂开，它就会涌出来，好像能淹没整个世界。可是这苦恼却是看不见的，它有本事藏在一副小小的躯壳里，就算大白天打着灯笼也看不见……

姚纳看见提着个袋子的看门人，就上去搭话。

"好人，现在几点了？"他问道。

"九点多……你怎么停在这儿？把车赶走！"

姚纳赶着雪橇离开几步，弯起身子，沉浸在苦恼中……他觉得找人说话已经不可能了。可是五分钟还不到，他就伸直身子，甩甩头，好像感到一阵尖锐的疼痛似的，拉了拉缰绳……他坚持不住了。

"回大车店，"他想，"回大车店！"

那匹小马好像明白他的想法，小步跑起来。一个半小时后，姚纳已经坐在那肮脏的大灶旁边了。人们在灶台上、地板上、长椅上呼呼大睡，屋子里气味难闻，闷得很……姚纳看着睡觉的人们，搔搔身子，后悔回来太早了……

"连燕麦的钱都没挣出来，"他想，"怪不得心里苦呢。他是个好把式，自己也吃得饱，马也喂得饱，总料理得妥妥的……”

一个年轻的车夫从一个角落起来，迷迷糊糊地打着哈欠，摸到桶边喝水。

“想喝水了？”姚纳问。

“嗯，喝水！”

“好啊……好好喝吧……老弟，我儿子死了……听见了吗？这个礼拜死在医院了……真没想到！”

姚纳想看看他的话有什么效果，可是什么效果也没有。年轻人蒙上头，已经睡着了。老头儿叹了口气，搔搔身子……他很想说话，就像那个年轻人想喝水一样……儿子死了就快一星期了，他还没跟一个人好好说过……得从头到尾、详详细细地说说……得说说儿子是怎么病的，他怎么受罪，死前说了什么，怎么死的……得说说葬礼的情形和去医院取死者的衣服的事。他在村子里还有个女儿阿尼西亚……也得说说她的事……他现在能说的话多着呢。听的人应该惊呼、叹气、抹眼泪……跟女人们说更好，虽说女人很蠢，可是没听两句话就会大哭。

“去看看马，”姚纳想，“要睡觉有的是工夫……保管睡个够……”

他穿上衣服去马厩看他的小马。他想着燕麦、干草、天气……一个人的时候不能想儿子的事……可以跟别人说说他，可是独自想他的事，想他的模样，实在受不了……

“吃草呢？”姚纳看到他的马那双亮亮的眼睛，问道，“好，吃吧，吃吧……就算没挣出燕麦，咱们也得吃干草啊……是啊……赶马车我岁数大了……该我儿子赶车才对，不是我……他可是个好车把式……要是他活着就好了……”

姚纳沉默片刻，接着说：

“是这样，伙计，小母马……库兹马·姚内奇死了……没了……说死就那么死了……比方说，你有个小马驹，你就是这个小马驹的亲娘……可是突然间，比方说，这个小马驹没了……你疼得慌不？”

小马嚼着草，听着主人的话，往他的手上哈着气……

姚纳说得收不住，就把想说的话都跟它讲了……

风 波

玛什卡·巴甫列茨卡娅是一位刚从女子学校毕业的年轻姑娘。这一天，当她散完步，回到她当家庭教师的库什金家时，遇到了一场不同寻常的风波。给她开门的看门人米哈依洛情绪激动，脸红得像虾一样。

从楼上传来一阵乱哄哄的闹声。

“可能是女主人犯病了……”玛什卡想，“要不就是和丈夫吵架了。”

她在前厅和过道碰到了几个女仆。一个女仆在哭。然后，玛什卡看见男主人尼古拉·谢尔盖依奇[1]从她的房门里奔出来。他是个小个子，年纪还不大，但脸上已经皮肉松弛，头上有一大片谢顶。他满脸通红，全身颤抖……他从女教师身边跑

1. 名，库什金是姓。

过，却没看见她，只管把两手举得高高的，喊道：

“啊，这太可怕了！多么粗鲁！多么愚蠢！野蛮！可恶！”

玛什卡走进自己的房间。立刻，她生平第一次强烈地体会到屈辱的感觉，那种感觉是所有寄人篱下、无依无靠、在富贵人家讨生活的人十分熟悉的。她的房间里正进行一场搜查。女主人费多霞·瓦西里耶夫娜站在她的桌旁，正把线团、布头、纸片等等放回她的针线袋里。这位太太体胖肩宽，两道黑眉很浓，颧骨突出，嘴边长着隐约可见的唇髭，双手红红的。无论相貌还是做派，她都像一个普通的村妇厨娘。显然，女教师的出现出乎了她的意料，因此，当她回头看见女教师苍白的面孔和惊讶的表情时，稍微有点儿发窘，支吾了一句：

“Pardon[1]，我，我无意中弄撒了这些东西……用袖子挂了一下……”

库什金娜太太又说了几句什么，就沙沙地拖着她的长裙走开了。玛什卡瞪大吃惊的眼睛环顾着自己的房间，心中糊里糊涂、一片空白，她缩起肩膀，吓得全身发冷……费多霞·瓦西里耶夫娜在她的包里找什么呢？如果真像她所说的那样，是无意中用袖子碰翻的，那么为什么尼古拉·谢尔盖依奇会涨红脸，那么激动地从房间里冲出去？为什么桌子上有一个抽屉被拉出了一点儿？女教师那个用来收藏十戈比硬币和旧邮票的储藏罐也被打开了。有人把它打开了，却不会锁，只在锁孔上留

1. 法语，对不起。

下了一团指印。书架、桌面、床铺，到处都带有刚刚搜查过的痕迹。放床品的篮子也一样，那些床单之类的虽然叠得很整齐，但不是玛什卡离开房间时的样子。看来，这里进行了一场真正的、仔仔细细的搜查。但这是为什么？究竟怎么回事？玛什卡想起看门人激动的样子，想起现在仍未平息的骚乱，想起哭泣的女仆。一切会不会和她房间里刚刚进行过的搜查有什么联系呢？她该不会卷进了一件可怕的事情吧？玛什卡的脸变白了，全身发凉，一下子坐到放床单的篮子上。

一个女仆走进房间。

“丽莎，您知道吗，为什么他们……搜查我？”“太太丢了一个值两千卢布的胸针……”丽莎回答道。

“是吗，但为什么要搜查我？”

“所有人都搜了，小姐，也把我搜了个遍……把我们全都脱光衣服搜身……我，小姐，就像在上帝面前一样……别说拿太太的胸针，就是她的梳妆台我也没走近过。就是到了警察局我也这么说。”

“但是……为什么要搜查我呢？”女教师仍然不明白。

“我说了，胸针被偷了……太太亲自到处翻看，连看门人米哈依洛她都亲自搜。真丢人！尼古拉·谢尔盖依奇看着，就会像母鸡一样嘎嘎地叫。而您，小姐，用不着发抖。在您这儿什么也没找到！既然不是您拿的胸针，就没什么可怕的。”

“但是要知道，丽莎，这是卑鄙……这是侮辱人！”玛什卡说，气得上气不接下气，“这是下流，卑鄙！她有什么权力怀疑我，翻我的东西？”

“这是住在别人家，小姐，”丽莎叹了口气说，“虽说您是位小姐，可到底……跟仆人差不多……这可不比在爹娘跟前……”

玛什卡扑到床上痛哭起来。还从没有人对她这样强暴无礼，她还从未像今天这样被深深地伤害过……她，一个受过良好教育的、敏感的女孩子，一个教师的女儿，竟然被怀疑偷东西，竟然像对一个妓女那样地搜查她！在她看来，再没有比这更大的侮辱了。除了这种屈辱的感觉，她还感到害怕：下一步会怎么样呢？她的脑子里冒出许多不合情理的想法。既然可以怀疑她偷东西，那么就是说，下面还可以逮捕她，把她的衣服扒掉搜身，然后押着她游街，把她关进又黑又冷、有老鼠和甲虫的牢房里，就像达拉卡诺娃公爵小姐[1]待过的牢房一样。谁会为她说话呢？她的父母住在遥远的外省，他们没有路费到这里来。她在首都孤苦伶仃，没有亲戚和熟人，就像在旷野上一样。人家可以想把她怎么样就怎么样。

“我要去找法官和辩护人……”玛什卡一边打战一边想道，“我要向他们说清楚，向他们起誓……他们会相信我不可能是小偷的！”

玛什卡想起，在她的篮子里，被单的下面，有一些甜点，

1. 叶卡捷琳娜二世时代曾有一位达拉卡诺娃公爵小姐冒充已故女皇伊丽莎白的女儿，后被捕，死于牢房。

那是她按照上学的习惯，在吃饭时悄悄放在兜里，带回自己房间的。一想到主人们已经发现了这个小秘密，她立刻感到身上发热，感到很丢脸。所有这一切，恐惧、羞耻、屈辱，使得她的心狂跳起来，搞得鬓角、手和肚子深处都跟着跳个不停。

“开饭了！”有人招呼玛什卡。

“去还是不去？”

玛什卡整理了一下头发，用湿毛巾擦了擦脸，走进餐厅。餐厅里的人们已经开始吃起来了……在餐桌的一头坐着费多霞·瓦西里耶夫娜，她板着脸，表情严肃，摆出一副不可一世的样子。尼古拉·谢尔盖依奇坐在餐桌的另一头，两边坐着客人和孩子们，两个穿礼服、戴白手套的仆人在旁伺候着。大家都知道家里出了乱子，女主人心情不佳，因此全都不做声，餐厅里只有咀嚼声和勺子碰盘子的声音。

女主人自己先开了口。

“我们的第三道菜是什么？”她用懒洋洋的、痛苦的声音问仆人。

“俄式鲟鱼[1]。”仆人答道。

“这是我点的，费尼娅[2]……”尼古拉·谢尔盖依奇急忙

---

1. 俄式鲟鱼，原文为法语的俄式发音。
2. 费多霞的昵称。

说，“我想吃点儿鱼了。要是你不喜欢，ma chère[1]，就叫他们不要上了。我不过是……随便点的……”

费多霞·瓦西里耶夫娜不喜欢吃不是她亲自点的东西，于是她的眼里立刻充满了眼泪。

“好了，我们别再激动了，”她的家庭医生用甜甜的声音说，同时轻轻碰碰她的手，脸上带着同样甜甜的微笑，“咱们本来就够神经质的了。咱们把胸针忘掉吧！健康比两千卢布重要！”

“我不是心疼那两千卢布！”女主人回答说，大颗大颗的泪珠顺着脸颊流下来，“叫我气愤的是这件事本身，我受不了自己家里有小偷。我不心疼，我一点儿也不心疼，但是偷我的东西——这太没良心了！有人就是这样报答我的善良！”

大家全都看着自己的盘子，但玛什卡觉得，女主人说了这些话以后，大家全在看着她。她忽然觉得喉咙一阵发堵，就哭了起来，用手帕捂住脸。

“Pardon，”她喃喃地说，“我受不了了。我头疼，我告退了。”

说着她从桌旁站起来，笨手笨脚地碰响椅子，把自己弄得更难堪了，急忙走了出去。

“上帝知道是怎么回事！”尼古拉·谢尔盖依奇皱起眉，说了一句，“何必搜查她呢！这，真的……很不合适。”

---

1. 法语，我亲爱的。

“我又没说是她偷的胸针，”费多霞·瓦西里耶夫娜说，“但难道您能为她担保吗？我承认，我对这些有学问的穷人不大放心。”

“真的，费尼娅，不合适……对不起，费尼娅，但是根据法律你没有任何权力搜查她。”

“我不懂您那些法律。我只知道我的胸针丢了，我就知道这个。我要找到这只胸针！”她用叉子敲了一下盘子，眼中放出愤怒的光，“您吃您的饭就是了，别管我的事！”

尼古拉·谢尔盖依奇顺从地垂下眼睛，叹了口气。这会儿玛什卡已经回到自己的房间，扑到床上。现在她已经不再感到害怕，也不再感到羞耻了，只是有一种强烈的愿望折磨着她，她想走到这个冷酷、傲慢、愚蠢却幸运的女人面前，扇她的耳光。

她躺在床上，对着枕头喘粗气，幻想着，要是她能马上去买一个最贵的胸针，把它扔到这个放肆嚣张的女人的脸上就好了。要是上帝做主，叫费多霞·瓦西里耶夫娜破产，叫她满世界去谋生，了解贫穷和寄人篱下的可怕滋味，而由受了侮辱的玛什卡给她点儿施舍就好了！啊，要是能得到一大笔遗产，买一辆四轮马车，从她的窗前轰隆隆地驶过，叫她嫉妒就好了！

但所有这些都是幻想，而现实中要做的只有一件事：尽快离开，不要在此再停留哪怕一个小时。不错，丢掉工作，再回到一无所有的父母身边是可怕的，但是有什么法子呢？

玛什卡已经不能再看到女主人，也受不了这个小房间了，她在这里感到气闷、害怕。费多霞·瓦西里耶夫娜成天无病呻吟，扭捏作态，装出一副贵族做派，这叫她反感透了，以至于世界上的一切仿佛都因这个女人的存在而变得粗俗可恶了。玛什卡想到这儿，从床上一跃而起，开始收拾东西。

“可以进来吗？”尼古拉·谢尔盖依奇在门外问道，他不声不响地走到门前，用轻轻的、软绵绵的声音说道，“可以吗？”

“请进。”

他走进房间，在门口站住。他的目光暗淡，小红鼻子油亮。他饭后喝了些啤酒，这从他走路的样子，还有从他那双软弱无力的双手都能看出来。

“这是干什么？”他指着篮子问道。

“我正收拾东西呢。对不起，尼古拉·谢尔盖依奇，但我不能再在您家待下去了。这场搜查粗鲁地冒犯了我！”

“我理解……只是您没必要这样……何必呢？是搜查了您，而您那个……这对您有什么损害呢？您不会因此有什么损失的。”

玛什卡不吭声，继续收拾东西。尼古拉·谢尔盖依奇揪揪他的小胡子，好像在琢磨还能说点儿什么，然后继续用讨好的声音说：

“我当然理解，但是您得宽宏大量。您知道，我的妻子有些神经质、任性，跟她不必太认真……”

玛什卡还是不说话。

“要是您觉得那么委屈，”尼古拉·谢尔盖依奇继续说，“那么随您的便，我可以向您道歉。请您原谅。”

玛什卡没有回答，只是更深地弯下腰去收拾自己的箱子。这个憔悴的、优柔寡断的人，在家里一点儿地位也没有。他扮演着一个食客和多余人的可怜角色，甚至在仆人面前也是如此，因此他的道歉也毫无意义。

“哦……您不说话？您觉得这还不够吗？那么我代表我妻子道歉。以我妻子的名义道歉……作为贵族，我承认，我妻子做得很失礼……”

尼古拉·谢尔盖依奇走来走去，叹了口气，继续说：

“这么说，您还要我这里，心里难受……您还要我的良心受折磨吗？”

“我知道，尼古拉·谢尔盖依奇，这不是您的错，”玛什卡抬起刚刚哭过的大眼睛，直视着他的脸说，“您为什么要自责呢？”

“当然了……但不管怎样，您……不要走……我求您。”

玛什卡否定地摇摇头。尼古拉·谢尔盖依奇在窗前站住，轻轻敲着玻璃。

“对我来说，这种误会简直就像受刑一样，”他说道，“怎么，我还要跪下求您吗？您的自尊受到了伤害，您哭，要走，但要知道我也有自尊心呀，但您一点儿都不管。您莫非想叫我对您承认我连忏悔时都不会说的事？想听吗？您说，您是不是想叫我承认我临终忏悔时都不会承认的事？”

玛什卡依然不说话。

“是我拿了我妻子的胸针！”尼古拉·谢尔盖依奇急急忙忙地说，“现在您满意了吧？称心了？是的，是我……是我偷的……只是，当然，当然希望您能保守秘密……看在上帝的分儿上，对谁都不要透一点儿口风，不要做出一点儿暗示……”

玛什卡又惊又怕，继续收拾着行李。她抓起自己的东西，把它们团成一团，胡乱塞进箱子和篮子里。现在，听到尼古拉·谢尔盖依奇直言不讳的坦白以后，她觉得一分钟也待不下去了。她简直不明白以前怎么能够在这座房子里生活的。

“没什么可吃惊的……”尼古拉·谢尔盖依奇沉默了片刻，继续说，“很平常的事！我需要钱，而她……不给。要知道整个这座房子和这里所有的一切都是我父亲挣的，玛利亚·安德烈耶夫娜[1]！要知道所有东西都是我的，胸针也是我母亲的，还有……一切都是我的！而她把一切都抢走了，把一切都攥在手心里……您得承认，我没法跟她打官司……我恳求您，请您原谅……并且留下。Tout comprendre, tout pardonner。[2]您能留下吗？”

“不！”玛什卡坚决地说，她已经颤抖起来，“请您走吧，

1. 玛什卡的本名，玛什卡是昵称。
2. 法语，了解一切就可原谅一切。

求求您。”

“好吧，上帝保佑您。”尼古拉·谢尔盖依奇叹口气，在箱子旁的一个小凳上坐下，“我承认，我喜欢那些会愤慨、会蔑视的人。我最好能在这里坐上一百年，看着您这张愤怒的脸……这么说，您真的要走？我理解……不可能不这样……是啊，当然了……您多好啊，而我呢……唉！……一步也离不开这个地牢。我想到我们的一个庄园散散心，可那里到处都是跟我妻子串通一气的坏蛋……那些管家啦，农艺师啦，见他们的鬼。把庄园抵押了又抵押……鱼也不能钓，草也不能踩，树也不能伐。”

“尼古拉·谢尔盖依奇！”从大厅里传来费多霞·瓦西里耶夫娜的声音，“阿格尼娅，去把老爷叫来！”

“这么说您不留下吗？”尼古拉·谢尔盖依奇边问边迅速地站起来，向门口走去，“您还是留下吧，上帝保佑。晚上我也好来您这儿……聊一聊，好吗？留下吧！您一走，整幢房子里就再也看不见一张人的脸了。那会很可怕！”

尼古拉·谢尔盖依奇那张苍白憔悴的脸上一副哀求的表情，但玛什卡否定地摇摇头，于是他挥了挥手，走出去了。

半小时以后她已经上了路。

祭祷

在上坝村的奥季基特里耶夫斯卡娅圣母教堂，弥撒刚刚结束。人们陆续站起来向外边走去。只有开小铺子的安德烈·安德烈依奇没有走。他是上坝村的老住户，在村里也算是个文化人。他把胳膊支在右侧唱诗班席位的栏杆上，等着人们出去。他剃了胡须的脸胖胖的，因年轻时长过粉刺而留下了一些坑洼，此时这张脸上现出两种相反的表情：对不可知的命运的顺从，和对从他身边走过的穿着厚呢长外衣或戴着花花绿绿头巾的人们的无限傲慢。因为是礼拜日，他穿得很整齐：呢子大衣上缀着骨质的黄扣子，下身是一条蓝色裤子，裤腿没有塞进鞋筒，脚上是一双很结实的套鞋，这种又大又笨重的套鞋只有那些正统持重、笃信宗教的人才会穿。

他浮肿的、失神的眼睛此时正看着圣像壁。他看到早已熟悉的圣者的面孔，看到看门人马特维正鼓起腮帮子吹熄蜡烛，看到发黑的烛台、破旧的地毯，看到诵经士罗布霍夫从祭坛上疾步跑下，去给长老送圣饼……所有这些都不知看过多少遍了，就像自己的五个手指头一样熟悉……不过，只有一点有些奇怪、不同寻常：格里高里神父站在北门旁，还没有脱掉法衣，正生气地皱着两道浓眉。

“愿上帝保佑他，他这是跟谁生气？”小铺老板心想，“你瞧，又是用手指点，又是跺脚，怎么了……这不是怪事吗，圣母？他这是冲着谁？”

安德烈·安德烈依奇向周围看看，他看到教堂里的人已经走光了。门口还聚着十来个人，但他们也是背对着祭坛。

“叫你来你就过来！你怎么像座雕像似的站着不动？”他听到格里高里神父生气的声音，“叫你呢！”

小铺老板看着格里高里神父那张气得发红的脸，这才意识到，原来皱眉头和用手指指点点这些动作也可以是对着他做的。他哆嗦一下，迟疑地离开唱诗班的席位，向祭坛走去，他那双结实的套鞋发出很响的声音。

“安德烈·安德烈依奇，是你要求为玛利亚的安息做奉献祈祷吗？”神父生气地把目光投向那张冒汗的胖脸，问道。

“是的。”

“这么说，这是你写的，是你吗？”

格里高里神父生气地把一张纸条伸到他的眼前。这张纸条是安德烈·安德烈依奇呈上请求做奉献祈祷并领圣餐的，纸条上面用粗大的、好像颤抖的笔迹写着：

请为上帝的奴仆，淫妇玛利亚的亡魂祈祷。

“是……是我写的……”小铺老板回答。

“你怎么敢这样写？”神父一字一顿地低声说，在他沙哑的低语声中可以听出愤怒和恐惧。

小铺老板惊疑地看着神父，有些莫名其妙，他也害怕起来：有史以来，格里高里神父还从没有用这种语气对上坝村的文化人讲过话！片刻间他们两个都不说话，互相对视着，小铺老板十分疑惑，以至他的胖脸向四下胀开，就像一个发起的面团。

“你怎么敢？”神父重复道。

“您说……谁？”安德烈·安德烈依奇还是摸不着头脑。

“你不明白？”格里高里神父小声说，惊讶地后退一步，两手一拍，“你肩膀上长的是什么，是脑袋还是别的东西？你把字条送到祭坛上来，可是上面用的字眼，就是在大街上也说不出口！你瞪大眼睛干什么？难道你不知道那个词是什么意思吗？”

“您是指淫妇这个词吗？”小铺老板涨红了脸，眨着眼睛，嘟囔道，“但是主，出于仁慈，那个……宽恕了淫妇……给了她位置，而且从埃及的玛利亚[1]的传记也可以看出，这个

1. 埃及的玛利亚是基督教圣徒，被认为是忏悔的女人的庇护者。其传记中说她早年曾为妓女，小铺老板使用的词与传记里的词相同。

词是什么意思，对不起……”

小铺老板还想列举一些根据来为自己辩解，但不知怎么说下去，就用袖子擦了擦嘴。

“原来你是这样理解的！”格里高里神父两手一拍，“但要知道主宽恕了——你懂吗？——宽恕了，而你是在指责她，骂她，用难听的字眼羞辱她，而且你这是对谁！是你自己去世的亲生女儿！这样的罪过不光在圣书里，就是在世俗的书中都找不到！我跟你再说一遍，安德烈，别自作聪明！是的，老弟，用不着自作聪明！如果上帝给了你一副好想事的头脑，而你又不能驾驭它，那么你最好别瞎琢磨……别瞎琢磨，别妄加评论！”

“但她，那个……请原谅，当过戏子！”受了惊吓的安德烈·安德烈依奇开口说。

“戏子！不管她当过什么，她死后你都应该忘记，而不是在字条上乱写一气！”

“是这么回事……”小铺老板表示同意。

“应当给你一点儿教会的惩罚，”助祭从祭坛深处用男低音说，他轻蔑地看着安德烈·安德烈依奇发窘的脸，“那样就不再自作聪明了！你女儿是著名的演员，她的死连报上都登了……好个道学先生！”

“那个，当然了……确实……”小铺老板嘟囔道，“那个词不太合适，但我不是为了指责她，格里高里神父，我只是想搞得符合教规……我想让您一下子看出是在为谁祈祷。人们总是在追荐亡灵的名单上写上各种各样的称呼，像幼童姚纳、溺死者彼拉盖娅、战士伊戈尔、遇害者巴威尔之类……我就是这个意思。”

“你糊涂，安德烈！上帝会原谅你的，但下次要当心。最主要的是不要自作聪明，而要和常人一样想问题。你对圣像鞠十个躬就走吧。”

“是，”小铺老板说，这顿教训总算结束了，他松了口气，脸上又现出矜持和庄重的表情，“鞠十个躬？很好，您哪，我明白。现在，神父，请允许我提一个请求……不管怎么说，我总是她的父亲，而她，毕竟是我的女儿，所以我那个……请原谅，想请您今天给她做一次祭祷。助祭神父，也请求您！”

“这还差不多！”格里高里神父一边脱法衣，一边说，“我赞成你这样做。可以……好，你去吧！我们马上就出来。”

安德烈·安德烈依奇庄重地离开祭坛，他脸色发红，带着做祭祷仪式时所特有的庄严表情站在教堂中间。看门人马特维在他面前放了一张小桌，桌上摆着祭品，过了一会儿，祭祷开始了。

教堂里很安静，只有手提香炉叮叮当当的声音和悠长的歌声……安德烈·安德烈依奇身边站着看门人马特维，接生婆马卡里耶夫娜和她的儿子，还有一只胳膊的米奇卡。此外再没有别人了。诵经士唱得不怎么样，他的男低音瓮声瓮气的，并不好听，但是曲调和歌词是那么忧伤，以至于小铺老板渐渐失去了庄严的表情，陷入了忧郁的思绪。他想起了他的玛舒特卡[1]……他记起，她出生的时候他还在给上坝村的老爷们当差，在忙碌的仆役生涯中，他没有留意女儿是怎样长大的。他没有察觉，女儿是怎样慢慢地变成一个亭亭玉立、头发金黄的姑娘，一双眼睛就像一对银币，又大又亮，总是带着沉思的表情。

像所有得宠仆人的子女一样，她是和小姐们一起娇生惯养地长大的。由于无事可做，主人们就教会了她读书、写字、跳舞，而他自己从来没有过问过她的教育问题。偶尔，他在大门口或楼梯口碰到她，想起这是他的女儿，便抓空教她一点儿祈祷文或讲讲圣书上的故事。啊，那时他已经以熟悉教规和圣书闻名了！不管父亲的面孔是多么阴沉和古板，小姑娘还是很愿意听他讲。她跟他念祈祷文时总是打呵欠，不过，当他结结巴巴，又尽可能生动地给她讲圣书上的故事时，她总是听得很入迷。以扫的红豆汤、所多玛的厄运、小男孩约瑟的不幸都使她脸色发白，蓝色的眼睛睁得大大的。

后来，他不再做仆役，用积攒下来的钱在村里开了一家小铺，而玛舒特卡则跟主人们去了莫斯科……

去世前三年，她曾经来看望过父亲，他差点儿认不出她来。她成了一位身材修长的年轻女人，举止像位小姐，穿着像上等人。她讲起话来文绉绉的，用的都是书上的词，她抽烟，总是睡到中午才起。当安德烈·安德烈依奇问起她是做

1. 玛利亚的昵称。

什么的，她大胆地看着他的眼睛，说道：“我是演员。”这位当年的仆人觉得这种毫无顾忌的态度简直可耻极了。玛舒特卡本想夸耀一下自己的成就和演员生涯，但看到父亲只是涨红了脸，摊开双手，便没继续讲。两个人就这样过了两个星期，很少交谈，冷冷淡淡，一直到她离开。临行前她恳求父亲陪她到河边散散步。尽管在大白天，在所有诚实的人们的眼皮底下和当戏子的女儿一起散步依然是非常可怕的，但他还是让步了，答应了她的请求。

“你们这儿多好呀！”散步时她这样赞叹道，“看看这些山谷和沼泽！上帝啊，我的家乡真美！”

她哭了。

“这些东西只是白占地方……”安德烈·安德烈依奇茫然地看着山谷，心想。他不明白女儿为何如此动情，“它们没啥用处，就像公山羊挤不出奶一样。”

可是她却哭着，边哭边贪婪地用整个胸膛呼吸，仿佛已经预感到自己呼吸不了太久了……

安德烈·安德烈依奇猛地甩甩头，像马被蚊子叮了一口似的。为了压下这些沉重的记忆，他迅速地画起十字来……

“主啊，”他喃喃地念叨着，“请宽恕你的奴仆和淫妇，已故的玛利亚，宽恕她有意和无意的罪过……”

那个难听的字眼又从他的舌头上蹦出来了，但他自己却并没察觉：它已经深深埋在他的意识中，别说是格里高里神父的教诲，就是钉子也无法把它起出来。马卡里耶夫娜叹息着，轻声叨念着，用力吸着气，独臂的米奇卡沉思着什么……

“……请将她带往那没有疾病、忧伤和叹息的乐土……”诵经士用手托住右边的腮帮，瓮声瓮气地唱道。

阳光斜射进来，穿过阴暗空旷、死气沉沉的教堂，形成一条宽宽的光带，一缕淡蓝色的青烟从手提香炉上袅袅升起，在光带中久久地缭绕着，似乎死者的灵魂也同它一起在那里飘荡。那如同婴儿鬈发般柔细的缕缕烟丝转着圈向上升腾，飘向窗口，就像是要逃避充斥在这个不幸的灵魂中的伤感和愁苦。

安纽塔

在“里斯本旅馆”一间最便宜的带家具的房间里，医学系三年级学生斯捷潘·柯罗奇科夫正从一个屋角走到另一个屋角，努力地背他的医学课程。由于不停地、高度紧张地背书，他口干舌燥，额头冒汗。

窗户玻璃的边缘结了一圈霜花，和他同居的安纽塔坐在窗边的凳子上。这是一个身材瘦小的黑发女人，大约二十五岁，她的脸色十分苍白，有一对柔顺的灰眼睛。她正弯着腰，用红线绣一件男衬衣的领子。这是急活儿……过道里的挂钟沙沙响着，已经敲过了下午两点，而房间还没有收拾。被子揉成一团，枕头、书本、衣服扔得到处都是，一只肮脏的大盆里装满泛着肥皂沫的污水，上面漂着烟头，地上丢满垃圾，似乎所有的东西都堆作一团，故意弄得乱七八糟的。

“右肺由三部分组成……”柯罗奇科夫背诵道，“分界！上部，在胸腔前壁直至第四或第五条肋骨的地方，在侧面则到第四条肋骨为止……后面到 spina scapulae[1] 为止。”

柯罗奇科夫眼望着天花板，努力想象刚刚背过的东西。由于想象不出一幅清晰的画面，他便隔着背心摸索起自己上边的肋骨。

“这些肋骨就像钢琴的琴键一样，”他说，“非得把它们摸熟才不会数错。得用一副骨架模型或者一个人研究研究……喂，安纽塔，让我找找看！”

安纽塔放下绣花的活计，脱下上衣，挺直了身子，柯罗奇科夫在她对面坐下，皱着眉，数起她的肋骨来。

“唔，第一根肋骨摸不到，它在锁骨下面……这是第二根肋骨……对……这是第三根……这是第四根……嗯……对。你怎么缩着身子？”

“您的手指冰凉！”

“得了，得了……死不了，别扭来扭去……就是说，这是第三根肋骨，这是第四根……你看起来那么瘦，可肋骨还挺难找。这是第二根……这是第三根……不，这样非搞乱了不可，弄不清楚……得画一下。我的炭笔在哪儿？”

柯罗奇科夫拿起炭笔，在安纽塔的胸前沿着肋骨画了几条平行线。

---

1. 拉丁语，肩胛骨。

“太棒了。一切全都了如指掌……好了，现在可以敲敲，练习听诊，你站起来！”

安纽塔站起来，扬起下巴。柯罗奇科夫用心地敲打着，他沉浸于这个工作，没有发觉安纽塔的嘴唇、鼻子和手指已经冻得发青了。安纽塔哆嗦着，可又担心医学院的学生发现她在发抖而不再用炭笔画道子，停止敲打，这样一来，说不定会考砸的。

“现在全清楚了，”柯罗奇科夫停止了敲打，说，“你坐在那儿，先别把这些道道擦掉，我再背一背。”

于是医学院的学生又开始走来走去地背书。安纽塔胸前画着黑道，就像文了身一样，冻得瑟缩着，坐在那儿想着什么。她总是很少说话，总是沉默着，想啊想的……

在六七年的时间里，她在这些带家具的房间之间搬来搬去，已经和五个像柯罗奇科夫这样的大学生一起生活过了。现在他们都已经毕业，走向社会，当然，作为正派人，早已忘记她了。他们中的一个住在巴黎，两个是医生，第四个是位艺术家，而第五个，据说甚至已经是教授了。柯罗奇科夫是第六个……很快这一个也要毕业，走向社会了。毫无疑问，未来是美好的，说不定柯罗奇科夫会成为一个大人物，但目前却很糟：柯罗奇科夫没有烟草，没有茶，糖也只剩下四块了。得快点儿把活儿绣出来，给顾客送去，再用挣来的二十五戈比买些茶和烟草。

“可以进来吗？”有人在外面问道。

安纽塔赶紧把一块毛披巾披在肩上，走进来的是画家费奇索夫。

“我有件事求您。”他像野兽一样从垂至额头的鬈发下面向外看着，对柯罗奇科夫开口说道，“我想向您借点儿东西，请把您美丽的姑娘借给我两个钟头！您瞧，我在画画，可没有模特怎么也不行！”

“啊，请便！”柯罗奇科夫表示同意，“去吧，安纽塔。”

“干什么，我才不去呢！”安纽塔小声说了一句。

“得了，得了！人家是为了艺术求你，又不是为了什么无聊的小事。既然你能帮忙，为什么不帮呢？”

安纽塔于是开始穿衣服。

“您在画什么呢？”

“我在画普赛克[1]，是个挺好的题材，可是怎么也画不好。每次都找不同的模特，昨天的模特的腿是蓝的，我问她，你的腿怎么是蓝的。她说，这是被长袜染的。您还在背呢！您真是个幸运的人，这么有耐心！”

“医学就是不能不背。”

“唔……对不起，柯罗奇科夫，请容我说一句，您过的真是猪一样的日子！鬼知道这算什么日子！”

“怎么这么说呢？没法子呀……我每月才从父亲那儿收到十二卢布，用这点儿钱能过上像样的日子才怪呢！”

---

1. 古希腊罗马神话中代表灵魂的女神，其形象为美丽的少女。

“话是这么说……”画家厌恶地皱着眉头说，“但总可以过得好一点儿……有教养的人应有点儿情趣，不是吗？而您这里，鬼知道像个什么样子！被子也不叠，又是脏水，又是垃圾……昨天的剩粥还在盘子里……哎呀呀！”

“真是这样，”医学院学生不好意思地说，“但安纽塔今天一直没有时间收拾，她一直有活儿。”

画家和安纽塔走了以后，柯罗奇科夫躺在长沙发上背书，后来不知不觉地睡着了。过了大约一个小时后，他醒来，用两个拳头支着头，沉思起来。他想起画家说的关于有教养的人应当有情趣的话，觉得自己眼前的这种状况的确很糟糕，很令人厌恶。他仿佛用特异功能看到了自己的未来：在自己的诊室接待病人，在宽敞的餐厅喝茶，与体面的妻子相处，于是这只盛着脏水、浮着烟蒂的盆，就显得很不像样。安纽塔的样子也那么难看、邋遢、寒碜……他决定立刻、不由分说地同她分手。

等到她从画家那儿回来，刚脱下大衣，他便站起来，严肃地对她说道：

“我有话说，我亲爱的……你坐下来听着。咱们得分开！一句话，我不想再和你生活下去了。”

安纽塔在画家那里累得要命，回来时已经精疲力竭了。由于当模特站了很长时间，她的脸变得又干又瘦，下巴也变尖了。她没有回答医学院学生的话，只是嘴唇颤抖起来。

“你得明白，咱们反正早晚都得分手，”医学院学生说，

“你人好，善良，也不笨，你会理解的……”

安纽塔重新穿好大衣，她默默用一张纸包好自己的绣品，收拾起针线，又在窗台上找到一个包着四块糖的小纸包，放到桌子上，书本旁边。

“这是您的……糖……”她轻声地说，扭过头去，免得让他看到自己流泪。

“你哭什么？”柯罗奇科夫问道。

他感到窘迫，在屋里走来走去，说道：

“你真怪，真的……你自己也知道，我们早晚得分开。咱们不可能永远在一起。”

她已经收拾好自己仅有的一个包袱，转过身来准备向他告别，他又可怜起她来了。

“要不再让她在这里住一个星期？”他想道，“真的，再住几天，过一个星期我就叫她走。”

他对自己的意志软弱感到很气恼，便对她凶巴巴地喊道：

“嗯，你站在那儿干什么？要走就走，不想走就脱了大衣留下！留下！”

安纽塔默默地、轻轻地脱下大衣，然后同样轻轻地擤了一阵鼻涕，叹了口气，又悄然无声地走到她的老位子——窗边的凳子那里。

大学生把书拽到自己面前，又开始从屋子的一角走到另一角。

“右肺由三部分组成……”他背诵道，“上面的一部分在胸腔前壁到第四或第五根肋骨……”

而楼道里有人在大声喊：

“格里高里，拿茶炊来！”

巫 婆

已经将近半夜了。在教堂门房里，诵经士萨维里·盖金正躺在一张宽大的床铺上。虽然他习惯了与鸡同时睡觉，但此时却睡不着。那床脏兮兮的被子是用杂色的布片缝成的，从被子一头露出他硬硬的红头发，从另一头伸出两只很久没洗的大脚。他在听……他住的这座门房建在教堂的围墙之内，唯一的一个窗子朝向旷野。此时野外活像是在开仗。在自然界展开的这场混战中，你搞不清楚是谁在追击谁，又是谁想把谁置于死地，但是从那无休止的尖利呼号中可以断定，某一方正在遭殃。那胜利的一方在旷野上追击着，在树林中和教堂的屋顶上呼叫着，凶猛地用拳头敲击着窗户，咆哮呐喊；而败逃的一方则在哀号、哭泣。那哀哀的哭声就在窗外，时而响在屋顶上，时而又在炉子里响起。它不是在求救，而是悲悲切切，因为意识到一切为时已晚，无法挽回。雪堆上结了一层薄薄的冰壳，雪堆和树枝上都挂着颤巍巍的、像泪珠一样的水滴，大路和小路上的泥土和融化的雪水搅在一起，变成一团泥泞。一句话，大地上已经解冻，而在黑夜中的天空却没有看出地上的情形，还在不遗余力地往已经开化的大地抛洒新的雪片。而风像个醉汉似的在野地里游逛……它不让雪片降落到地面上，而是由着性子把它们吹得在黑暗中团团乱转。

盖金一边倾听着这首乐曲，一边皱眉头，因为他知道，或者至少能猜出，窗外这场纷乱会闹出什么事来，还有，是谁在操纵这一切。

"我知道，我全知道，"他嘟囔着，在被窝里用拳头威胁着什么人，"我全知道。"

诵经士的老婆拉伊萨·尼洛夫娜坐在窗前的凳子上，另一只凳子上摆着一盏铁皮小灯，它仿佛不相信自己的力量似的，怯生生地将朦胧摇曳的灯光洒在她宽宽的肩膀、诱人的漂亮身段和垂及地面的粗辫子上。她正在用粗麻布缝口袋，她的双手飞针走线，而她的整个身子、眼神、眉毛，还有丰满的双唇、雪白的脖颈却全然不动，她沉浸在单调机械的工作中，整个人好像睡着了。她只是偶尔抬起头来，让疲倦的脖子休息一下，瞟一眼风雪呼啸的窗外，然后又埋头去缝口袋。她长着翘鼻子，面颊上有一对酒窝，此时她美丽的脸上什么表情都没有，没有愿望，也没有忧伤或欢乐。美丽的喷泉在不喷水的时候，就是这样一无表情的。

但此时她缝完了一条口袋，把它扔到一边，舒舒服服地伸了个懒腰，将凝滞失神的目光停留在窗户上……水珠和随时融化的雪花在玻璃上滑动着，雪花落在玻璃上，看一眼诵经士的老婆，随即就化了。

“过来躺下！”诵经士嘟囔道。

诵经士的老婆一声不吭。但忽然间，她的睫毛颤动起来，眼神变得很专注。萨维里一直在被窝里观察着她脸上的表情，这会儿探出头来问道：

“怎么回事？”

“没什么……好像有人来了……”诵经士的老婆轻声回答。

诵经士用胳膊腿把被子掀开，跪在床上，呆呆地瞧着老婆。小灯怯生生的光亮照亮了他长满胡子的麻脸，又滑过乱蓬蓬的硬发。

“你听到了吗？”妻子问他。

透过暴风雪单调的呼啸声，他听到一种丁零零的声音，那声音很细微，听觉勉强能够捕捉到，好像呻吟，又像一只蚊子想要落到人的脸上而受阻时生气地嗡嗡叫。

“这是邮车……”萨维里坐在脚后跟上，嘟囔道。

离教堂三俄里的地方有一条驿道，刮大风的时候，如果风是从大路刮向教堂的，这两个住在门房的人就能听见邮车的铃声。

“主啊，这种天气还出门！”诵经士的妻子说。

“这是公事，不管你愿意不愿意，都得出门。”

呻吟声在空中持续了一会儿便消失了。

“过去了！”萨维里说着躺下去。

可是不等他把被子盖上，一阵清晰的铃声又传到他的耳中。诵经士不安地看看妻子，从床上跳下来，开始摇摇晃晃地沿着炉灶走来走去，铃声响了片刻又消失了，戛然而止。

“听不见了……”诵经士小声说着，停下来，对老婆眨眨眼睛。

但是就在这个时候，风敲打着窗户，又传来细微的、丁零零的呻吟声……萨维里脸色发白，干咳一声，又开始光着脚在地上走来走去。

“有人在支使邮车转圈子！”他恶狠狠地斜着眼瞪了他老婆一眼，声音沙哑地说，“你听到了吗，有人在让邮车兜圈子！我……我知道！别以为我不明白。”他嘟囔着，“我全知道，你这该死的！”

“你知道什么？”诵经士的老婆眼睛不离窗户，轻声问道。

“我知道，这全都是你这妖精捣的鬼！是你捣的鬼，愿你得到报应！这暴风雪，还有这邮车兜圈子，这全是你干的！你！”

“你疯了，你这傻瓜……”诵经士的老婆平静地说。

“我早就看穿你的把戏了！从结婚的头一天我就看出你的身上流着母狗的血！”

“哼！”诵经士的老婆耸耸肩膀，吃惊地说，并画了个十字，“你快画个十字吧，傻瓜！”

“巫婆就是巫婆，”萨维里继续用带着哭腔的低沉的声音说，同时急急忙忙地撩起衣襟擤擤鼻子，“虽然你是我老婆，虽然你是给教会做事的，可就是忏悔的时候，我也要照实说出你是个啥人。可不是吗！上帝啊，保佑我，宽恕我吧！去年快到先知但以理与三少年节[1]的时候，刮了一场暴风雪，结果怎么样，有个工匠跑来烤火了。后来圣阿列克塞节[2]的时候，河上的冰裂了，又跑来了一个村警……那个该死的跟你聊了一宿，等到早晨出来，我一看，他的眼睛下面有两个黑圈，腮帮子都陷进去了。对不对？八月斋期时，下了两场大雷雨，有个猎人两次都来过夜。我全看见了，那该死的！全看见了！看你，脸红得像只虾！啊哈！”

“你什么也没看见……”

“哼，不错啊！今年冬天圣诞节前，在克利特十殉教徒节[3]，暴风雪整整刮了一天一夜……你记得吧，首席贵族的文书那个狗东西迷了路，跑到这儿来了……你看上的是什么人呀，哼，一个文书！犯得着为了他兴妖作怪吗！一个耍笔杆子的，老是擤鼻涕，小矬子，脸上净是粉刺，歪脖子……要是长得漂亮也行，可这位……哼！就像个活鬼！”

诵经士喘了口气，擦擦嘴唇，侧耳细听，铃声先是听不

1. 在公历 12 月 30 日。
2. 在公历 3 月 30 日。
3. 在公历 1 月 5 日。

见了，可是当一阵风在屋顶上呼啸而过，那铃声就又在窗外的黑夜中响起了。

“现在也是，”萨维里接着说，“这邮车不是无缘无故地兜圈子，如果它不是找你，你就冲着我的眼睛吐口水！啊，这魔鬼还挺能干，真是个好帮手！他让邮车转圈子，转着转着就把它领到这边来了。我知——道！我看得出来！你瞒不了我，你这妖精，骚货！从暴风雪一开始，我马上就猜出你的心思了！”

“真是个傻瓜！”诵经士的老婆嘲笑他说，“这么说，照你的蠢脑瓜子想的，这坏天气都是我变出来的？”

“哼……你笑吧！是你也好，不是你也好，反正我看出来了，你的血一热，准变天，一变天，准有个疯子跑到这儿来。每次都是这样！可见准是你闹的！”

诵经士为了加强效果，把一个指头按在脑门上，闭上左眼，用唱歌似的声音继续说：

“啊，着魔呀！啊，犹大的罪恶！如果你真是个人，不是巫婆，那你就该在脑子里想一想，说不定，这不是工匠，也不是猎人，也不是文书，而是魔鬼装扮的！啊？你倒是想想看！”

“你真蠢，萨维里！”诵经士的老婆叹了口气，用怜悯的眼光看着丈夫，“我爸爸活着的时候，总有许多各种各样的人找他治热病，有从村子里来的，有从移民点来的，还有从亚美尼亚人的村里来的。你想想，他们每天都来，也没人骂他们是魔鬼。可如今，要是一年中有个把人因为不走运来咱们这儿烤烤火，你这蠢人就大惊小怪，胡思乱想。”

妻子的这番道理打动了萨维里。他叉开两只光脚板，低下头沉思起来。他对自己的猜测还半信半疑，而他妻子那种真心诚意、轻描淡写的语气更把他彻底搞糊涂了。但尽管如此，他想了一下，还是摇摇头说：

“来借宿的可不是什么老头子或者罗圈腿，全都是些年轻人……这是为什么？光是烤火也罢了，其实他们是来寻开心的。不对，娘儿们，这世界上没有比你们娘儿们的心思更狡猾的了。上帝啊，论真正的脑子，你们比椋鸟还不如，可是论鬼心眼——哎呀呀——愿圣母保佑吧！听，邮车的铃声！暴风雪一开始，我就猜透你的心思了。是你这只蜘蛛施的魔法！”

“你为什么缠着我不放，你这该死的？”诵经士的老婆失去了耐性，“你为什么缠着我，像焦油似的？”

“我缠着你是告诉你，要是今天夜里，愿上帝保佑不要这样，要是今天夜里出了什么事，明天天一亮我就去加齐科沃村找尼古吉姆神父，跟他说个明白。我就跟他说，尼古吉姆神父，是这么这么回事，请您原谅我这么说，可她真是个巫婆。他要是问，为什么？ 唔……我就说，您想知道为什么吗？好吧……是这么这么回事。那样你就要倒霉了，娘儿们！不光在末日审判的时候，在现世你就得遭报应！圣礼书的祈祷词里可是专门诅咒了你们这号人！”

突然响起了敲窗户的声音，这声音非常大，很不同寻常。萨维里的脸一下子白了，吓得蹲了下去。诵经士的老婆则一跃而起，脸也白了。

“看在上帝的分儿上，让我们进去暖和暖和！”传来了一个发颤的浑厚的男低音，“谁在那儿？行行好！我们迷路了！”

“你们是谁？”诵经士的老婆问道，她不敢去看窗户。

“是邮差！”另一个声音回答。

“你没白搞鬼！”萨维里挥挥手说，“真是这么回事！我说对了……好，你给我小心点儿！”

诵经士两下跳上了床，躺到褥子上，愤愤地喘着粗气，翻转身子，脸冲着墙。不一会儿他感到背后一阵寒气，门“呀”的一声打开了，门口出现了一个从头到脚盖满雪的高高的身影，他身后又闪出另外一个同样是白色的身影……

“把邮包也弄进来吗？”第二个人用沙哑的男低音问。

“搁在外边可不行！”

第一个人说完就开始解风帽，还不等完全解开，就把它连同制帽一起从头上扯下来，狠狠地甩到炉台上，然后又从身上扯下大衣，把它也扔到那里，也不问个好，就开始在门房里走来走去。

这是一个年轻的邮差，他长着一头淡黄的头发，穿着一件破旧的制服外套和一双沾满泥巴的红褐色皮靴。他走得身上暖和起来以后，就在桌旁坐下，把一双脏脚伸到口袋跟前，用拳头支撑着头。他的脸色苍白中泛出红色，可以看出刚经历了一番痛苦和恐怖。这张脸很英俊，只是由于恼怒显得有些扭曲，还带着刚刚经历的肉体和精神折磨的痕迹，眉毛胡子上都挂着雪，此时正在融化。

“真是狗一样的生活！”邮差一边抱怨，一边用眼睛扫着墙，仿佛不敢相信他已经到了温暖的地方，“差点儿完蛋！要不是看到了你们的灯光，真不知道会怎么样……鬼知道，这一切什么时候才能结束！这种狗一样的生活没个尽头！我们这是到了哪儿了？”他问道，他的声音低了下来，把目光投向诵经士的老婆。

“这里是古里亚耶夫山冈，加里诺夫斯基将军庄园的地界。”诵经士的老婆回答，她微微地震了一下，脸红了。

“你听见了吗，斯杰潘？”邮差转向马车夫说，他正背着一个大皮袋子，卡在门口，“我们跑到古里亚耶夫山冈来了。”

“是啊……真够远的！”

马车夫应道，他说的话好像是断断续续的沙哑的叹息。说完这句话他就又走了出去，扛进另外一个小一点儿的邮包，随后又出去了一趟。这次拿进来的是一把邮差的长刀，这刀系在一条宽皮带上，又长又薄，就像木版画里跪在荷罗孚尼床边的朱迪斯[1]佩带的那种剑。马车夫把邮包靠墙放好，就去外间坐下，抽起烟斗来。

---

1. 这是常见的宗教题材绘画，故事内容来自《旧约》：美女朱迪斯色诱并杀死了亚述统帅荷罗孚尼，拯救了一座犹太城池。

“你们累了，喝点儿茶吧？”诵经士的老婆问。

“哪有工夫喝茶呀！”邮差皱着眉头说，“暖和暖和就得赶紧走，要不就赶不上邮政火车了。我们坐上十来分钟就走。不过，求你们给带个路。”

“这天气真是上帝跟人过不去！”诵经士的老婆叹息道。

“是啊……你们是做什么的？”

“我们？我们是本地人。我们是替教堂做事的……我们是教会里的人……躺在那儿的就是我丈夫。萨维里，你倒是起来跟人打声招呼啊！以前这里是一个教区，一年半以前取消了。当然了，老爷住在这里的时候，这儿人多，值得办一个教区。现在老爷走了，您自己想想看，教会里的人怎么生活呢，最近的村子马尔柯夫卡离这里也有五俄里。现在萨维里不算正式的神职人员，他算是看门的，叫他看管这个教堂。”

邮差还得知，如果萨维里去找将军夫人，请她给主教写个条子的话，他本可以得到一个好一点儿的差事，可他没有去找将军夫人，因为他懒惰，而且怕见人。

“好歹我们总算是教会里的人。”诵经士的老婆补充道。

“你们靠什么生活呢？”

“教堂有草场和菜园，可我们靠这些挣不了多少钱……诵经士的妻子叹着气说，“加齐科沃村的神父尼古吉姆特别贪，每年冬夏两个尼古拉节[1]来做法事，顺便把我们收的东西差不

1. 东正教节日，分别在五月和十二月。

多都拿走了，没人替我们做主！”

“你胡说，”萨维里声音嘶哑地说，“尼古吉姆神父是圣人，是德高望重的长老，要是他拿了什么，也是按规矩该拿。”

“你那口子脾气倒不小，”邮差取笑说，“你嫁他多久了？”

“到大斋前那个礼拜日已经满三年了。我爸爸从前是个诵经士，他老人家临死的时候，为了我能在这儿住下去，就去宗教事务所，求他们派一个没结婚的诵经士来接替他。我就这么嫁给他了。”

“啊！照这么说，你是一拍子打死两个苍蝇，”邮差冲着萨维里的后背说，“一下子找到了职位，又娶了老婆。”

萨维里不耐烦地踹踹腿，向墙边挪了挪。邮差从桌子后面走出来，伸了个懒腰，然后坐在邮包上。他想了一想，用手揉搓一阵邮包，把长刀放在一边，就势躺在邮包上，一只脚还耷拉在地上。

“狗一样的生活……”他嘟囔道，说着把一只手枕在脑袋底下，闭上了眼睛，“就是凶恶的鞑靼人我也不希望他过这样的生活。”

很快就安静下来了，只能听到萨维里的喘息声和熟睡的邮差均匀缓慢的呼吸声，他每次呼气时都发出低沉的、拖长的“嗬——嗬——嗬”的声音。他的喉咙中时而发出像车轱辘一样“吱”的一声，腿抽搐一下，在邮包上弄出沙沙的响声。

萨维里在被子里翻了个身，慢慢地回过头来。诵经士的老婆坐在凳子上，双手托腮，正瞧着邮差的脸。她的眼神呆滞，就像一个受了惊吓的人一样。

“嘿，你干吗总是盯着他看？”萨维里气哼哼地叽咕道。

“关你什么事？睡你的！”诵经士的老婆回答，她的目光并不离开邮差那长着淡黄头发的脑袋。

萨维里愤愤地出了一口长气，猛地翻过身去对着墙，过了大约三分钟，他又不安地翻过身来，跪坐在被子上，两只手拄着枕头，斜眼瞧着老婆。她依旧瞧着客人，一动不动，她的脸色发白，眼中燃烧着一种奇怪的光。诵经士打了个嗝，从床上爬下来，走到邮差跟前，用一块手帕蒙上他的脸。

“你这是干什么？”诵经士的老婆问。

“别叫灯光刺着他的眼。”

“你干脆把灯熄掉！”

萨维里怀疑地看看妻子，把嘴伸到灯前，但立刻醒悟过来，拍了一下手。

“你这不是又在搞什么鬼花样吗？”他叫道，“啊？哼，有什么玩意儿比女人更狡猾呢？”

“嘿，你这个长衣襟[1]的魔鬼！”诵经士的妻子低声说，她的脸因为气恼皱了起来，“你等着瞧！”

然后她坐舒服一点儿，又凝神看着邮差。

脸被挡住了，但是这不要紧，她最感兴趣的并不是脸，

1. 指俄国教士穿的法衣。

而是他整个的身形，是这个人身上的新奇之处。他的胸部宽阔、结实，手细长漂亮，而两条腿肌肉发达，腿型匀称，比起萨维里的两个“墩子”要好看、健美得多，简直没法比。

“就算我是长衣襟的魔鬼，”萨维里略微站了一会儿，说道，“可他也不应该在这儿睡觉……没错……他有公事，我们是要负责的，谁让我们留他们的？既然你送邮件，你就送好了，用不着睡觉。嘿，你！”萨维里冲着草垛喊道，“你，赶车的……你叫什么？要我送你们一程，还是怎么的？起来，不能带着邮包半路睡觉。”

气冲冲的萨维里又跳到邮差的面前，拉他的袖子。

“我说，先生！要走就走，不走可不对头……在这儿睡觉可不是回事。”

邮差猛然坐起来，迷迷瞪瞪地扫视了一下门房，又躺下了。

“你到底什么时候走？”萨维里拽着他的袖子，喋喋不休地说，“送邮件就是得及时送到才行，听见了吗？我送你们。”

邮差睁开了眼睛。他已经暖和过来了，刚才酣畅地睡了一觉，还没有完全清醒，身上疲乏无力，他仿佛隔着一层雾看到诵经士的老婆那白白的脖颈和凝然不动的、亮晶晶的目光。他又微笑着闭上眼睛，好像这一切是在梦中似的。

“这种天气怎么出去啊，”他听到一个女人柔和的声音，“让他们睡吧，索性踏踏实实地睡！”

“那么邮件呢？”萨维里急赤白脸地说，“谁送邮件呢？

莫非你送吗？你吗？”

邮差又一次睁开眼睛，看看诵经士老婆脸上的酒窝，想起来他是在什么地方了，也听明白了诵经士说的话。一想到又得在寒冷漆黑的夜里赶路，他便从头到脚起了一身鸡皮疙瘩，不由得蜷缩起来。

“还能再睡五分钟！”他打着呵欠说，“反正赶不上了。”

“说不定正好能赶上！”从外间传来马车夫的声音，“你看着吧，说不定我们会走运，火车正好晚点。”

邮差站了起来，舒舒服服地伸了个懒腰，开始穿大衣。

萨维里看到客人准备上路，高兴极了，甚至发出像马嘶一样的笑声。

“您倒是帮帮忙！”马车夫一边把邮包从地上抱起来，一边对他嚷道。

诵经士跳到他的跟前，和他一起把邮包抬到外面去。邮差开始解风帽上的结。而诵经士的老婆盯着他的眼睛，仿佛要钻进他的灵魂里去。

“该喝点儿茶的……”她说道。

“我倒是无所谓……可他俩一个劲儿地张罗！”他表示同意，“反正已经晚了。”

“您留下吧！”她小声说，低下眼睛，碰碰他的衣袖。

邮差终于解开了那个结，他犹豫不决地把风帽挎在胳膊肘上。站在诵经士的老婆的旁边，他感到很温暖。

“你的脖子……真好看……”

他用两个指头碰碰她的脖子，看到她没有反抗，又用手抚摸她的脖子和肩膀。

“嘿，真漂亮啊……”

“您留下吧……喝点儿茶。”

“你往哪儿放？你这糖浆蜜粥[1]！”从外边传来马车夫的声音，“得横着放。”

“留下吧……听听风刮得多厉害呀！”

邮差还带点儿睡意，还没完全从年轻人困倦的梦境中摆脱出来，他忽然被一种愿望控制住了，为了这种愿望可以忘记邮包、火车和世界上的一切。他害怕地望望门口，好像准备逃跑或藏起来似的。他搂住诵经士老婆的腰，已经低头准备吹灯，这当儿外间响起了皮靴的声音，马车夫出现在门口……萨维里从他的肩膀后露出头来。邮差赶快把手放下来，仿佛陷入了沉思。

“全准备好了！”马车夫说。

邮差站了片刻，使劲甩甩头，好像彻底清醒过来了，跟在马车夫后面走了出去。屋里只剩下诵经士的老婆一个人了。

“好，你上车给我们领路吧！”她听见邮差说。

铃铛懒洋洋地响了一声，随后又是一声，接着一长串细碎的铃声响起来，又渐渐远离了小屋。

当铃声慢慢消失以后，诵经士的老婆猛地离开原地，烦

1. 骂教士的话，因为教士在出丧人家主持宗教仪式的时候常喝到蜜粥。

躁地在房子里来来回回地走起来。她先是脸色苍白，而后又变得满面通红。她的脸气歪了，呼吸不稳，眼睛里燃烧着野性的凶光，像一只受到烧红的铁棍威吓的母老虎在笼子里走来走去。她停下片刻，看了看自己的住处：床铺堵住了整整一面墙，差不多占了半间屋子，上面堆着肮脏的垫子，灰扑扑硬邦邦的枕头、被子以及各种叫不出名字的破烂。这张床简直是一个难看的乱糟糟的鸡窝，就跟萨维里每次想起用头油抹头发时，他脑袋上的状况差不离。从床铺到通往寒冷外屋的门之间，是黑乎乎的炉灶，上面放着些盆盆罐罐，挂着些破烂衣服。所有的东西，包括刚出去的萨维里，都肮脏得要命，满是油污和烟灰。在这种地方看到女人白白的脖颈和细腻柔和的皮肤，感觉很奇怪。诵经士的老婆跑到床边，伸直双臂，好像要把那些东西全扔在地上，踩坏，撕烂，但是接着，又像是怕碰这些脏东西，她忙向后一跳，又开始走来走去……

两个来小时以后萨维里回来了，他满身是雪，累得够呛。她已经脱了衣服躺在床上。她的眼睛闭着，但是从脸上轻微的抽动可以看出她并没有睡着。他在回家的路上打定主意天亮以前不说话，不招惹她，但这会儿还是忍不住要刺一刺她。

“你没得逞，他走了！”他幸灾乐祸地取笑说。

诵经士的老婆一言不发，只是下巴微微颤动。萨维里不慌不忙地脱掉衣服，从老婆身上爬过去，靠墙躺下。

“明天我就去报告尼古吉姆神父，你是怎么个老婆！”他嘟囔着，身子缩成一团。

诵经士的老婆一下子转过脸来，目光炯炯地逼视着他。

“那样你也甭想在这儿待下去，”她说，“你就到树林子里去找老婆吧！我算你什么老婆？我恨不得你死了才好！你还来折磨我，你这懒鬼！上帝饶恕我吧。”

“得，得……睡觉吧！”

“我真命苦！”诵经士的妻子号啕大哭，“要不是你，我说不定能嫁个商人或是什么体面的人！要不是你，我现在会爱我的丈夫。你怎么没叫雪给埋了，你怎么没冻死在大路上，你这恶鬼！”

诵经士的老婆哭了很久，最后她深深地叹了一口气，安静下来，风雪还在窗外肆虐，在炉子里、烟道里、四面墙外，都有什么东西在哭泣。而萨维里觉得，这哭声就在他的身体和耳朵里。今天夜里他证实了对老婆的猜测，就是说，他的妻子借助某种邪恶的力量刮起了风暴，使得邮车迷了路。但让他难受得不行的是，这种不合常规的、又神秘又狂野的力量给躺在他身边的女人增添了一种他从前没发现的、特别的、不可理解的魅惑力。由于愚蠢，他不知道自己把她诗意化了，只觉得她的身体似乎变得更白、更光滑、更难以接近……

“这巫婆！”他气愤地想，“哼，讨厌的东西！”

尽管如此，一等她安静下来，开始均匀地呼吸，他就用手指头碰她的后脑勺……把她粗粗的发辫攥在手里。她没发觉……于是他放大胆子去摸她的脖子。

“放开！”她嚷道，用胳膊肘使劲往后一捅，正好打在他的鼻梁上，疼得他两眼冒金星。

鼻梁上的疼痛很快过去了，可那难受劲儿却持续着。

玩笑

晴朗的冬日正午……天冷极了，娜金卡正挽着我的胳膊，她额角的卷发和上唇的绒毛上面都结了一层银霜。我们站在高高的山上，光滑的陡坡从我们站的地方直达平地，在阳光的照射下宛如一面镜子。我们身边停着一些小雪橇，上面盖着猩红的毯子。

“我们滑下去吧，娜杰日达·彼得罗夫娜[1]！”我请求道，“就一次，我保证我们会平安无事的！”

可是娜金卡害怕。对她来说，从她的那双小套鞋直到冰山脚下的这片地方是可怕的无底深渊。我刚提出滑雪橇，她往下一看就吓得没魂儿了，大气也不敢喘。要是真的冒险冲下深渊会怎么样呢？她一定会吓死，会发疯的。

1. 娜金卡的本名。

“求求您，”我说，“不用怕！知道吗，这是胆小，是怯懦！”

最后娜金卡让步了，从她的脸色我看出她是在冒着生命危险做出让步。我扶她坐上雪橇，这时候她脸色苍白、哆里哆嗦，我用胳膊从后面抱住她，和她一块儿冲下了深渊。

雪橇像子弹一样飞着，划破空气；风拍着脸，在耳边发出尖利的呼啸，愤愤地拧我们，简直要把我们的脑袋从肩膀上拧下来。风压得我们无法呼吸，就像魔鬼伸出他的爪子，咆哮着把我们拖向地狱。周遭的一切混为一体，迅速向后退去，好像一条长长的带子……好像再过片刻，我们就要死了！

“我爱您，娜佳[1]！”我压低声音说。

雪橇越滑越慢了，风的咆哮和滑木的沙沙声变得不那么可怕了，我们不再窒息，终于到了下面。娜金卡吓得半死，她脸色苍白，大气都不敢出……我扶她站了起来。

“我无论如何再也不滑了，”她眼睛瞪得大大的，充满了恐惧，望着我说：“死也不滑了！我快吓死了！”

过了一会儿，她回过神来，于是疑惑地看着我的眼睛，想搞清楚那几个字究竟是我说的，还是只是她在风声呼啸中的错觉。而我站在旁边，一边抽烟一边专心地端详我的一只手套。

她挽起我的手，我们在山旁溜达了很长时间。看样子那

1. 昵称。

个疑问让她不得安宁。我说没说过那句话？说没说过？说没说过？这个问题关系到她的自尊、名誉、生命、幸福，是很重要的问题，世界上最重要的问题。娜金卡焦急地、忧郁地、目光犀利地打量着我的脸，所答非所问，等着我说出什么。哦，那张可爱的脸上的表情太生动了，太丰富了！我看到她在跟自己斗争，她需要说点儿什么，问点儿什么，可是她不知道怎么说，她局促、害怕，这份快乐让她不知所措……

“您知道我有个什么想法？”她眼睛不看我，说道。

“什么想法？”我问。

“我们再……滑一次。”

我们沿着台阶上山。我再次安顿脸色苍白、哆里哆嗦的娜金卡在雪橇上坐好，我们再次飞下可怕的深渊，风再次呼啸，滑木再次吱吱叫，我再次在雪橇飞驰得最快、声音最大的时候压低声音说：

“我爱您，娜金卡！”

等雪橇停下来，娜金卡看了一眼我们刚刚滑下来的山，然后端详了半天我的脸色，仔细倾听我平平淡淡的语气。她的整个人，甚至她的手筒和风帽，她的全身上下都表现出极度的困惑。她脸上的表情好像说：

“怎么回事？那个话是谁说的？是他说的，还是只是我的幻听？”

这个谜让她不得安宁、心烦意乱。这可怜的姑娘不回答我的问题，皱着眉，快要哭了。

“我们回家吧？”我问道。

“不过我……我喜欢滑，”她红着脸说，“我们要不要再来一次？”

她“喜欢”滑，可是等她坐上雪橇，跟前两次一样，她脸色苍白，吓得屏住了呼吸，浑身颤抖。

我们第三次滑下，我看见她在看我的脸，盯着我的嘴唇。可是我用一块手帕捂住嘴咳嗽着，滑到半山腰时，我依旧低声说出了那句话：

“我爱您，娜金卡！”

谜还是没有解开！娜金卡沉默着，心事重重……我送她从冰场回家，她尽量走得慢些，把脚步放缓，一直等着，看我是不是会说那几个字。我看出她心里很纠结，竭力忍着不说出：

“那话不可能是风说的！我也不希望是风说的！”

第二天早上我收到一个字条：

如果今天您去冰场，请来接我。

H

从这天起，我每天都跟娜金卡去冰场，当雪橇往下滑的时候，我总是压低声音说同样的话：

“我爱您，娜金卡！”

很快娜金卡就习惯了这句话，就像对酒或吗啡上瘾一样，没有这句话就活不下去。不错，从山上往下冲仍然很可怕，可是如今，恐惧和危险赋予了爱的倾诉特别的魅力，这句话依然是个谜，让人心乱。怀疑的对象仍然是那两个：我和风……她不知道对她表白的是其中的哪一个，可是看来她已经无所谓了：不管用哪个酒杯，只要能醉就行。

有一天正午时分，我一个人去了冰场，我混在人群中，看见娜金卡正朝山那儿走，同时用眼睛寻找我……然后她胆怯地沿着台阶上山……一个人滑很可怕，哎呀，太可怕了！她的脸煞白，哆哆嗦嗦的，好像上法场一样，可她还是头也不回地向上走，走得很坚决。看来，她终于下定决心试一试，看看如果没有我在旁边会不会听到那句又折磨人又甜蜜的话。我看见她脸色苍白地坐进了雪橇，因为恐惧而张着嘴。她闭上眼睛，好像要跟世界永别似的，滑了下去……“吱……”滑木吱吱地叫着。我不知道娜金卡是不是听到了那句话……我只看到她从雪橇上站起来时浑身绵软无力。看她的脸色，她自己也不知道是不是听到了什么。下滑的时候，恐惧夺去了她听和分辨声音的能力以及理解的能力……

但是现在是三月了，春天来了……太阳变得柔和了。我们的冰山变得发暗，失去光泽，终于融化了。我们不再滑雪橇了。可怜的娜金卡再也没有什么可以听到那句话的地方了，而且也没有谁会说这句话了，因为现在已经不刮大风，而我要去彼得堡了——去很长时间，也许再也不回来。

出发在即，在动身前两天的黄昏，我坐在花园里。我家花园跟娜金卡住的院子之间由一排带钉子的高板墙隔开……天还相当冷，粪堆旁还有雪，树还没有发芽，但是已经散发着春天的信息，白嘴鸦在落下过夜前喧闹地鼓噪着。我走到板墙跟前，透过缝隙看了很久。我看到娜金卡出来站在台阶上，把悲伤和寂寞的目光投向天空……春风直吹着她的脸，她带着愁容，面色苍白……春风让她想起前些日子在山坡上听到那几个字时冲着我们呼啸的风。她的表情变得十分忧伤，眼泪顺着面颊流了下来……这可怜的姑娘伸出两条手臂，好像在请求风再次给她送来那几个字。于是趁着一阵风刮过的时候，我压低声音说：

“我爱您，娜金卡！”

天哪，娜金卡的反应太强烈了！她叫了一声，满脸笑容，迎着风伸出双臂，表情是那么快乐、幸福，整个人显得很美丽。

然后我转身去收拾行李了……

这已经是很久以前的事了。现在娜金卡已经嫁人——婚事是家里还是她自己做主的已经无关紧要，她嫁给了一个贵族监护会的秘书，现在已经有三个孩子了。当年我们一起滑雪的往事是无法忘怀的，那时候风把“我爱您，娜金卡”这几个字带给她，如今这成了她一生最幸福、最动人的美好回忆……

现在我年龄渐长，已经不明白我为什么会说那句话，为什么要开这个玩笑……

阿加菲娅

萨瓦·斯杜卡奇，或者按随便的叫法，萨夫卡，是杜波夫斯基村看菜园子的，我住在C县时常去他那儿。这些菜园是我中意的所谓“大钓鱼”的地点。“大钓鱼”的意思就是带着所有的渔具和食物离开家，不分白天黑夜地尽情钓鱼。其实真正吸引我的不是钓鱼本身，而是那种心无俗虑的游荡、不按时的进餐、和萨夫卡的闲聊，以及与宁静夏夜的悠长相守。

萨夫卡是个大约二十五岁的小伙子，魁梧英俊，结实得像打火石。他本是个公认的通情达理、脑子清楚的人，而且还识字，又很少喝酒，但要论干活儿，这个年轻力壮的人却一钱不值。在他那像粗绳一样强劲的肌腱里，除了力气还有爬满全身的懒筋，重重地钳住他，让他动弹不得。他跟大伙儿一样住在村子里，有自己的小木屋，有一块地，可是他不耕不种，也不做任何营生。他的老母亲靠讨饭过活，他则像鸟儿一样过日子：早上不知道中午吃什么。他并非没心没肺、萎靡不振，也不是不心疼自己的母亲，他只是感觉不到干活儿的意愿，也不觉得干活儿有什么用处……他整个人散发着一种逍遥的气息，一种天生的、几乎唯美的对游手好闲的渴望。

当萨夫卡那年轻健壮的身体有了肌肉运动的生理需求时，这个小伙子就会短暂地全身心地投入到某个不讲章法也毫无意义的活动中，比方说削一根没有一点儿用处的木橛子，或是和女人们追逐打闹。他最喜欢的姿势就是一动不动地凝神发呆，他可以好几个小时不动窝，眼睛盯着一个地方。他唯一乐意的活动方式是兴之所至地做一个迅速而突然的动作，比方说抓住一只正在跑的狗的尾巴，扯下一个女人的头巾，或者跳过一个大坑。不用说，由于如此吝于活动，萨夫卡一无所有，过得比哪个穷光蛋都不如。天长日久，他欠的税款越来越多，所以村社就给他这个年轻力壮的人派了个老人的活儿：看菜园子，权且充当一个稻草人。虽然大家嘲笑他早早地成了老头儿，他却满不在乎。他对这个地方很中意，因为这儿安静，正好适合一动不动地瞪着眼睛出神。

一个美妙的五月的黄昏，我正好在这个萨夫卡那儿。我记得当时我紧挨着窝棚，躺在一张破毯子上，窝棚里散发出浓重浑浊的干草气味。我头枕着胳膊看着正前方，脚下放着一把木叉子，萨夫卡的狗库奇卡在木叉的后面，像一个黑点一样惹眼。不远处，距离库奇卡大约两丈开外，地面突然塌下去，变成小河的陡岸。我躺着看不到河，只能看到河岸丛生的柳林的树梢，还有对面河岸参差不齐、像狗啃的一样的边缘。萨夫卡的村子位于河对岸，远远望去，在一个黑乎乎的山丘上，一座一座的小木屋像受惊的鸟儿似的簇拥在一块儿。山丘后的晚霞已经燃尽，只剩下一道暗红的光带，就连这条光带也开始蒙上一小片一小片的云彩，像是灰烬之下残存的煤火。

菜园右边有一团黑，那是正在悄声私语的赤杨林，偶尔一阵风过，它就会战栗一阵；左边则是一望无际的原野，天色已黑，看不清天地相交的界限，只有一盏明亮的灯在那儿闪烁。萨夫卡坐在离我稍远的地方，他像土耳其人那样盘腿而坐，低头望着库奇卡发愣。我们早就在河里下好了带饵的鱼钩，所以除了全心全意地歇着，我们无事可做：这是从不受累、永远休息的萨夫卡最喜欢的事儿。晚霞还没有完全熄灭，柔和的夏夜便已经把整个自然拥入怀抱、陶然欲眠了。

一片沉寂，万物已陷入初眠，只有一种我不认得的夜鸟在树林里懒洋洋地发出抑扬顿挫的长音，听起来好像一句话："你，见，尼，基，塔，啦？"然后立刻自己回答："见啦！见啦！见啦！"

"现在夜莺怎么不唱？"我问萨夫卡。

他缓慢地转向我。他浓眉大眼，但是五官轮廓清秀、生动、柔和，就像女人一样。然后他用温顺的、若有所思的眼睛看看赤杨林，又看看柳林，慢慢地从口袋里掏出一个小笛子，放到嘴边，吹出雌夜莺的叫声。立刻，就像回答他的笛声似的，对岸有一只秧鸡滋啦滋啦地叫了起来。

“这算哪门子夜莺啊……”萨夫卡嘲弄说，“滋啦！滋啦！好像拽钓钩似的。可是它八成也以为自个儿在唱歌呢。”

“我喜欢这种鸟儿……”我说，“你知道吗，秧鸡迁徙的时候不飞，而是在地上跑。它们只有在过河和过海时才会飞，其他时候都是在地上走的。”

“好家伙，跟狗一样……”萨夫卡嘟囔一句，带着敬意朝喊叫的秧鸡那边瞅了瞅。

我知道萨夫卡特别喜欢听人谈天说地，我就把从打猎书籍上知道的关于秧鸡的一切讲给他听。我不知不觉从秧鸡说到候鸟迁徙，萨夫卡听得很认真，眼睛都不眨，一直带着满足的笑容。

“对秧鸡来说，哪边儿更亲呢？”他问，“我们这儿还是那边儿？”

“当然是我们这儿。它自己是在这儿生的，又在这儿生雏儿，这儿是它的故乡，它飞到那边儿只是为了不被冻死。”

“真有意思！”萨夫卡伸个懒腰，说，“什么都有意思，不管是鸟儿还是人……就说这小石头吧——什么都有道理！……嗐，老爷，要是我知道您来，就不让那女人来这儿了……有个女人想今天来……”

“哦，你自便，我不会打扰！”我说，“我可以去树林躺着……”

“真是的！明天来她也死不了……要是她能坐在那儿好好

听着也行，可是她老瞎说话。有她在没法聊痛快。”

“你在等达利亚吗？”待了片刻，我问道。

“不是……今天要来的是又一个……扳道工的老婆阿加菲娅……”

萨夫卡用他平素那种淡漠的、有点儿低沉的语调说着话，就好像谈论的是烟草或粥，而我则吃了一惊，一下子欠起身来。我认识扳道工的老婆阿加菲娅……这是一个还相当年轻的小媳妇儿，也就二十来岁，嫁给了一个铁道上的扳道工还不到一年，那是个挺粗壮的小伙子。她住在村子里，她丈夫每天夜里从铁路上回她那儿住。

“老弟，你跟这些女人会闹出事儿的！”我叹了口气。

“管它呢……”

萨夫卡想了一下，又加了一句：

“我跟那些女人说了，她们不听……她们这些傻瓜，一点儿不在乎！”

我俩都不说话了……这时候黑暗越来越浓，看不清东西了。山岗后面的光带已经完全暗淡下去，星星越来越亮，呈现出一片璀璨……螽斯忧郁单调的鸣声、秧鸡滋啦滋啦的叫声和鹌鹑的咕咕声都没有破坏夜的宁静，相反，让这寂静更深了，好像发出这些悦耳轻响的不是鸟儿和昆虫，而是那些从天上俯视着我们的星星……

萨夫卡先打破了沉默，他慢悠悠地将目光从黑乎乎的库奇卡移到我身上，说道：

"老爷，我看您觉得闷了。咱们吃饭吧。"

说着不等我同意就爬进窝棚，在里面翻腾了一阵，弄得整个窝棚像片树叶一样颤抖起来，然后他又爬回来，把我的伏特加和一个粗陶碗摆在我的面前。碗里盛着几个发硬的鸡蛋、几块黑麦油饼、几块黑面包，还有别的什么东西……我们用一只歪歪扭扭站不住的杯子喝了点儿酒，就吃开了……灰色的大盐粒，脏乎乎的大油饼，像胶皮一样有嚼劲的鸡蛋。可是这些东西吃起来真香啊！

"你一个穷光蛋，想不到这么有货！"我指着那个粗碗说，"你是从哪儿弄的？"

"女人们送来的……"萨夫卡含含糊糊地说。

"她们为啥要给你送东西？"

"嗯……心疼我吧……"

不光吃的，萨夫卡的衣服也带有女人"心疼"的痕迹。这天晚上我就看见他系着一条新的绒线腰带，脏脖子上挂着一条猩红的丝带，下缀一个小铜十字架。我知道女人对萨夫卡的钟爱，也知道他不乐意谈她们，所以没有继续盘问下去，再说也没时间多说了……库奇卡本来在我们身边转来转去，耐心地等着扔给它点儿东西，这时忽然竖起耳朵，叫了起来。可以听见远处有断断续续溅水的声音。

"有人蹚水过河……"萨夫卡说。

三分钟以后库奇卡再次叫了起来，又发出一种好像咳嗽的声音。

“嘘！”主人对它喝道。

黑暗中传来闷闷的、怯生生的脚步声，一个女人的影子从树林出来了。尽管天黑，我还是认出了她：这是扳道工的老婆阿加菲娅。她怯生生地走到我们跟前停下，气喘吁吁。看来，她之所以呼吸急促，与其说是因为走路，不如说是因为害怕和难受，所有夜里涉水的人都会有这种难受的感觉。当看到窝棚旁边不是一个人而是两个人，她轻轻地惊呼了一声，后退了一步。

“哦……是你啊！”萨夫卡把一块饼塞进嘴里，说道。

“是……是我。”阿加菲娅眼睛瞟着我，嘴里支吾着，手里的一包东西掉在了地上，“雅科夫让我跟您问好，让我给您送来……这个……”

“得了，甭扯谎了，什么雅科夫！”萨夫卡嘲笑说，“用不着扯谎，这位老爷知道你来干啥！坐下吧，随便点儿。”

阿加菲娅又瞟了我一眼，犹犹疑疑地坐下了。

“我都想着你今儿个不来了……”沉默半晌，萨夫卡说，“别傻坐着，吃！要不给你来点儿酒喝？”

“瞎说！”阿加菲娅说，“你当我是酒鬼呀……”

“你喝点儿……喝了心里头热乎……喝吧！”

萨夫卡把歪歪扭扭的杯子递给阿加菲娅。阿加菲娅慢慢地喝了，她没有吃东西，只是大声地呼了一口气。

“带东西来了……”萨夫卡一边解包袱一边接着说，那语气好像在打趣，带着屈就的意思。“这女人不带来点儿东西就不成。嗯，是馅饼和土豆……他们家过得不错呀！”他扭过脸对我感叹道，“全村只有他们家还剩下冬天的土豆了！”

在黑暗中我看不见阿加菲娅的脸，可是看她双肩和头的动作，我感到她一直目不转睛地看着萨夫卡的脸。我不想当约会的第三者，决定去别处走走，于是站了起来。可是这时一只夜莺出其不意地在林子里发出两声女低音般的鸣叫，半分钟以后它又发出一串又高又尖的颤音，如此试过嗓子以后，它唱了起来。萨夫卡跳起来谛听着。

“这是昨天那只！”他说，“等一下！……”

接着他拔起脚无声地朝林子跑去。

“嘿，你找它干吗？”我在他背后叫道，“别闹了！”

萨夫卡挥挥手，意思是“别喊”，就消失在黑暗中了。只要乐意，萨夫卡打猎钓鱼都是好手，可是他在这方面的能耐也跟他的力气一样，全白瞎了。他懒得守规矩，把所有打猎的热情都用在没用的把戏上了。比方说，他非得徒手抓夜莺，用鸟枪射狗鱼，或是有时一连几个小时站在河边，想方设法地用大钩子钓小鱼。

剩下我和阿加菲娅两个人了，阿加菲娅咳嗽一声，用手擦了几下额头……因为喝了酒，她有点儿醉意了。

“你过得怎么样，阿加莎[1]？”我问道。已经沉默了半晌，再不说话就有点儿尴尬了。

---

1. 阿加菲娅的简称。

“上帝保佑，挺好……您跟谁都别说，老爷……”她忽然小声加了这么一句。

“好，没事的，”我安慰她，“不过你胆子真够大的，阿加莎……你不怕雅科夫知道？”

“他不会知道……”

“万一呢！”

“不会……我比他早回家。这会儿他在铁路上，等邮政火车过去才回家。火车过去时这儿能听见……”

阿加菲娅又用手擦了一下前额，朝萨夫卡离去的方向望去。夜莺还在唱。一只夜鸟正贴着地面低飞，看见我们，它吓得一激灵，呼啦啦拍打着翅膀朝河对岸飞去了。

不一会儿，夜莺不出声了，可是萨夫卡却没回来。阿加菲娅站起来不安地走了几步，又坐下了。

“他这是干啥？”她忍不住说，“火车可不是明天来！我这就得走了！”

“萨夫卡！”我喊道，“萨夫卡！”

连个回声都没有。阿加菲娅如坐针毡，又站了起来。

“我得走了！”她紧张地说，“火车这就要来了！我知道火车多会儿来！”

可怜的小媳妇儿说得不错，过了不到一刻钟，远处传来了隆隆的声音。

阿加菲娅眼睛一直望着树林，焦急地抖着手。

“真是的，他在哪儿？”她神经质地笑着说道，“鬼把他抓到哪儿去了？我走了，我不管，老爷，我要走了！”

说话间那隆隆声越来越清楚，已经能听清车轮的撞击声和火车头沉重的吐气声了。现在已经能够听到汽笛声了，火车隆隆地驶过桥去……一分钟以后，一切归于沉寂……

“我再等一小会儿……”阿加菲娅长出一口气，坚决地坐下了，“就这样，我等等！”

终于，萨夫卡从黑地里出来了，他悄无声息地赤脚走在菜园翻松的土地上，轻声哼着小曲儿。

“你瞧我这运气！”他开心地笑起来，“我刚，那个，走到灌木丛跟前，对准它一伸手，它就不出声了！哼，你个癞皮狗！我等啊等，想等它再唱，到底没等来，没辙……”

萨夫卡笨重地往阿加菲娅旁边的地上一摔，为了保持平衡，双手抱住了她的腰。

“你怎么愁眉苦脸的，好像是大婶儿生的？”他问道。

萨夫卡虽说心软、厚道，可是看不起女人。他不把她们当回事，对她们很傲气，甚至轻蔑地嘲笑她们对他的感情。天知道，这种满不在乎的、带着轻蔑的态度也许正是他对村里的杜尔西内娅[1]来说有着不可抗拒的强大魅力的原因之一。他相貌英俊，身材匀称，目光中流露出不动声色的温存，就是望着他所看不起的女人也是如此。可是单凭外表还是无法解释这种魅力。除了摊上一副好相貌和特别的行事风格，萨

1.《堂吉诃德》中堂吉诃德的梦中情人。

夫卡的身份大概也让女人心软，因为他是一个公认的失意者，被从自己的村子赶到了菜园。

“你跟老爷说说看，你干什么来了！”萨夫卡仍然搂着阿加菲娅的腰，接着说，“你倒是说啊，你这个当老婆的！嘿嘿……亲爱的阿加莎，咱们是不是再喝点儿小酒？”

我起身穿过菜畦往菜园深处走去，黑魆魆的菜畦好像一些压扁的大坟堆，散发出翻过的泥土的味道，还有刚结了露水的植物的柔和的潮味儿……左边那一点红色的灯火依然亮着，彬彬有礼地闪着，好像在微笑。

我听到幸福的笑声，那是阿加菲娅在笑。

“不管火车了？”我想起来了，“火车早来了。”

等了一会儿，我回到窝棚那边。萨夫卡还是一动不动地盘腿坐着，小声地哼着什么曲儿，歌词将将能听见，都是单音节的词，像是：“滚，你，去，你……我和你……”阿加菲娅喝了酒，得到了萨夫卡俯就的爱抚，再加上夜里空气闷热，被弄得晕晕乎乎的。她躺在他身边的地上，脸紧紧地贴着他的一个膝盖。她深深沉浸在感情里，一点儿也没发现我过来了。

“阿加莎，火车早就来了！”我说。

“你该走了，该走了，”萨夫卡晃着脑袋附和我说，“你这没羞没臊的，躺着干啥？”

阿加菲娅一激灵，把头从他膝盖旁移开，看看我，又依偎着他躺下了。

“你早该走了！”我说。

阿加菲娅翻了个身，屈起一条腿支撑着坐起来……她在挣扎……透过黑暗，我看见她全身都在斗争，在犹豫，持续了有半分钟。有一瞬间她好像清醒过来了，伸直身子，想要站起来，可是接着，一种不可战胜的、不肯让步的力量传遍了她的全身，她倒向了萨夫卡。

“去他的！”她说，并伴以一阵狂野的、发自胸腔的笑声，这笑声里有种疯狂的决绝和无力的痛苦。

我不声不响地去了树林，从那里下坡，来到我们下了钓钩的河边。河在沉睡。一朵不知名的柔软的双瓣花长在高高的茎秆上，它轻轻碰了一下我的脸，就像一个婴儿想告诉别人他醒着似的。因为没事做，我摸到一根钓竿，拉了一下。它没有绷紧，下垂着……什么都没抓到……看不到对岸和村子。一座木屋中有灯光闪了一下，但随即就熄灭了。我在岸上摸索着找到我白天看好的一块凹下去的地方，坐在上面就像坐安乐椅一样。我坐了很久……我看到星星渐渐暗下去，失去光芒，我看到凉气好像轻轻地叹息着掠过地面，吹拂着渐渐醒来的柳树叶……

“阿——加——菲娅！”一个嘶哑的声音从村子那边传来，“阿加菲娅！”

这是回到家的丈夫正着急地满村寻找他的老婆。这时候从菜园那边传来忍不住的笑声：这是那个当老婆的正忘情地陶醉于几个小时的幸福，以尽可能抵偿明天等待她的苦难。

我睡着了。

我醒来时萨夫卡正坐在旁边，轻轻地推我的肩膀。一切都笼罩在明亮的晨光中：河，树林，青翠如洗的两岸，树木和田野。太阳刚刚升起，阳光穿过一排排细树干直射到我的背上。

“您这也叫抓鱼？”萨夫卡笑我，“快起来吧！”

我坐起来，美美地伸了个懒腰，刚苏醒的胸膛贪婪地呼吸着潮湿芬芳的空气。

“阿加莎走了？”我问。

“她在那儿……”萨夫卡指着浅滩那边说。

我往那边看去，只见阿加菲娅正提着裙子过河。她头发散着，头巾从头上滑落下来，走得很慢，很慢……

“这只猫知道它吃的是谁家的肉！”萨夫卡眯缝着眼睛瞧着她，小声叨咕着，“耷拉尾巴了……这些女人跟猫一样淘气，跟兔子一样胆小……这傻女人，昨天让她走她不走！现在她要犯事儿了，还得把我拉到乡公所去……又要为了女人挨揍了……”

阿加菲娅上了岸，穿过野地往村子走去。开始她走得很勇敢，可是很快，紧张和恐惧占了上风：她害怕地回转身，停下，调整呼吸。

“这下子害怕了！”萨夫卡望着阿加菲娅在带着露珠的草地上走过后留下的浅绿色行迹，苦笑着说，“她不想往前走！她丈夫在那儿站着等了她整整一个钟头了……看见他了吗？”

最后一句话萨夫卡是笑着说的，可是我觉得心里一凉。雅科夫正在村头一座小木屋旁的路上站着，死死盯着回家来的老婆。他看着她，心里在想什么？他打算见面说什么？阿加菲娅停了一下，又回了一次头，好像盼望我们能帮她，然后又往前走。我还从没见过谁是这种走法，无论是喝醉的人还是清醒的人。阿加菲娅好像被丈夫的目光弄得全身难受，她时而歪歪斜斜，时而弯着膝盖甩着胳膊原地踏步，时而往后倒退。走了一百来步以后，她再次回头看看，然后坐下了。

"你好歹到灌木丛后面躲躲啊……"我对萨夫卡说，"别让她丈夫看见……"

"不用看见他也知道阿加菲娅是从谁那儿来的……女人可不会半夜到菜园收白菜——谁都明白。"

我看看萨夫卡的脸，他的脸色发白，一脸苦相，现出又嫌弃又怜悯的表情，就像人看到受罪的动物时一样。

"猫笑老鼠哭……"他叹息道。

阿加菲娅忽然一跃而起，摇一下头，坚定地朝着丈夫走去。看样子她已经鼓起勇气，横下了一条心。

城外一日

情景剧

早上八点多。

一大块铅灰色的乌云正朝着太阳爬过去，这块乌云夹带闪电，好像红色的锯齿，不时在某处闪一下子。远处雷声隆隆。温热的风吹过草场，压低树枝，扬起尘土。说话就要掉雨点，五月的一场真正的雷雨就要来了。

六岁的乞讨小妞菲克拉满村跑着找鞋匠杰连基。这个头发浅黄的小女孩赤着脚，脸色发白，眼睛瞪得大大的，嘴唇发抖。

“大叔，杰连基在哪儿？”她问遇到的每一个人。谁都不理她，大伙儿都急着进屋子躲雨，因为雷雨眼看就要来了。最后她遇到了杰连基的朋友、教堂工友西兰基·西雷奇，他边走边被风吹得直晃。

“大叔，杰连基在哪儿？”

“在菜园子呢。”西兰基回答。

小女孩跑到了房子后面的菜园子，在那儿找到了杰连基。鞋匠杰连基是个高个子的老人，脸瘦瘦的，有麻子，腿很长。他赤着脚，穿着一件破烂的女式上衣，正站在菜畦旁，一双醉眼瞧着那块乌云。他那双鹤一样的长腿支撑的身子像个椋鸟窝，此时被风吹得摇摇晃晃。

“杰连基大叔！”浅头发的乞讨小妞叫他，“大叔，亲人！”

杰连基对菲克拉弯下腰，他那张带着醉意的、严厉的脸上露出了笑容。当一个人的眼前出现了什么小小的、憨憨的、可笑的，但让他非常喜欢的东西，就会露出这样的笑容。

“哎呀……上帝的丫头菲克拉！”他学着小姑娘的声音柔和地说，“你是从哪儿冒出来的呀？”

“杰连基大叔，”她抓住鞋匠的衣襟，哽哽咽咽地说，“哥哥丹尼尔卡闯祸了！咱们快点儿去！”

“闯啥祸了？嘿，这一声雷真响！圣徒啊，圣徒啊，圣徒啊[1]……啥祸？”

“在伯爵的树林里，丹尼尔卡把手伸进树洞，现在拿不出来了。走吧，大叔，把他的手拉出来，求求你。”

“他为啥把手伸进去？想干啥？”

“他想从树洞里给我掏杜鹃蛋。”

“ ·天刚开头儿，你们就闹出乱子来了……”杰连基摇晃

1. 祈求平安的口诀。

着脑袋，慢慢腾腾地吐唾沫，“现在我拿你们怎么办？得去一趟……该让狼把你们吃了，淘气鬼！咱们走吧，孤儿！”

杰连基从菜园出来，高高抬起他的长腿，沿着街道走起来。他走得很快，目不斜视，一步不停，好像有人从后面推他或追他似的。小乞儿菲克拉连跑带颠地紧随其后。

这两个行者出了村，顺着尘土飞扬的路，往远处那片伯爵家的青幽幽的树林而去。到那儿有两里路，而乌云已经把太阳包起来了，说话间天上就一块蓝色也没有了，全黑了。

“圣徒啊，圣徒啊，圣徒啊。”菲克拉一边追着杰连基，一边小声念叨。

雨点掉下来了，又大又沉，在土路上砸出一些黑色的圆点。一个大雨点掉在菲克拉的脸上，像眼泪一样一直流到下巴。

“下起来了！”鞋匠嘟囔着，他那双瘦骨嶙峋的赤脚蹚起尘土，“感谢上帝，菲克拉小家伙。草和树得吃水，就像我们得吃粮食。雷你不用怕，孤儿。何苦要把你这么个小东西弄死呢？”

雨下来之后风就小了。只有哗哗的雨声像小铅弹一样敲打着新生的黑麦和干燥的路。

“咱俩要湿透了，菲克卢什卡[1]！”杰连基嘟囔着，“全都湿透……呵呵，老弟！顺着脖子流水！可是你别害怕，小傻瓜……草会干，地会干，咱们也会干。太阳一出来就

---

1. 菲克拉的昵称。

都干了。”

一道闪电在他们头上闪开了，有两丈长，接着雷声隆隆，菲克拉觉得一个又大又重、好像圆圆的东西从天上滚过去，就在她的头顶把天撞开了！

“圣徒啊，圣徒啊，圣徒啊……”杰连基画着十字，“别怕，小孤儿！天打雷不是发怒。”

鞋匠和菲克拉的脚上沾满又湿又重的泥块，走起来很费劲，很滑，可是杰连基走得越来越快……乞儿小妞力气小，上气不接下气，差点儿摔倒。

可是他们终于走进了伯爵的树林。狂风掠过挂满水滴的树，哗哗地把水浇在他们身上。杰连基常被树桩绊到脚，走得慢下来了。

“丹尼尔卡在哪儿？”他问，“你带路。”

菲克拉带他进了树丛，走了差不多四分之一里，把鞋匠带到了哥哥丹尼尔卡那儿。丹尼尔卡是个八岁左右的男孩，头发是赭石一样的红色，脸色苍白，带着病容。他正靠树站着，头歪向一边，斜眼望着天空。他的一只手攥着破帽子，另一只手卡在一棵老椴树的树洞里。小男孩留心观看着雷声隆隆的天空，好像对自己的倒霉事并不在意。听到脚步声，看到鞋匠，他病恹恹地笑笑，说道：

“这雷可真厉害啊，杰连基！我打生下来还没碰见过这么大的雷呢……”

“你的手呢？”

“在树洞里……行行好，杰连基，把它拉出来吧！”

树洞的边缘有裂口，卡住了丹尼尔卡的手：可以再往里伸，可是往外怎么也动不了。杰连基掰下一些裂口边的碎片，小男孩又红又皱的手就拿出来了。

“这雷可真厉害！”小男孩挠着手又说了一遍，“打雷是怎么回事，杰连基？”

“乌云撞上了乌云……”鞋匠说。

三个行者走出树林，沿着林边空地往黑色的路走去。雷声渐渐地小了，轰隆声已经远去，到了村子那边儿了。

“你看，杰连基，前两天野鸭飞过……”丹尼尔卡说，他还在挠手，“可能是落在‘烂泥滩’那块沼泽地了。菲克拉，我给你看夜莺的窝好不好？”

“别动它，别惊着它……”杰连基边拧帽子的水边说，“夜莺是唱歌的鸟儿，是好鸟儿……它的声音那么好听，就是为了赞美上帝，让人开心。惊动它可是罪过。”

“那麻雀呢？”

“麻雀可以。麻雀是坏鸟儿，非常狠毒，它脑子里的想法跟骗子一样，它不喜欢人好过。钉耶稣的时候，它们给犹太人衔来钉子，还叫：‘活活钉！活活钉！’……”

天上现出了一块淡蓝色的斑点。

“看哪！”杰连基说，“蚂蚁窝给冲开了！这些小东西给淹了！”

三个游荡者弓着身子看蚂蚁窝。暴雨洗劫了蚂蚁的住处，它们不安地在泥里爬来爬去，在被淹死的同伴身边忙乱着。

“你们没事，死不了！”鞋匠笑它们，“太阳一晒，你们就活过来了……傻瓜，这是给你们个教训。下回你们就不会再住在低处了……”

他们接着走。

“这儿还有蜜蜂！”丹尼尔卡指着一棵小橡树的一根树枝喊道。

树枝上密密麻麻落了好多蜜蜂，它们被淋湿了，冻得够呛。蜜蜂多得把树皮和叶子都遮住了，好多还摞在一起。

“这是一窝蜂，”杰连基告诉孩子们说，“它们正飞着找住处，雨砸在它们身上，它们就落下了。蜂群飞的时候，只要朝它们洒水，它们就落下来。这时候，比方说，要是你想把它们逮住，就把它们落脚的树枝伸进口袋里一抖，它们就全掉下了。”

小菲克拉忽然皱起眉，使劲搔脖子。哥哥看了看她的脖子，上面肿了一大块。

“嘿嘿，”鞋匠笑道，“你知道吗，菲克拉小家伙，你这倒霉事是从哪儿来的？林子里有的树上有斑蝥，水从它们身上流到你的脖子上，就肿起来了。”

太阳从云后面探出头，炽热的阳光普照着树林、田野和我们的漫游者。那块吓人的大乌云已经挟带着雷雨远去，空气变得温暖而芬芳，有稠李、三叶草和铃兰的香味。

“这个草能治鼻子出血，”杰连基指着一朵毛茸茸的小花说，“管用……”

这时候响起了呼啸声和轰隆声，但不是乌云带走的那种轰隆声。一列火车在杰连基、丹尼尔卡和菲克拉眼前驰过。火车头喷着气，冒着黑烟，身后拖着二十多节车厢。它的劲头可真不一般。孩子们很想知道，这个车头不是活物，又没有马帮忙，怎么会动，还能拉那么重的东西。杰连基就给他们解释起来：

“这个，孩子们，都是因为水汽……是水汽干的……它，那个，顶着轮子旁的那个东西，那东西就那么……这样……动起来……”

漫游者们迈过铁路的路基，下了路堤，朝河边走去。他们漫无目的、信马由缰地走着，一路走一路聊，丹尼尔卡问，杰连基答……

杰连基什么问题都能回答，大自然中没有什么他不明白的事，他是万事通。比方说，他知道所有草药、动物和石头的名字。他知道什么草可以治病，只看一眼就知道马或牛的岁数。凭着日落、月亮和鸟儿的动静他能说出明天是什么天气。这么有本事的人不光杰连基一个。西兰基·西雷奇、开酒馆的、种菜的、放羊的，反正全村人都跟他知道的一样多。这些人不是靠念书知道这些，而是在野外、在森林、在河岸学东西。对他们唱歌的鸟儿，留下满天彩霞的落日，树，草，就是他们的老师。

丹尼尔卡望着杰连基，如饥似渴地吞下他说的每个字。

在春天，人们还没有厌倦暖和的天气和田野那种单调的绿色，在这样万象更新、生机勃勃的时节，谁没有兴趣听人讲金色的五月金龟子、鹤、吐穗的麦子和潺潺的小河呢？

这两个人，鞋匠和孤儿，就这样在野外走着，不住嘴地说着，不知疲倦。他们可以这样一直不停地走在大地上。他们走着，谈论着大地的美，没有注意小小弱弱的乞儿小妞在捯着小碎步努力跟着他们。她吃力地迈着步子，气喘吁吁，挂着眼泪。她倒是很乐意离开这俩不知疲倦的漫游者，可是她能去哪儿，能找谁去呢？她没有家，没有亲人。不管乐意不乐意，你都得跟着走，听他们说话。

快到正午的时候他们三个全都坐在河岸上。丹尼尔卡从背的口袋里掏出一块浸了水的已经一塌糊涂的面包，三个漫游者吃了起来。吃完面包后，杰连基念了祈祷词，然后舒展身体，在沙滩上睡着了。他睡觉的时候，小男孩望着河水想事情。他想的事五花八门。不久前他看见了雷雨、蜜蜂、蚂蚁、火车，现在这些小鱼又在他眼前游来游去。一些鱼有一寸长或更大些，另一些比指甲盖还小。一条蝮蛇正昂着头从河的这一岸游向对岸。

我们的漫游者直到黄昏时分才回到村子里。孩子们去一个废弃的粮仓过夜，那儿是过去存放村社粮食的地方。杰连基跟他们分手后就去了酒馆。两个孩子则在干草上互相依偎着睡觉。

男孩没有睡着，在黑暗中，他觉得能看见白天看到的一切：乌云，明亮的太阳，鸟儿，小鱼，长腿的杰连基。太多的刺激、疲倦和饥饿发生了作用，他像着火似的浑身发烫，辗转反侧。他想跟什么人说出此时在黑暗中浮现在他眼前、让他心潮起伏的一切，可是他没人可说，菲克拉还小，她不会懂。

“明天跟杰连基说吧。”男孩想。

两个孩子想着无家可归的鞋匠，睡着了。夜里杰连基来了，给他们画了十字，在他们头边放了块面包。这份爱谁都没看见，也许只有月亮看见了——它在天空缓缓运行，从废弃的粮仓顶上的破洞温柔地向里面张望着。

梦想

两个村警——一个有黑色的大胡子，腿特别短，如果从后面看，就会觉得他的腿比一般人都靠下；另一个又高又瘦，直挺挺的像根棍子，胡子稀疏，是深红色的。他们俩押着一个身世不明的流浪汉去县城。前者大踏步走着，边走边左顾右盼，嘴里一会儿嚼根干草，一会儿咬一下自己的衣袖，拍打着大腿，哼着小曲儿，看起来无忧无虑，没心没肺；后者尽管脸瘦肩窄，却看起来稳重、严肃和可靠，做派和表情就像旧礼仪教派的神父或古老圣像上画的武士，他还“聪明绝顶”，这样一来就更像那两种人了。前者名叫安德烈·普塔哈，后者名叫尼甘特尔·萨波日尼科夫。

他们押解的人一点儿也不像人们心目中的流浪汉。他是小个子，又瘦又弱，带着病容，五官细小暗淡，一片模糊。他的眉毛很淡，目光温顺，只长了一点儿胡子，虽然这个流浪汉已经三十开外了。他走路的样子像不太有把握似的，弓着身子，两手插在袖筒里。他的破大衣不是农民样式的，但绒毛已经磨得很厉害，领子立着，一直碰到帽子边，这样一来只剩下一只小红鼻子敢于露出来跟上帝创造的世界照面。他说话的声音是男高音，又高又尖，带着谄媚，不时会清一下嗓子。实在看不出他是个隐姓埋名的流浪汉，他更像是一个神父的儿子，被上帝遗忘而沦为乞丐；或是一个文书，因为酗酒丢了职位；再不就是商人的儿子或侄子，曾没有自知之明地尝试演戏，现在正回家，去演出宗教剧《浪子回头》的最后一幕；看他那么笨拙而耐心地与秋天的泥泞纠缠，他又也许是个虔诚的修士，走遍俄国各地的修道院，执着地寻找“宁静的、没有罪恶的生活”，却怎么也找不到……

三个人已经走了很久了，可是怎么也走不出大地上的一小片地方。他们面前总是一条大概五丈远的褐色泥路，身后也有一段同样长的路。而远处，不管在哪个方向，都是像墙一样看不透的白雾。他们走啊走，可是大地依旧，他们没有离墙更近些，眼前仍然只有一小块地方。他们时而看见一块有棱角的白石头、一道土沟或一抱路人丢下的干草，时而又有个浑浊的大水洼在身旁闪来闪去。有时候前面忽然出现一个轮廓模糊的东西，越走近它，它就变得越小越黑，再走近一些，几个人才看清原来这是一个字迹模糊、歪立着的里程柱，或是一棵可怜巴巴的白桦树，湿漉漉、光秃秃的，好像路上的乞丐。白桦树残余的黄叶好像在嘀嘀咕咕，一片树叶离开树干，懒洋洋地飘向地面……接下去又是雾气、泥泞、路边的褐色杂草。草叶上挂着浑浊不祥的泪珠，这不是大地迎送夏日的太阳时那种宁静欢乐的泪水，不是它在霞光中为鹌鹑、秧鸡和苗条的长嘴麻鹬解渴的泪水！三个赶路人的双脚陷在又黏又重的泥泞中，每迈一步都很艰难。

安德烈·普塔哈有点儿兴奋。他打量着流浪汉，竭力理解一件事：为什么这个清醒的大活人会不记得自己的名字。

“你是正教徒吗？”他问道。

“是正教徒。”流浪汉温顺地回答说。

“嗯……那么说，你受过洗？”

“哪能没受过呢，我又不是土耳其人。我去教堂，守斋，不能吃荤的时候就不吃荤。我严守教规。”

“那你叫啥？”

“你想叫啥就叫啥，哥们儿。”

普塔哈耸耸肩膀，拍打着大腿，表示费解。另一个村警，尼甘特尔·萨波日尼科夫庄严地沉默着，他不像普塔哈那么天真，似乎很明白什么原因使得一个正教徒隐姓埋名。他的表情冷淡而严厉，只走自己的路，不肯屈尊跟两个同伴闲聊，好像竭力向一切甚至向雾表现他是个稳重老练的人。

“天知道，真搞不懂你。”普塔哈还是不肯作罢，“说庄稼人不是庄稼人，说先生不是先生，高不成低不就……有一回我在池塘洗筛子，抓住过这么一条小蛇，有手指头那么长，长着鳃和尾巴。开头儿我以为是条鱼，后来一看——我的妈呀！——它有爪子！它不是鱼，也不是蝮蛇，鬼才知道它是啥……你就是这样的……你是啥身份？”

“我是农民，农民出身，”流浪汉叹了口气说道，“我娘是家奴。我生来就不像庄稼人，这是真的，因为我的命就是这样的，好人。我娘在老爷府上侍奉，过好日子，我是她老人家的骨血，跟着她老人家在老爷家长起来的。她老人家宠我，拼命想让我从农民升到上等人里。我睡的是床，每天正正式式地吃饭，照着贵族的样子穿长裤和半高腰皮靴。我娘她自己吃啥就给我吃啥，主人送她买衣服的料子也都给我做了……我过过好日子！我小时候吃过的糖果和蜜糖饼多得很，要是现在卖了，能买一匹好马呢！我娘教过我认字，教会我敬畏上帝，让我守规矩，现在我一句村骂都说不出口。酒，伙计，我也不喝，穿得也干干净净，跟上等人打交道，我也知道进退。要是她老人家还活着，愿上帝赐给她健康。要是死了，上帝，愿她的灵魂在你给规矩人安息的天国里安息！”

流浪汉摘下帽子，露出稀疏的立着的头发，抬眼向上，在胸前画了两个十字。

“上帝，愿她进入富饶安宁之地！”他拖着长声念道，他的嗓音不像男人，倒更接近老太婆，“上帝，开导你的奴仆克塞尼亚吧，让她明白你的教训！要不是我亲爱的娘，我可能就是个普通的庄稼人，什么道理都不懂！现在呢，伙计，不管你问我啥我都明白：不管是世上的规矩，还是上帝的圣书，还有所有的祈祷词、教理问答，我都懂。我按照圣书上的话生活……不欺负人，身子干净，不乱来，持斋，按时进食。别人就知道喝酒、说下流话取乐，我一有工夫就坐在墙角读书，边读边哭……”

“你哭啥？”

“上面写的让人难受！有时候你花五戈比买本书，看得难受极了。”

“你爹死了？”普塔哈问道。

“不知道，伙计。我不知道我爹是谁，用不着藏着掖着。我自己琢磨，我是我娘的私生子。我娘一辈子都在老爷家，不愿意嫁给普通的庄稼汉……”

“就找老爷了。”普塔哈讪笑道。

“没守住贞操，这是真的。她老人家信上帝，敬畏上帝，可是没守住贞洁。这当然是犯罪，大罪过，没得说，可是说不定这么一来我就有贵族血统了。没准儿我只不过名义上是农民，骨子里是个贵族呢。”

这个“贵族”用有点儿发甜的男高音轻轻说了这些话，同时皱起他那窄窄的额头，从冻得发红的鼻子里发出刺啦刺啦的响声。普塔哈听着，惊讶地斜了他一眼，不住地耸肩膀。

走了大概六里地后，村警和流浪汉坐在一个土包上休息。

“狗都记得它的名儿，”普塔哈嘟囔道，“我叫安德留什卡[1]，他叫尼甘特尔，每个人都有自己的教名，这名字怎么也忘

---

1. 安德烈的昵称。

不了！忘不了！”

“谁要知道我的名字呢？”流浪汉用一个拳头支着腮帮子，叹着气说，“这对我又有什么好处呢？除非说出来我就能去想去的地方，要不比现在还坏。我，正教的兄弟们，懂法律。现在我是流浪汉，不记得从哪儿来的，他们最多判我去东西伯利亚，再抽三四十鞭子，要是告诉他们我的真名实姓，他们就会又判我服苦役。我知道！”

“莫非你服过苦役？”

“服过，好朋友。我服了四年苦役，剃着光头，戴着镣铐。”

“犯了啥事？”

“杀人，我的好人！我还是孩子的时候，大概十七八岁，我娘不小心把砒霜当苏打撒进了老爷的杯子里。储藏室有各式各样的罐子，多得很，挺容易闹混……”

流浪汉叹了口气，摇摇头，说道：

“我娘是信上帝的人，可谁知道她是怎么回事，别人的心好比森林！也许是不当心，也许是因为老爷宠了一个新的女仆，她咽不下这口气……也许是故意撒的，天知道！那时候我小，啥都不懂……现在我想起来，老爷是找了个新情妇，我娘很伤心。你想，后来审案子审了两年……我娘被判了二十年苦役，我年纪小，就判了七年。”

“为啥判你？”

“我是从犯。我给老爷送的杯子。一直是这样：妈妈做好了苏打水，我端过去。可是，弟兄们，这些我是掏心窝子跟你们说的，就像对上帝一样，你们谁都别告诉……”

“也没人问我们哪，”普塔哈说，“那么你是从服苦役的地方逃出来的？”

“我逃了，好朋友。我们跑了十四个人。愿上帝保佑，这些人自己跑了，也把我卷走了。现在，伙计，你想想，我为什么要说出我的名字？他们会再送我去服苦役！我受得了苦役吗？我是个文弱的人，有病，吃饭睡觉都讲究干净。向上帝祈祷的时候，我喜欢点上一盏灯或是一支蜡烛，旁边最好没有声音。磕头的时候，地板得干净，不能有痰。我每天早晚都为我娘磕四十个头。”

流浪汉摘下帽子，在胸前画了个十字。

“让他们判我去东西伯利亚吧，”他说，“这我不怕。”

“莫非那比服苦役强？”

“根本两回事！在苦役营，你就像筐子里的虾：又挤，又压，推来搡去，气都喘不上来——纯粹是地狱，圣母保佑，可别落到那种地方！你是强盗就得按强盗对待，比狗都不如。吃没得吃，睡没得睡，祈祷没得祈祷。流放就不一样。到了流放地我先登记入村社，就跟别人一样。按照法律得给我一块地……嗯！听说在那儿地不值钱，就像雪片一样，要多少有多少！给了我地，伙计，能种庄稼，能种菜，能盖房子……我就像大伙儿一样耕地，下种，养牲口，啥营生都干，养蜂，养羊，养狗……再养只西伯利亚猫，免得让老鼠吃了我的财产……我要搭建房子，老兄，请圣像……上帝保佑，我要娶个媳妇儿，生儿育女。”

流浪汉念念有词，没有看听他说话的人，而是看着旁边的什么地方。不管他的幻想有多天真，他却是用那么真诚的发自内心的语调说出的，让人很难不相信。流浪汉的小嘴歪向一边，微笑着，他的整个脸、眼睛、鼻子都凝然不动，沉浸在对遥远的幸福的预感中。两个村警听着他的话，一本正经、不无同情地看着他。他们也信了。

“我不怕西伯利亚，”流浪汉继续叨咕着，“西伯利亚也是俄国，也是上帝和沙皇的地界，跟这儿一样，那儿也说正教的话，就像咱们一样。那儿就是更自由，人过得更富裕。那儿什么都好些。比方说，那儿的河比这儿的好得多！鱼跟野味多得很！我，兄弟们，最爱的事儿就是抓鱼。只要给我个鱼钩让我坐在那儿钓鱼，不给我饭吃都行！嘿，我用小钩子钓鱼，也用大钩子抓鱼，也下鱼篓子，结冰的时候我就用渔网捕鱼。要是没有力气拉网，我就花点儿钱雇个人。上帝，那多开心啊！你捕到一条江鳕或是雅罗鱼，就好像见到了亲兄弟一样。我告诉你，捕什么鱼都有窍门儿，有的用饵鱼，有的用蚯蚓，有的用青蛙或螽斯。这些门道都得懂！比方说江鳕。江鳕这种鱼不讲究，连粘鲈也吃，狗鱼喜欢吃鮈鱼，赤梢鱼喜欢吃蝴蝶。在水急的地方抓雅罗鱼是最好的了。鱼钩不坠铅坠，只拴上蝴蝶或甲虫当鱼饵，把鱼线甩出去十来丈，让鱼饵在水面漂着，你不穿裤子站在水里，让鱼线顺着水流往下漂，雅罗鱼就会来上钩！可是得弄好了，别让这坏蛋把鱼饵扯走，等它一扯鱼线，你就赶快拉上来，不能慢。嘿，我这辈子抓过多少鱼啊！我逃跑的时候，别的犯人在树林里睡觉，我睡不着，就去河边！那儿的河又宽又急，河岸又陡，真带劲儿！河岸上密密的全是树，树高得很，你抬头看树梢都会头晕。要是按这儿的价钱，每棵松树都能卖十卢布。”

这个可怜的人沉浸在杂乱无章的憧憬、对过去的艺术想象和对未来幸福的甜蜜预感中，他不再出声，可是还动着嘴唇，好像在跟自己小声说话。他的脸上一直挂着一种迷迷怔怔的傻笑。

两个村警怔怔地低着头不语。在这深秋的寂静中，大地气象萧瑟，浓雾弥漫，那雾气笼罩在人的心头，又像监狱的大墙一样立在人的眼前，提示着人的意志是多么地受限；在这样的时候想想那些宽阔湍急的河流、陡峭的河岸，想想无边的森林和草原，是一件蛮惬意的事。想象力慢慢地、不慌不忙地描绘出那样的场景：拂晓时分，殷红的朝霞还未褪去，一个小黑点在移动，那是一个人沿着荒凉的陡岸走来。河两岸层层叠叠的都是百年树龄、树干笔直的松树，它们严厉地看着这个自由的人，发出阴郁的低语。树根、巨石和荆棘阻挡着他的去路，可是他充满力量，精神抖擞，不怕那些松树和石头，孤独以及他每走一步引起的巨大回声也不能让他害怕。

两个村警想象着他们从未经历过的自由生活的画面，或许依稀想起了很早以前听说的故事，或许对自由生活的想法本就是他们那自由的先祖留下的遗产，这遗产通过血脉延续到了他们身上。天知道！

先打破沉默的是尼甘特尔·萨波日尼科夫，他还没有说过一个字儿。不知他是嫉妒流浪汉那渺茫的幸福，或者，也可能是内心感觉到那幸福的憧憬和这灰色的雾气、黑褐色的烂泥不相称，反正他狠狠地瞧着流浪汉，说道：

“嗯……好是好，可是，老兄，你走不到那自由的地方。你有门儿吗，走上三百里就得把灵魂交给上帝了。你看你病病怏怏的，才走了六里地，就喘不上气来了！”

流浪汉慢慢地转向尼甘特尔，脸上那幸福的微笑消失了。他害怕地、亏心地看着村警那张庄重的脸，看样子想起了什么，脑袋耷拉下去了。他们又不说话了……三个人都在想事情。两个村警绞尽脑汁地想象着只有上帝才能想的东西——把他们和那自由天地隔开的可怕距离。而流浪汉的脑子里浮现出一幅幅清晰的、比空间更可怕的画面。他想起那拖拉的审判，临时羁押所和苦役犯的监狱，运囚犯的船，一站一站筋疲力尽的路程，严酷的冬天，疾病，伙伴的死亡……历历在目。

流浪汉心虚地眨眨眼，用手擦擦额头上渗出的小汗珠，喘着大气，好像刚从热气腾腾的澡堂出来一样。然后他又用另一只袖子擦了擦额头，害怕地看看左右。

“你根本走不到！”普塔哈表示同意，“你哪走得了路？

看看你自己：瘦得皮包骨！你会死的，老兄！”

“肯定会死的！跑不了！”尼甘特尔说，“现在就该送他进医院……没错！”

那个来历不明的人恐惧地看着两个恶狠狠的同路人严厉无情的面孔，瞪大眼睛，来不及摘帽子，赶紧在胸前画了个十字……他全身发抖，脑袋颤动，整个人开始抽搐，就像一只被踩了一脚的虫子……

“行了，该走了。”尼甘特尔站起身说，“歇好了！”

一分钟以后三个行人已经走在泥泞的路上了。流浪汉的身子更弯了，把两手更深地插进袖子里。普塔哈也不吭声了。

万卡

在圣诞节的前夜，万卡·茹科夫没上床睡觉。他是一个九岁的男孩，三个月前被送给鞋匠阿里亚辛当学徒。等到主人和伙计们都去做晨祷了，他从主人的柜子里拿出墨水瓶和一支笔尖生锈的笔，展开一张皱巴巴的纸，写了起来。在写第一个字母之前，他害怕地朝门和窗户瞅了几眼，又偷眼看了看黑乎乎的圣像（在圣像的两边是摆着鞋楦子的架子），颤颤悠悠地叹了口气。纸铺在长凳上，他自己则跪在长凳跟前。

“亲爱的爷爷康斯坦丁·马卡雷奇！”他写道，“我给你写信。我贺您圣诞节好，愿上帝保你万事如意。我没有父亲，也没有母亲，我只有你了。”

万卡用眼睛扫了扫黑乎乎的窗户，窗户上晃动着他的蜡烛头的反光。他想象出爷爷康斯坦丁·马卡雷奇的样子。他是日瓦烈夫老爷家的更夫，这是一个小个子、身体瘦弱的老人，可是出奇地灵活敏捷。他大约六十五岁，脸上总是带着笑容，总是醉眼蒙眬的。白天他在仆人的厨房睡觉，跟厨娘们斗嘴，夜里则裹上一件肥大的羊皮袄，在庄园周围巡视，敲着梆子。

他的身后跟着两条耷拉着脑袋的狗，一条是老母狗卡什坦卡，另一条是公狗泥鳅，这狗得到“泥鳅”的外号是因为它是黑色的，身子很长，像黄鼠狼一样。这“泥鳅”对人特别恭顺和亲热，总是谄媚地看着不管是认识或不认识的人。可是它很贼，在它恭顺驯服的外表下包藏着最阴险的坏心肠。它最擅长的是趁人不备凑上来照着人的腿肚子咬一口，偷冰窖里的东西，或偷农民家的鸡。它的后腿被打断过好几次，还有两次被吊了起来。它每个星期都被打得半死，可总能活过来。

现在爷爷可能正站在大门口，眯眼看着乡村教堂亮堂堂的窗户，跺着穿高筒毡靴的脚，跟仆人们说笑呢。他的梆子别在腰上，他拍着手，冻得缩着身子，发出老人那种“嘿嘿”的笑声，一会儿在女仆身上捏一把，一会儿在厨娘身上拧一下。

“闻闻鼻烟怎么样？”他把自己的鼻烟盒送到女人们跟前。

女人们就闻鼻烟，打喷嚏。爷爷高兴得不得了，开心地大笑，喊道：

“快擦了！快冻住了！”

他还给狗闻鼻烟。卡什坦卡会打喷嚏，然后愁眉苦脸、生气地走开。出于礼貌，泥鳅不打喷嚏，而是摇尾巴。天气好极了，没有风，空气透亮、新鲜。夜很黑，可是能看清整个村子：白色的屋顶，烟囱里冒出的一缕缕的烟，蒙着霜变成银色的树，雪堆。整个天空撒满闪烁的星星，银河看得特别清楚，就好像过节之前被雪洗过、擦净了一样……

万卡叹了口气，用笔尖蘸一下墨水，继续写道：

“昨天我挨打了。主人拉着我的头发到院子里，用皮条死劲儿抽我，因为我摇他家娃娃时不小心睡着了。上星期老板娘叫我刮青鱼，我从尾巴开始刮，她就用鱼头杵我的脸。伙计们耍我，让我打酒、偷老板的黄瓜，主人抄家伙就打我。什么吃的都没有。早上是面包，中午是粥，晚上也是面包，主人自己家的人有茶和白菜汤，海吃海喝。他们让我睡在过道上，他们的孩子要是哭，我就根本不能睡，得晃摇篮。亲爱的爷爷，你行行好，把我从这儿带回乡下的家吧，我受不了了……我给你磕头，一辈子为你向上帝祈祷，把我从这儿带走吧，要不我就得死在这儿……”

万卡撇撇嘴，用两个黑拳头擦了擦眼睛，抽抽搭搭地哭起来。

“我给你搓烟叶，”他接着写，“为你向上帝祷告。我要是不听话，你就抽我，像你抽希多尔的山羊一样。你要是觉得我没事干，我就求管家看在基督的分儿上让我给他擦靴子，要不就替费奇卡当牧童去。亲爱的爷爷，我受不了了，只有死路一条了。我想跑回村子，可是我没有靴子，我怕冷。等我长大了，我一定报答你，养活你，不让别人欺负你；你死后我为你祈祷，让你的灵魂安息，就像为我的妈妈别拉盖娅一样祈祷。

“莫斯科城很大。有好多老爷的房子和马，没有羊，狗也不凶。孩子们不举着星星四处走[1]，谁也不能走进唱诗班跟着一块儿唱歌。有一次我在一个铺子的窗户里看见有卖鱼钩的，是装好线的，有个大钩子，连一普特的大鲶鱼都能经得住。我还看见有的铺子卖枪，各种各样的，跟老爷用的那些差不多，可能要一百卢布……在肉铺里有野鸡、松鸡、兔子，可是伙计不说这些是在哪儿打的。

“亲爱的爷爷，等老爷家摆上挂礼物的圣诞树，你给我拿一个金核桃，收在小绿箱子里。你找奥莉加·伊格纳季耶夫娜小姐要，就说是给万卡的。”

万卡抽搭着叹了口气，又盯着窗口看。他想起，每次都是爷爷去林子里给老爷家砍圣诞树，他总是带着孙子。那时候真开心！爷爷也咔咔地咳嗽，天也冷得咔吧响，万卡也跟着咔咔地咳嗽。每砍一棵树之前，爷爷都要抽一袋烟，还要闻好半天鼻烟，笑话冻坏了的小万卡……那些披着霜的小云杉树一动不动地立在那儿等着，看爷爷会砍谁。冷不防，一只兔子像箭一样在雪堆之间飞快地蹿过去……爷爷每次都忍不住喊：

---

1. 按照基督教的习俗，孩子们会在圣诞节前夜举着箔纸糊的星星四处游逛。

"抓住，抓住……抓住！嗐，短尾巴鬼！"

爷爷把砍下来的云杉树拖到老爷家，人们就开始收拾它……忙得最起劲的是奥莉加·伊格纳季耶夫娜小姐，万卡最喜欢她。万卡的母亲别拉盖娅活着的时候在老爷家当女仆，奥莉加·伊格纳季耶夫娜常给万卡糖果吃，没事的时候，还教会了他读写、数数，他能从一数到一百，甚至还教他跳卡德利尔舞。可是别拉盖娅一死，孤儿万卡就被送到了仆人厨房，交给了爷爷，从那儿又被送到莫斯科的鞋匠阿里亚辛的铺子里来了……

"来吧，亲爱的爷爷，"万卡继续写道，"求你看在基督和上帝的分儿上，把我从这儿带走吧。你可怜可怜我这不幸的孤儿吧，他们总打我，我太想吃东西了，想家想得没法说，一直哭。前几天老板用鞋楦子打我的头，我摔倒了，好不容易才活过来。我的日子苦死了，连狗都不如……我还想跟阿廖娜、独眼叶果尔卡和马车夫问好，别把我的手风琴送人。你的孙子伊万[1]·茹科夫，亲爱的爷爷，来吧。"

万卡把写好的纸叠成四折，放进信封。信封是他昨天花了一个戈比买的……他想了想，用笔尖蘸了一下墨水，写下地址：

乡下爷爷收

1. 万卡的本名，万卡是昵称。

然后他挠挠头，想了想，又添上：“康斯坦丁·马卡雷奇。”他很满意没人打扰他写信。他戴上帽子，没有穿皮袄，只穿着衬衣就跑到了街上……

昨天他问过肉铺的伙计，他们告诉他，信要投到邮箱里，醉醺醺的车夫会赶着邮政三套车，叮叮当当地响着铃，把信送到世界各地。万卡跑到最近的邮箱，把那封宝贵的信塞进了缝儿里……

他怀着甜蜜的希望进入梦乡，一小时后已经睡得很香了……他梦见了灶台。爷爷坐在灶台上，正耷拉着一双光脚，给厨娘们读信……泥鳅在灶台边走来走去，摇着尾巴……

幸 福

献给 Я.П. 波伦斯基

一群羊在一条宽阔的草原道路旁过夜，这条路就叫作“大路”。看管羊群的是两个牧羊人。其中一个是八十来岁的老头儿，他已经没了牙齿，脸皮发颤，他紧靠路边趴着，两个胳膊肘搁在蒙着尘土的车前草的叶子上；另一个是个年轻小伙儿，他有一双黑黑的浓眉，还没长唇髭，身披用来缝制廉价口袋的那种粗麻布，他仰面躺着，头枕着双手，看着天空，正好面对横亘夜空的银河和朦胧闪烁的星空。

这儿不只他们两个人。离他们一丈远的地方，在笼罩了道路的暮色中，黑乎乎地立着一匹上了鞍子的马。倚马站着的是一个男子，他穿着大皮靴和乌克兰式披风，看起来一定是哪位老爷家的田林巡护。看他那挺拔稳定的身子、他的派头以及对牧羊人和马的态度，可以推测这是一个严肃、理智、自重的人。就算在黑暗中也能看出他身上有军人仪态的痕迹，还有由于经常和老爷及管家们打交道而养成的矜持表情。

羊群在睡觉，东方已经现出灰白，在灰色的背景下，可以看到几只没睡觉的羊的剪影，它们垂着脑袋站在那儿，若有所思。它们的心思绵长不绝，一定是因为对辽阔的草原和天空、对日与夜的感知而引起的。这种感知一定把它们自己镇住了，把它们压迫得失去了知觉，所以现在它们好像被催眠一样站在那儿，对陌生人的在场和狗的不安都毫无察觉。

在睡意蒙眬的、凝固的空气中却有着单调的喧闹，这是草原的夏夜少不了的。螽斯不停地鸣叫，鹌鹑在歌唱；在离羊群一里远的地方，在小溪流淌、长着柳树的小河谷，幼稚的夜莺们懒洋洋地啼叫着。

这巡护停下来是为了向牧羊人借火点烟斗。他沉默地抽烟，抽了整整一锅儿，然后一言不发，用胳膊肘撑着马鞍，发起愣来。年轻的牧羊人一点儿没理会他，顾自躺在那儿仰望天空，老头儿则打量了巡护半天，问道：

“莫非是马卡洛夫庄园的潘捷列？”

“就是我。”巡护说。

“我就说嘛。没认出来——你要发财了[1]。你这是从哪儿来？”

---

1. 民间迷信：如果没被人认出来，就会发财。

“从科维列夫区来。”

“挺远啊。你们那儿是不是把地包出去了？”

“不一样，有的是包出去，有的是收租钱，有的是收瓜。其实我刚才是去了一趟磨坊。”

老牧羊犬是只长毛的灰白色大狗，眼睛和鼻子的周围的毛特别密，它尽量表现得对身旁的陌生人无动于衷，平静地围着马走了三圈，突然它发出凶狠、苍老、嘶哑的叫声，然后出其不意地从后面扑向巡护，其他的狗也忍不住纷纷从四下冲过来。

“去，该死的！”老头儿吆喝着，用胳膊肘支撑着坐起来，“去死吧，鬼东西！”

等狗都安静下来，老头儿又回到刚才的姿势，语气平静地说：

“在耶稣升天[1]那天，科维里村的叶菲姆·日美尼亚死了。夜里不该说这种事，不该说这样的人，他是个坏老头儿。你也许听说过。”

“没有，没听说过。”

“叶菲姆·日美尼亚是铁匠斯焦普卡的舅舅，全区都知道他。嗯，是个可恨的老头儿！我认识他六十年了，从把法国人赶走的亚历山大沙皇给用车从塔甘罗格运到莫斯科

1. 复活节后的第四十天。

的时候[1]就认识。我们一起去迎接去世的沙皇，那时候大路不是通到巴赫穆特，而是从耶萨乌洛夫卡到格罗基谢的，也就是如今的科维里。那时候有好些大鸨窝，走几步就有一个。那时候我就看出日美尼亚这人很邪性，身上有股邪气。我估摸着，要是一个庄稼人总不爱言语，干些老太婆的营生，总想一个人猫着，那准没好事。这个叶菲姆从打年轻时就不爱说话，斜着眼睛看人，总像公鸡对母鸡似的拿着架子。上教堂，跟伙伴们上外面玩儿，或上酒馆，这些事他都不乐意，大多数时候都是一个人待着或是和老太婆们叽叽咕咕。年纪轻轻的就干养蜂、看瓜园的活儿。有时候有好人去他的瓜园，他的西瓜和香瓜就吱吱叫，还有一次他当着人逮了一条狗鱼，那狗鱼'咯儿咯儿咯儿'直笑……"

"是有这种事。"潘捷列说。

年轻的牧羊人翻了个身，变成侧躺的姿势，抬起他那双黑眉毛，使劲瞅了老头儿一眼。

"你听见过西瓜吱吱叫吗？"他问道。

"听倒是没听过，上帝可怜我了。"老头儿叹了口气，"可有人这么说。没啥稀奇的……要是鬼乐意，就是石头也能叫。快解放[2]的时候，我们这儿的岩石呜呜地叫了三天三

1. 1825 年 11 月，亚历山大一世死于塔甘罗格。

2. 指 1861 年的农奴制改革，即沙皇宣布解放农奴。

夜，我亲耳听见的。狗鱼哈哈笑是因为日美尼亚逮住的不是狗鱼，是魔鬼。”

老人想起了什么，他很快起身，蜷缩着身子跪着，好像在发冷，他紧张地把手插进袖子里，像个快嘴女人那样用鼻音含混地说：

“求主拯救我们，怜悯我们！有一次我顺着河岸去诺沃巴夫洛夫卡，大雷雨来了，暴雨那个大呀，求圣母保佑吧……我紧赶慢赶，一瞧，路上的荆棘丛里——那时候荆棘正在开花——走出一头白牛。我就想：这是谁的牛？魔鬼为啥把它弄到这儿来？它走着，摇着尾巴，哞哞叫！不过，兄弟们，我赶上它，走近一看！这不是牛，是日美尼亚。圣徒啊，圣徒啊，圣徒啊！我画了个十字，他看着我，嘟囔着，翻着白眼。我吓坏了！我和他并排走着，不敢和他说话——打着雷，闪电把天都劈裂了，柳树弯得都进到水里了——忽然，兄弟们，要是我瞎说，就让上帝惩罚我吧，让我不忏悔就死吧，一只兔子横穿着跑过这条路……它跑着跑着停下来了，口吐人言，说：‘你们好，庄稼人！’走开，该死的！”老头儿对长毛狗吼道，它又围着马转开了，“你快点儿死吧！”

“这种事是有的，”巡护说，他仍然一动不动地倚着马鞍子。他说话的声音低而闷，人们陷入自己的心事时，说话的声音就是这样的。

“这种事是有的。”他若有所思、语气肯定地又说了一遍。

“嗯，那老头儿坏透了。”老头儿继续说，可是语气已经不那么激烈了，“解放后过了五年，他在村公所挨了一顿打，他为了泄愤，一下子就让科维里的人都得了嗓子病。那时候死的人数也数不清，就像霍乱的时候一样……”

“他怎么让人得病的？”片刻沉默后，年轻的牧羊人问道。

“让人得病还不容易。想想就行，用不着多大本事。日美尼亚用蛇油害人。这种法子可厉害呢，别说吃了蛇油，就算只闻一下也能丧命。”

“没错。”潘捷列表示同意。

“那时候大伙儿想打死他，可是老人们不让。不能把他打死，他知道宝贝在哪儿。除了他，没有一个人知道。那宝贝被念了咒语，你就是找到了也看不见，就他能看见。有时候他从河边或林子里走，灌木下面或山岩下面就有一个一个的小火苗……就像烧硫磺的那种小火苗。我亲眼见过。大伙儿都盼着日美尼亚指给人们藏宝的地方，或是他自己挖出来。他呢，就像常言说的，狗自己不吃，也不给别人，就这么死了。他自己没挖，也没告诉人们藏宝的地方。”

巡护抽了一口烟斗，他那浓密的唇髭和严厉庄重的尖鼻子瞬间被照亮了。一个个小光圈从他的手上跳到便帽上，跑过马背上的马鞍，消失在马耳边的鬃毛里。

“这一带有好多宝。”他说。

他慢慢伸了个懒腰，往四下看了一眼，目光停留在已经泛白的东方，补充说：

“肯定有宝。”

“那还用说，”老头儿叹了口气，“怎么看都是有，可是，老弟，没人挖，谁都不知道到底在哪儿。还有，你想想，到现在那些宝全都给念了咒。要找到它，看见它，得有护身符，没有护身符可啥都干不成，小子。日美尼亚就有护身符，可是莫非你能求得动这秃头鬼给你护身符？他把得紧紧的，让谁都弄不到。”

年轻的牧羊人朝老头儿爬了两步，用两个拳头撑住头，目不转睛地望着他。他的黑眼睛里闪着又害怕又好奇的天真目光，在黎明中，他粗粗拉拉的五官和年轻的面庞好像横向撑开，变得有点儿扁。他紧张地听着。

“圣书上也写着，这块儿有好多宝，”老头儿继续说，“这不用说……没错的。在伊万诺夫卡，有人给一个新巴甫洛夫斯克的老兵看了一个条子，上面印着有宝的地方，连有多少普特的金子、放在什么家伙里都有。照理说，凭着这个条子早就能找到宝，可是宝给念了咒，到不了手。”

“为啥到不了手，爷爷？”年轻人问。

“准有个缘故，那个兵没说。宝给念了咒……得有符才能破。”

老头儿说得很起劲，好像在跟过路人倾诉心声，因为不习惯说得这么多、这么快，所以结结巴巴，带着鼻音。他发觉了自己的这个不足，于是尽力晃动头、胳膊和瘦肩膀来加强效果。每做一个动作，他的麻布衣服就皱出褶子，往肩膀蹿，露出由于日晒和年老而变黑的后背。他把衣服拉直，可是它马上又往上蹿。最后老头儿好像失去了耐心，爬起来，伤心地说：

“幸福是有，可是要是它埋在地里，又有啥用呢？这就把好东西白瞎了，一点儿好处没有，就像谷壳跟羊粪一样！本来福多得很，年轻人，多得够全区的人用，可是一个人都看不见它！大伙儿觉得，老爷们会把它挖出来，也可能官府会把它收走，老爷们都已经开始挖古墓了……他们闻到味儿了！他们嫉妒庄稼人的福气！官府也不傻，法律上写着，要是哪个庄稼人找到了宝，他就得交给长官。哼，你们等吧，白等！有，就是不给你们！”

老头儿轻蔑地笑起来，坐到了地上。巡护认真地听，点头赞成。可是他整个人的表现和沉默都说明，对他来说，老头儿讲的这一切并不新鲜，这些事他早就反反复复想过多次了，他知道的也比老头儿多得多。

“当年我，说实话，找福找过十来次，”老头儿不好意思地搔搔头，说道，“我找的地方对，可是，大概碰上的都是念过咒的宝藏。我爹也找过，我兄弟也找过——一件也没找到，就这么到死也没有福。有个修士告诉我兄弟伊利亚，愿他上天国，在塔甘罗格的城堡里，在一个地方有三块石头，石头下有宝，这个宝是念过咒的，那时候——我记得那是三十八年[1]——在马特维耶夫陵住着一个亚美尼亚

1. 1838 年。

人，他卖符。伊利亚买了符，带着两个伙伴就去了塔甘罗格。可是，老弟，他走到城堡那地儿一看，一个当兵的拿枪就站在那儿呢。”

突然，弥漫整个草原的寂静空气中传来了声响。远处有什么东西咣当一声撞击了一下石头，然后在草原上滚起来，发出“嗒嗒嗒”的声音。当这声音停下来，老头儿疑惑地看着漠然不动地站在那儿的潘捷列。

“这是矿上有一个车斗掉下去了。”年轻的牧羊人想了想，说道。

天色已经放亮，银河变得苍白，像雪一样渐渐融化，失去了轮廓。天空变得阴沉混沌，让人搞不清楚这到底是天还是遮住整个天空的云。只有从东方的一条明亮的鱼肚白和几颗残留的星星里才能明白是怎么回事。

第一缕晨风无声地、小心翼翼地轻摇着大戟草和去年的杂草的棕色茎秆，沿着大路掠过去。

巡护从沉思中醒过来，甩甩头。他用双手晃晃马鞍，摸摸马肚带，又停下动作，好像下不了决心上马，沉思着。

“是啊，”他说，“胳膊肘倒是近，就是啃不着……福倒是有，可是没有本事找到它。”

接着他把脸转向两个牧羊人。他严厉的脸上带着忧郁和嘲讽的表情，就像很失意似的。

“是啊，就这么死了，看不见福，不知道它啥样……”他抬起左脚上马镫，一字一顿地说，“年轻的可能能等到，咱们连想也别想了。”

他摸摸沾着露水的长唇髭，沉重地上了马，眯起眼望着远方，那种神情好像是有话忘了说或是没有说完。那蓝色的远方，及目可见的最后一个山丘和雾气混成一团，一切的景物都凝然不动。在地平线上，在无边的草原上，这儿那儿散落着一座座高起的瞭望台和坟丘，看上去威严又死气沉沉。在它们的纹丝不动和静默无声中有着千百年的沧桑，它们对人间的忧乐完全无动于衷。再过一千年，无数的人将会死去，而它们依然会一动不动地立在那里，对死去的人没有一点儿怜悯，对活着的人没有丝毫兴趣，也没有一个人会知道它们为何立在那里，又把草原的什么秘密藏在自己的下面。

白嘴鸦一个个睡醒了，各自无声地在大地之上盘旋。不管在这种长寿的鸟儿懒洋洋的飞行中，还是日日如期而至的早晨里，还是在无边的草原上，哪里都看不到意义。巡护把嘴一撇，嘲笑说：

“这么大的地面，上帝保佑！可你要找福的话，你倒是试试，嗯，”他压低嗓音，表情变得严肃，继续说，“那肯定埋着两份财宝。老爷们不知道它们，老庄稼汉，特别是当兵的，可是知道得一清二楚。那儿，在这片山里的一个地方，”巡护用鞭子一指，“从前强盗劫过一个运金子的车队，这是从彼得堡运送给皇帝彼得的，那时候他正在沃罗涅日建军舰。强盗把赶车的杀了，把金子埋了起来，后来就找不着了。还有一份财宝是我们顿河哥萨克埋的，十二年[1]的时候他们明里暗里从法国人那儿抢了各种金银财宝。回家的路上听说长官想把他们所有的金银都夺走。这些好汉不乐意把财宝给他们的上司，就把财宝埋起来了，心想哪怕留给子孙们也好。可就是不知道那些财宝埋在哪儿了。”

“我听说过这些财宝。”老头儿阴郁地嘟囔道。

“是啊，”潘捷列再次陷入了沉思，“就是这样……”

他们都不说话了。巡护沉默地望着远处，苦笑了一下，还是带着那种有话忘了说或没说完的表情拉了一下缰绳。马不情愿地迈开了步子。走了百十来步之后，潘捷列决然地甩甩头，从思索中清醒过来，抽了马一下，小跑起来。

只剩下两个牧羊人了。

“这是马卡洛夫庄园的潘捷列，”老头儿说，“一年挣五十卢布，包吃。是个念过书的人……”

醒来的羊群——差不多有三千只羊——因为没事干，不情愿地吃起被踩得乱七八糟的矮草来。太阳还没有升起来，但是已经可以看到所有的山岗和远处的萨乌尔陵[2]，它的尖顶好像一朵云。要是爬上这座陵墓，就可以从那里看到像天空一样平坦无际的平原，看见老爷们的庄园，德国人和莫洛坎

---

1. 指1812年的俄法战争。

2. 顿涅茨克山地的最高山岗之一，建有哥萨克岗哨。

教徒[1]的农庄，一座座村庄，千里眼的卡尔梅克人[2]，甚至能看见城市和铁路上的火车。只有从那里才能看到，在这个世界上除了沉默的草原和已经存在几百年的坟丘，还有另外一种跟埋藏的福气和羊的意念没有关系的生活。

老人从身边摸出他的“牧杖”——那是一根长长的棍子，上端有个钩子，站了起来。他沉默地思索着。年轻的牧羊人脸上还带着害怕和好奇的天真表情。他还沉浸在听到的事情里，迫不及待地等着新的故事。

“老爷爷，”他站起来，拿起自己的牧杖，问道，“你的兄弟，伊利亚，他看见当兵的以后怎么样了？”

老头儿没听清问题。他心不在焉地看了一眼年轻的牧羊人，动了几下嘴，自说自话：

“我，萨恩卡，总是想着当兵的在伊万诺夫卡见到的那个字条。我没跟潘捷列说，愿上帝跟他同在，其实在字条上写明了那个地方，连娘们儿都能找到。你知道是什么地方吗？就在富裕谷，就在那个地方，你知道吗，沟像鸭掌一样分了叉儿，变成三条小沟，就在中间那条小沟里。”

“怎么，你要去挖吗？”

“试试福气……”

“老爷爷，等你找到宝，你用它做啥？”

---

1. 从俄国正教中分离出来的一个教派。

2. 住在顿河草原的民族，为蒙古人后裔。

“做——啥？？”老头儿乐了，“哼！……只要能找到，到时候……我就让大伙儿看看我的厉害……哼！……我知道该做啥……”

找到了财宝，拿它做啥，这个问题老头儿答不上来。大概，今天早上他是生平头一次遇到这个问题。从他那漫不经心的、无所谓的表情来看，他并不觉得这个问题有多重要、多值得他深究。在萨恩卡的脑袋里还萦绕着一个疑惑：为什么只有老人在找财宝，对于每天都可能老死的人来说，人间的福气有什么用？可是萨恩卡不会把这个疑惑变成问题表达出来，再说老头儿也未必知道怎么回答。

太阳周围罩着一层轻雾，显得又大又红。宽宽的光带还带着寒意，浸在沾着露水的草中，拉得长长的，兴致勃勃地铺在地上，好像极力表示它对做这些事的乐此不疲。银色的蒿子，猪葱的蓝花，黄色的山芥菜，矢车菊，所有这些全都开始高高兴兴地争奇斗艳，把太阳的光化作它们自己的微笑了。

老头儿和萨恩卡分开，站在羊群的两头。两个人都像树桩那样站着，一动不动地望着大地，陷入沉思。老人总是放不下关于福气的念头；年轻人想的是夜里听到的事情，他感兴趣的不是福气本身——他不需要，也不懂那个福气——而是人间幸福的那种奇幻的、童话般的感觉。

有一百来只羊受了惊，在一种莫名其妙的恐惧中，好像得到了什么信号一样，猛然离开羊群往一旁冲去。萨恩卡呢，好像瞬间也被羊绵长的思绪传染，也在一股同样莫名其妙的、动物般的恐惧中猛然往旁边跑去，但他马上清醒过来，叫道：

“呸，疯了！你们中邪了，该死的！”

太阳开始炙烤大地，确定无疑地预示着这个漫长的白天将非常炎热。所有夜里活动和发出声响的动物都昏昏欲睡了。老头儿和萨恩卡拿着他们的牧羊杖站在羊群的两端，好像两个正在祷告的苦行僧，一动不动，聚精会神地想着心事。他们已经感觉不到对方的存在，各自过着自己的生活。羊也想着心事……

芦笛

杰敏奇耶夫庄园的管家梅里东·希施金受不了云杉林里的闷热，全身挂着蜘蛛网和松针，拿着猎枪向林边走去。他的达穆卡——一条猎犬和家犬的杂种狗，非常瘦，怀着小狗——耷拉着湿乎乎的尾巴，跟在主人身后慢慢走，小心翼翼，避免碰到鼻子。早上天气不好，是个阴天。从笼罩着薄雾的树上和蕨类植物上洒下大大的水滴，林中的潮气中夹着刺鼻的腐败味道。

前面到了林边，那里长着桦树，透过它们的枝枝杈杈可以看到雾蒙蒙的远处。桦树后面有人在吹自制的牧笛。吹笛子的人只吹出五六个音，懒洋洋地把它们拖长，并不试图连成一个曲子，尽管如此，尖利的笛声中却有某种肃杀的、非常愁苦的情绪。

当梅里东走到树木变得稀疏，云杉和小桦树交错的地带，他看到了畜群。拴着脚绊的马、牛和羊在灌木中徘徊，噼噼啪啪地碰着枝丫，嗅着林子的草。林边有一个放牧的老头儿，倚着一棵湿乎乎的桦树，他身子精瘦，穿了件破烂的粗呢外衣，没戴帽子。他看着地面，一边想着什么心思一边吹着笛子，看样子是信口吹的。

“你好，老爷子！求上帝保佑你！”梅里东打招呼道，他的嗓音又细又哑，跟他的大块头和大胖脸很不相称，“你的笛子吹得挺好！你看的是谁的牲口啊？”

“阿尔达莫诺夫家的。”牧人不情愿地回答，把笛子揣到了怀里。

“这么说这片林子也是阿尔达莫诺夫家的？”梅里东四下望望，说道，“真是阿尔达莫诺夫家的，可不……我完全迷路了。我的脸全给树枝划破了。”

他坐到潮湿的地上，开始用报纸粘烟卷。

这个人身上什么都小：笑容，眼睛，扣子，勉强盖住剪着短头发的胖脑袋的帽子，这些，以及他的尖嗓子，都跟他的高个子、宽身材和胖脸不相称。当他说话和微笑时，他那张刮去胡子的虚胖的脸上和整个人的身上都透出一种像女人气的、胆怯而温顺的感觉。

“这天儿真够呛！”他摇晃着脑袋说，“人们还没收完燕麦，小雨就像要下个没完，求上帝保佑啊。”

牧人看看飘着毛毛雨的天，又看看树林，看看管家的衣服，想了想，一句话也没说。

“一个夏天都是这样……”梅里东叹了口气，“庄稼人也难受，老爷们也不开心。”

牧人再次看看天，想了想，开了腔。他说话一板一眼地，好像在咀嚼每个字：

“全都在往一处走……甭指望有好事。”

“你们这儿怎么样？”梅里东抽了口烟，问道，“在阿尔达莫诺夫林子的空地上见过整窝的黑琴鸡吗？”

牧人没有马上回答。他又看了看天，看看周围，想了想，眨眨眼……看来他很重视自己的言论，为了加重它们的价值，要尽量拖长声，带点儿庄严感。他的表情带着老人的尖锐和稳重，由于鼻子中间有个凹坑，他鼻孔朝上，又显出狡黠和嘲弄的神情。

“没，好像没见过，”他回答，“我们的猎人叶列穆卡好像说过伊利亚节[1]时在布斯托谢见过一群。可能是瞎说，如今鸟儿少得很。”

“是啊，伙计，少得很……哪儿都很少！仔细想想，打猎打不到什么东西，不值得。野物根本没有；有的呢，现在也不值得脏了手——还没长大呢！那么小的东西，看着都害臊。”

梅里东苦笑了一下，摆了摆手。

“这世道啊，简直可笑，没别的！鸟儿也没谱了，孵蛋

1. 东正教节日，在俄历7月20日。

晚，有的到圣彼得节[1]还没孵完。真的！”

“全都往一处走了，”牧人扬起脸，说道，“去年的野物就少，今年更少，再过五年，你看吧，就根本没有了。依我看，过不多久不光没有野物了，连鸟儿也一只不剩。”

“是啊，”梅里东想了想，表示同意，“这是实话。”

牧人苦恼地笑笑，摇摇头。

“真不明白！”他说，“它们都到哪儿去了？我记得，二十年前，这儿也有鹅，也有鹤，也有野鸭，也有黑琴鸡——有的是！那时候老爷们围猎，你就听吧：砰——砰——砰！砰——砰——砰！大鹬鸟、田鹬鸟、麻鹬鸟，要多少有多少。那些小鹬鸟和水鸭子就像椋鸟或是麻雀那么多，数都数不清！它们都到哪儿去了！连猛禽也看不见了。鹰、隼、雕，都不见了。什么野兽都少了。现在，老弟，连狼和狐狸都成了稀罕物，更不用说熊和水貂了。可是过去连驼鹿都有！我冷眼看这世道四十年，我看事事都在往一处走。”

“往哪儿走？”

“往坏里走，年轻人。八成往死走……这世界快要毁了。”

老头儿戴上帽子，开始望天。

“真可惜！”他沉默片刻，叹了口气，“哦，上帝啊，真可惜！当然了，这是上帝的意思，世界不是我们造的。可是老弟，我还是心疼得慌。要是一棵树枯了，或是，比方说，一

1. 俄历 6 月 29 日。在俄国，打猎季节通常从这一天开始。

头牛死了，也会心疼，可要是，你看，好人，整个世界都毁灭了，那会怎么样……有多少好东西啊，主耶稣！太阳、天、林子、河、野兽，这些东西都造得妥妥当当，都是配着来的，各有各的用处，各有各的本分。可是这些全都要毁了！”

牧人的脸涨红了，露出忧郁的微笑，眼皮颤动着。

“你说，世界要毁灭了……”梅里东沉吟道，“也可能世界末日快到了，可是不能凭鸟儿来说这事。鸟儿不一定能说明问题。”

“不光是鸟儿，”牧人说，“野兽也一样，牲口、蜜蜂、鱼都一样……你要不信我的话，就问问老人们：每个人都会跟你说，现在的鱼跟以前根本没法比。海里也罢，湖里也罢，河里也罢，鱼都一年比一年少。我记得，我们的比斯昌卡河上抓到过一尺长的狗鱼，还有好多江鳕、雅罗鱼、鳊鱼，每条鱼都挺足实；现在呢，你要能抓到条小狗鱼或两三寸的鲈鱼，就得谢天谢地了。连像样的梅花鲈也没有。一年比一年差。用不了多久，就根本没有鱼了。再说河吧……河呀，怕是要干了！”

“没错，是要干了。”

“就是说呀。水一年比一年小，老弟，没有过去的那种漩涡了。你看见那片灌木了吗？”老头儿指点着，问道，“老河道在它后面，叫大河湾，我爹活着时比斯昌卡河在那个地方，现在你瞧，魔鬼把它弄到哪儿去了。河道变来变去，你看着吧，一直要变到全干了才算完。库尔加索夫村外本来是沼泽和池塘，现在都哪儿去了？那些小溪又到哪儿去了？我们这片林子里过去就有小溪，人们能在溪水里下篓子抓狗鱼，有野鸭在溪旁过冬。现在呢，就是春汛时，溪里也没多少水。是啊，老弟，哪儿哪儿都不妙。到处都一样！”

他们都不说话了。梅里东陷入沉思，眼睛盯着一个点。他尽力想出大自然中哪怕一处还没有被普遍的毁灭触及的地方。在雾气和斜飘的雨丝之上出现了几个光斑，它们好像在毛玻璃上滚动着，可是只滚动了几下，随即就熄灭了——升起的太阳尽力穿过云层，朝大地露了个脸。

“是啊，树林也是……”梅里东嘟囔道。

“树林也是……”牧人重复道，“有的给人砍了，有的烧了，有的枯死了，新的树又长不起来。刚一长出来，马上就砍，今天刚长出来，明天一看，人们就给砍了——就这么没完没了，早晚什么都剩不下。好人，我从一解放就看管村社的牲口，解放前在老爷家我也是牧人，就在这个地方放牧，不记得哪年夏天不在这儿。我一直冷眼看着上帝在做些什么。老弟，我足足看了一辈子，现在我知道，各种植物都变差了。你就说黑麦也好，菜也好，花花草草也好，全都走下坡路。”

“可是人变好了。”管家说。

“怎么好法？”

“变聪明了。”

“聪明倒是聪明了，这是真的，年轻人。可是有什么好处？死到临头，聪明对人又有什么用？要完蛋的人用不着多聪明。要是没有野鸟，猎人再聪明有什么用？我琢磨，上帝给了人聪明，收走了力气。现在的人变弱了，弱得要命。就说我吧……我根本不咋地，是全村最差的庄稼人，可是老弟，我有力气。你瞧，我六十多了，还是每天放牲口，夜里也照管牲口，能挣二十戈比，不睡觉，也不怕冷。我儿子倒是比我聪明，可你要让他干我这些活儿，他明天就得要加钱，要不就得去看病了。就这么回事。我除了面包什么都不要，因为'我们日用的饮食，天天赐给我们'[1]，我父亲，也除了面包啥都不吃，我爷爷也是。可是现在的庄稼人又要喝茶，又要喝伏特加，又要吃白面包，要睡整宿的觉，又要看病，娇气着呢。为什么呢？因为人变弱了，没有力气，受不得苦。他倒是想不睡觉，可是眼皮抬不起来——一点儿办法也没有。"

"确实这样，"梅里东表示赞成，"现在的庄稼人不是那么回事。"

"不用怕揭丑，我们一年比一年糟。要说起现在的老爷，他们比庄稼人还弱。如今的老爷啥都懂，连不该懂的都懂，可是有什么用？看他那样子，就让人觉得可怜……瘦瘦弱弱的，就像什么匈牙利人或法国人，一点儿也不威风，不精神——就是顶着个老爷的名儿罢了。可怜的，没有官职，也不做事，你也搞不清他想干什么。他要么拿根钓竿坐在那儿钓鱼，要么肚皮朝天躺着看书，要么在庄稼人中间瞎转悠，

---

1. 祷告词。

说这说那；要是吃不上饭了，就去当文书。他就这么瞎混，说是聪明，就是不知道怎么干正事。过去的老爷一半都是将军，现在的都是废物！”

“穷多了。”梅里东说。

“穷是因为上帝把力气收走了。上帝的意志违抗不得。”

梅里东又盯住一个地方看。他沉吟片刻，以一个沉稳、理智的人的方式叹了口气，摇摇头，说：

“这都是怎么回事？我们的罪恶太重，忘了上帝……看来全都完蛋的时候快到了。不是说嘛，世界不是永远长存的，——该完了。”

牧人叹了口气，好像想结束这场不愉快的谈话，走到桦树边上，开始用眼睛清点牛。

“嗨嗨嗨！”他喊道，“嗨嗨嗨！你们这些该死的，让你们遭瘟吧！魔鬼把你们赶进树林子里去了！出来，出来，出来！”

他做出生气的样子，去灌木丛那边拢牲口。梅里东站起来，在林边安静地溜达。他看着自己的脚下，思索着。他还在竭力思考到底什么东西还没沾染上死气。在斜的雨丝之上出现了游动的光点，它们在林梢跳动了几下，又在潮湿的树叶中熄灭了。达穆卡在灌木丛下面找到一只刺猬，它想让主人注意到这个发现，就汪汪地叫起来。

“你们那儿有没有过日食？”牧人从灌木丛后喊道。

“有过！”梅里东回答。

“嗯。各处的人都说有过。可见，老弟，天上也乱了！必有缘故……嗨嗨嗨！嗨！”

牧人把畜群赶到林边，倚在一棵桦树上望了望天，不慌不忙地从怀里掏出芦笛，吹了起来。他仍旧吹得心不在焉，只用五六个音符，好像是第一次吹笛子，吹出的音符犹犹豫豫，没有章法，不成调子。可是正在思考世界毁灭问题的梅里东却从中听到了一种很痛苦很恼人的东西，简直听不下去了。那尖利的最高音颤颤巍巍，断断续续，好像在伤心地哭泣，好像芦笛生病了，很恐惧似的。而最低音不知为何令人想到雾气、没精打采的树和灰色的天空。这样的音乐与天气、这位老人以及他的话都很合拍。

梅里东想发牢骚了。他走近老人，看着他那忧郁的、嘲讽的脸，看着芦笛，嘟囔道：

“日子也变坏了，老大爷。根本过不下去。收成不好，穷……牲口不时发瘟，人又得病……穷得喘不过气来。”

管家虚胖的脸变红了，出现了一种忧戚的、女人般的表情。他动了动手指，好像在寻找合适的词儿来表达他那说不清的感觉，接着说：

“八个孩子，加上老婆……母亲也还活着，一个月的薪水只有十个卢布，不管吃。因为穷，我老婆变得很凶……我自己也喝起酒来。我是个有头脑的、稳重的人，受过教育。我本该安安生生地待在家里，可现在整天像条狗一样，背着猎枪到处跑，因为实在受不了。家让人心烦！”

管家觉得舌头叨咕出来的这些完全不是他想说的，于是摆摆手，伤心地说：

“如果世界要毁灭，那就快点儿吧！用不着磨叽，让人白受罪……”

老人把芦笛从嘴边拿开，眯起一只眼，看看它的小孔。他的脸很忧郁，挂着大大的水滴，就像眼泪一样。他笑笑说：

“可惜，老弟！上帝啊，太可惜了！土地、树林、天空……各种动物，这些都是造出来的，都有用处，都有灵性。都要白白完蛋了。最可惜的是人。”

在林子里接近边缘的地方哗哗地下起了大雨。梅里东朝雨声大作的方向看了看，把所有的扣子都扣好，说：

“我到村里去了。再见吧，老大爷。你叫什么？”

“穷卢卡。”

“好，再见，卢卡！谢谢，你说的话挺有道理。达穆卡，走！”

梅里东和牧人告别以后，先是沿着林边走，然后顺着逐渐过渡到沼泽的草甸子往下走。他脚下的水噗嗤噗嗤地响着，带着锈斑、仍然翠绿的莎草俯身往地上贴，好像怕被人踩到似的。沼泽后面就是老大爷说到的比斯昌卡河。河岸上有柳树，柳树后面，雾气中一个有个发蓝的东西，那是老爷家的干燥棚。一个不幸的时辰就要到来，什么也拦不住它：到那时，田野晦暗，大地寂静寒冷，垂柳显得越发悲伤，树干上淌着泪水，只有鹤群能振翅高飞，离开普遍的灾难。可是就连它们也唱着响彻天空的，忧郁、悲伤的歌，唯恐表现出幸福的样子会让委顿的天地万物难堪。

梅里东慢慢往河边走，听到身后的笛声渐渐变小。他还是想发牢骚。他忧伤地看看四周，心里涌起对天空、大地、太阳、树林和达穆卡的不可遏制的疼惜。此时芦笛的最高音在空气中缭绕不绝，颤颤悠悠，像人的哭声，让他对大自然中出现的混乱感到格外痛苦和伤心。

那高音颤动了片刻就断了。芦笛声消失了。

卡西坦卡

故事

1
坏行为

一条棕红色的小狗——它是达克斯犬和家犬的混种，脸很像狐狸——在人行道上跑前跑后，不安地东看西看。有时候它停下来，一边发出呜呜咽咽的叫声，一边轮换着抬起冻僵的爪子，它想要弄明白：怎么会迷路了？

它清楚地记得这一天是怎么过的，又怎么到了这条陌生的人行道。

这一天是这样开始的：它的主人，细木匠卢卡·亚历山大雷奇，戴上帽子，把一个用红头巾包着的木头东西夹在腋下，对它吆喝道：

“卡西坦卡，走了。”

这条达克斯和家犬的混种狗听到自己的名字，就从它睡觉的地方——工作台下的一堆刨花中走了出来，舒舒服服地伸个懒腰，跟着主人跑起来。卢卡·亚历山大雷奇的客户们都住得远得很，所以不管去谁家，细木匠都要在路上去好几趟酒馆提神。卡西坦卡记得，它在路上的表现特别不像样。因为主人带它出门，它高兴得又蹦又跳，叫着朝马车车厢上扑，好几次冲到别人的院子里追别的狗。细木匠一会儿就看不见它了，于是停下来生气地吼它，有一次甚至带着凶狠的表情，攥住它狐狸一样的耳朵拧了一下，一字一顿地说：

“你——给——我——去——死吧，瘟神！”

去完客户那儿，卢卡·亚历山大雷奇去他姐姐家待了一会儿，在那儿喝了点儿酒，吃了点儿东西，然后从姐姐家去了一个认识的装订匠家，从装订匠家去了酒馆，从酒馆去了干亲家等等。一句话，当卡西坦卡到了这条陌生的人行道时，天已经黑下来了，细木匠醉透了，他挥动着双臂，喘着大气，嘟嘟囔囔：

“我妈生下我这孽障真是罪过，哎呀，罪过啊，罪过！现在我们走在街上，看见路灯，等我们死了——我们就要在地狱的火里挨烧了……”

一会儿他又换成亲切的语气，把卡西坦卡叫过来，对它说：

“你，卡西坦卡，就是个虫子，没别的。拿你跟人比，就像拿粗木匠跟细木匠比。”

就在他跟它说这些话的时候，忽然乐声大作。卡西坦卡一看，一队兵正沿着街道直冲着它走过来。这音乐让它的神经受到刺激，它忍不住边叫边后退。让它大为吃惊的是，细木匠并不害怕，既不吱吱叫也不汪汪叫，反而咧开嘴笑了，挺直身子立正敬礼，把他的五个指头并拢举到帽檐下面。卡西坦卡看到主人没有抗议，就更大声地吼叫，没命地冲过马路蹿到了对面的人行道上。

等它回过神来，音乐已经不响了，兵团也不见了。它跑过马路，回到它离开主人的地方。可是，坏了！细木匠不在那儿。它往前奔，然后往后奔，又再次穿过马路，可是细木匠好像掉进地里去了……卡西坦卡开始嗅人行道，想根据主人脚印的气味找到他，可是先前一个人该死地穿着双新的橡胶套鞋走过，现在所有微弱的气味都跟胶皮的刺鼻臭气混在一起，什么都分辨不出来。

卡西坦卡前前后后地跑着，找不到主人。此时天已经黑了，两边的街灯都点了起来，房子的窗户里也亮起了灯。天上下着鹅毛大雪，马路、马背和赶车人的帽子都成了白的，天越黑，所有的东西越白。不认识的客户们不停地从卡西坦卡的身边来来往往，挡住它的视线，用脚踢它。（卡西坦卡把整个人类分为两个非常不均衡的部分：主人和客户。两者之间有着本质的区别，前者有权打它，后者它有权咬他们的腿肚子。）这些客户急匆匆地去什么地方，一点儿也不注意它。

等到天完全黑下来，卡西坦卡满心绝望和恐惧。它蜷缩在一个台阶旁，伤心地哭起来。跟着卢卡·亚历山大雷奇跑了一天，它筋疲力尽，耳朵和爪子都冻僵了，再说它饿得要命。一整天里，它只吃过两次东西：在装订匠那儿吃了点儿浆糊，在一个酒馆的柜台旁找到了一点儿火腿皮——统共就这么一点儿。如果它是个人，大概就会这样想：

“不行，活不下去了！得自杀了！”

2
神秘的陌生人

可是它什么也没想，只是哭。当柔软的雪片完全覆盖了它的后背和脑袋，它累得昏昏欲睡；忽然前门砰地开了，吱吱扭扭地响着打到它的身子。它跳了起来，从打开的门里走出一个人，是属于客户那部分的。卡西坦卡尖叫着扑到了他的脚下，所以他不能不注意到它。他朝它弯下腰，问道：

“狗崽子，你是哪儿来的？我打着你了？哦，小可怜儿，小可怜儿……好了，别生气，别生气……对不住啦。”

卡西坦卡透过沾在睫毛上的雪看着陌生人，这个人个子不高，有点儿胖，一张胖乎乎的脸，没留胡子，戴着高筒帽，敞怀穿着一件裘皮大衣。

“你哭什么？”他用手撣掉它背上的雪，继续说：“你的主人在哪儿？你大概是找不到家了吧？唉，可怜的狗崽！现在我们怎么办呢？”

陌生人的语气里的温暖和善意被卡西坦卡捕捉到，于是它开始舔他的手，哭得更伤心了。

“你挺漂亮，长得真好玩！”陌生人说，“简直就是个小狐狸！得了，没办法，跟我走吧！你说不定有点儿用……好了，走吧！”

他吧嗒一下嘴，给卡西坦卡做了个手势，那意思不会错，只能是：“跟我走！”卡西坦卡就跟着走了。

不出半个小时，它已经坐在一个明亮大房间的地板上，头歪向一边，感动而好奇地看着这个陌生人。他正坐在桌旁吃饭，边吃边扔给它……他先是扔给它面包和一块发绿的奶酪皮，然后又给了它一块肉、半个小馅饼、鸡骨头。因为饿得厉害，它来不及分辨滋味就迅速地把这些东西一下子全吃了，而且越吃越饿。

“嗯，看来你的主人没好好喂你！”陌生人看见它这么狼吞虎咽，说道，“你多瘦啊！皮包骨……”

卡西坦卡吃了很多，没有吃够，而是吃醉了。饭后它在房间的中间伸开腿舒展地躺着，感到全身慵懒通泰，于是摇起了尾巴。它的新主人靠在圈椅里抽烟，它则边摇尾巴边琢磨：在哪儿更好？陌生人这儿还是细木匠那儿？陌生人的地方又穷又难看：除了圈椅、长沙发、灯和地毯什么都没有，房子也显得很空；细木匠的住处满满当当的：他有桌子、工作台、刨花堆、刨子、凿子、锯子、鸟笼和一只黄雀，还有盆子……陌生人这儿什么味儿都没有，细木匠家则总是烟雾腾腾，弥漫着好闻的胶水味、油漆味、刨花味。可是陌生人有一个很重要的好处：给好多吃的。还有，一定得为他说句公道话，当卡西坦卡蹲在桌子前恳求地看着他，他一次也没有打它，没有跺脚，也没有嚷："滚开，该死的！"

新主人抽完烟走了出去，一会儿又回来了，手里拿着个小褥垫。

"嘿，你，小狗，到这儿来！"他把褥垫放在沙发旁的角落，说道，"躺在这儿，睡觉！"

然后他熄了灯，出去了。卡西坦卡在褥垫上伸开腰，闭上了眼睛，街上传来了狗叫声。它想回叫，可是忽然间，心里充满了凄惶的感觉，它想起了卢卡·亚历山大雷奇、他的儿子费秋什卡、工作台下面舒服的小窝……它想起，在那些漫长的冬夜里，当细木匠刨木头或大声读报时，费秋什卡常常和它一起玩儿……他抓住它的后腿把它从工作台底下拉出来，跟它玩各种把戏，让它头晕眼花、浑身疼痛。他叫它用两条后腿走路，让它当铃铛，也就是使劲扯它的尾巴，疼得它又是吱吱叫又是汪汪叫，还给它闻烟斗……最难受的是这种把戏：费秋什卡用线绑着一块肉给卡西坦卡，然后，当它把肉吞下了，再大笑着把肉从它的胃里拉回去。卡西坦卡越是清楚地想起这些，就哭得越响、越伤心。

可是很快疲倦和温暖胜过了忧伤……它睡着了。在它的梦境里有一些狗跑起来，同时还有一只毛烘烘的老卷毛狗，眼睛上有白斑，鼻子周围的毛打着绺，这狗是今天白天它在街上看到的。费秋什卡手里拿着凿子追这条卷毛狗，然后他自己忽然长满了卷毛，快活地叫起来，他来到卡西坦卡身边，他们友好地互相嗅嗅，就跑到街上去了……

3
新交的好朋友

卡西坦卡睡醒时天已经亮了，街上传来了只属于白天的喧闹。房间里一个人都没有。卡西坦卡伸伸懒腰，打了个哈欠，气恼而阴沉地在房间里走来走去，嗅遍了各个墙角和家具，看了看外屋，没有找到一点儿有趣的东西。除了通向外屋的门，还有一扇门。卡西坦卡想了想，用两个爪子抓挠一番，开了门，走进另一间屋子。一个客户睡在床上，身上盖着毛毯，卡西坦卡认出他就是昨天那个陌生人。

"呜呜……"它低声吼着，可是它想起了昨天的饭，又开始摇尾巴，四处嗅起来。

它嗅嗅陌生人的衣服、靴子，发现它们散发出很重的马味儿。卧室里还有一扇门通向什么地方，这门也是关着的。卡西坦卡抓挠了几下，用胸脯一顶，就把门开开了，随即它就闻到一种奇怪的、非常可疑的气味。卡西坦卡预感会遇到敌人，它低吼着，东瞧西望地走进一个贴着肮脏壁纸的小房间，又吓得马上往后退。它看到了一个没想到的、可怕的东西。一只灰色的鹅把脖子和脑袋贴着地面，张开翅膀，嘎嘎叫着，直冲它走过来。鹅旁边一块小褥垫上躺着一只白猫。看到卡西坦卡，它跳起来，弓起背，竖起尾巴，炸起毛，也嘶嘶地叫起来。小狗吓坏了，可是不想暴露它的恐惧，于是大叫着向猫扑去……猫把背弓得更高了，嘶嘶叫着，用爪子打了卡西坦卡的脑袋一下子。卡西坦卡闪到一旁，四爪趴在地上，把脸伸向猫，发出很大声的尖叫。这时候鹅从背后走过来，用喙把它的背啄得生疼，卡西坦卡跳起来朝鹅扑去……

“怎么回事？”有人生气地大声说。陌生人穿着睡袍，叼着香烟走进房间：“怎么了？回到自己的地方去！”

他走到猫跟前，拍了一下它弓起的背，说道：

“费奥多尔·季莫菲伊奇，这是什么意思？打架吗？嘿，你这个老混蛋！躺下！”

他又冲着鹅高声说：

“伊万·伊万内奇，回去！”

猫顺从地躺到它的小褥垫上，闭上了眼。从它的胡子和面部表情来看，它也对自己的冲动和打架不满意。卡西坦卡委屈地哭起来，而鹅伸长脖子很快地说了些什么，说得很激烈，清清楚楚的，但就是一点儿都听不懂。

“行了，行了！”主人打着哈欠说，“要和气友好地过日子。”他抚摸了卡西坦卡几下，接着说：“小红毛儿，你别怕……它们很好，不会欺负你的。等等，我们叫你什么呢？没有名字可不成，老弟。”

陌生人想了一下，说：

“那么……你就叫——乔特卡[1]……懂了吗？乔特卡！”

他重复了几遍“乔特卡”这个词就出去了。卡西坦卡坐下，开始观察。猫一动不动地待在小垫子上，假装睡觉。鹅伸长了脖子原地踏步，继续很快地、激烈地说着什么。看样子这是一只很聪明的鹅，它每发表完一大段演说，就会吃惊地倒退一步，好像在赞叹自己的演讲……卡西坦卡听了一阵子，发出“呜呜”的声音作为回答，然后就开始到处嗅。它看到一个角落里放着一个小盆子，里面有泡过的豌豆和泡软的黑面包皮。它尝了尝豌豆——不好吃，尝了尝面包皮——吃了起来。鹅看见这条不认识的狗吃它的食，并不生气，相反，它说得更加热烈了，而且为了表示信任，自己也走到盆子跟前吃了几颗豌豆。

1. 俄语意为婶婶、姑姑。

4
耍花活

过了一会儿，陌生人又走了进来，带来了一个像门又像字母 Π 的怪东西。在这个粗粗拉拉的 Π 形木架的横梁上挂着一只铃铛，拴着一把手枪，铃铛的舌头和手枪扳机上都连着小绳子。陌生人把这个木架放在房间中间，花了半天解开什么又系上什么，然后看看鹅，说道：

“伊万·伊万内奇，请吧。”

鹅走到他跟前停下，做好准备的姿势。

“好了，”陌生人说，“从头开始。首先鞠躬，行屈膝礼。来吧！”

伊万·伊万内奇伸长脖子，两脚一并，向四下点头。

“不错，好样的……现在，装死！”

鹅仰面朝天躺下，两只脚掌向上举着。又演了几个类似的小节目之后，陌生人忽然抱住头，做出恐怖的表情，嚷道：

“警报！着火了！着火了！”

伊万·伊万内奇跑到木架的跟前，衔住绳子，拉响了铃铛。

陌生人很满意。他摸摸鹅的脖子说：

“好样的，伊万·伊万内奇！现在你假设你是个珠宝商，卖金子和钻石。现在假设你走进自己的商店，看见了小偷。这时候你怎么办？”

鹅衔住另一条绳子一拉，随即发出一声震耳的枪声。卡西坦卡很喜欢铃声，枪声更让它兴奋不已，所以它围着木架又跑又叫。

“乔特卡，回去！”陌生人对它喊道，“不要叫！”

开完枪，伊万·伊万内奇的活儿还没完。之后整整一小时，陌生人都用长索拴着它，啪啪地甩着鞭子，赶着它围着自己跑。另外，鹅还要跳障碍、钻圈子、直立，也就是尾巴着地，两只脚掌不停晃动。卡西坦卡的眼睛一直不离开伊万·伊万内奇，兴奋地直叫，好几次大叫着跟着它跑。陌生人把鹅和自己都累得够呛，随后他擦擦额头，喊道：

“玛利亚，把哈福洛尼亚·伊万诺夫娜叫来！”

不一会儿就传来了呼哧呼哧的声音……卡西坦卡呜呜地叫起来，做出很勇敢的样子，可是为了防备万一还是靠近陌生人。门开了，一个老太婆露了个头，说了些什么，然后放进来一头很难看的黑猪。这猪根本不管卡西坦卡呜呜呜的叫声，扬起嘴巴，开心地呼哧起来。看样子它很乐意看见自己的主人、猫和伊万·伊万内奇。它走到猫身边，用嘴巴轻轻地碰它的肚子下面，又跟鹅聊起什么来。它的动作、声调，它的小尾巴的颤动，都传达出很多的善意。卡西坦卡马上明白了，用不着对着这位呜呜叫或汪汪叫。

主人把木架收走，喊了声：

“费奥多尔·季莫菲伊奇，请！”

猫站起来，懒洋洋地抻抻身子，不大乐意，好像屈就似的，走到猪的身边。

“现在，咱们从埃及金字塔开始吧。”主人说道。

他给那三位讲了好半天，然后下达了指令：“一，二，三！”一听到“三”，伊万·伊万内奇就拍着翅膀跳上了猪背……它晃动着翅膀和脖颈找平衡，当它在鬃毛密布的猪背上站稳以后，费奥多尔·季莫菲伊奇没精打采、显然心不在焉地，带着对自己的技艺不屑一顾的表情，懒洋洋地爬上了猪背，然后不情愿地爬到鹅身上，用两条后腿直立起来。陌生人称为“埃及金字塔”的节目成功了。卡西坦卡兴奋地尖叫起来，但这时老猫打了个哈欠，失去了平衡，从鹅身上掉了下来。伊万·伊万内奇晃了几下也掉下来了。陌生人挥动着胳膊叫起来，又开始讲。金字塔足足练了一个小时，然后不知疲倦的主人又开始教伊万·伊万内奇骑到猫的背上，然后教猫抽烟等等。

最后课上完了，陌生人擦掉脑门子上的汗，出去了。费奥多尔·季莫菲伊奇嫌弃地呼噜两声，躺到小垫子上闭起了眼睛；伊万·伊万内奇走到小盆子前补充体力；猪被老太婆带走了。因为有一大堆的新鲜见闻，卡西坦卡不知不觉就过了一天。晚上，它和它的小垫子已经被放在糊着脏壁纸的房间里，跟费奥多尔·季莫菲伊奇和鹅一块儿过夜了。

5
天才！天才！

一个月过去了。

卡西坦卡已经习惯有人每天晚上给它吃好吃的饭，管它叫乔特卡。它也跟陌生人和新同屋混熟了。日子过得很自在。

每天的开始都一样。一般最早醒来的是伊万·伊万内奇，它醒了以后会马上走到乔特卡或猫的身边，伸长脖子，热烈而雄辩地说起什么来，但大家照旧听不懂它的话。有时候它会仰着头发表一篇冗长的独白。刚认识的时候，卡西坦卡以为它说那么多是因为聪明，可没过多久就完全失去了对它的尊敬。当鹅走到它面前滔滔不绝时，它已经不再摇尾巴，还对它很轻慢，就像对一个不让人睡觉的讨厌的侃爷一样，没有礼貌地以“呜呜”的叫声作为回答……

而费奥多尔·季莫菲伊奇是另一种类型的先生。这一位睡醒之后不出一点儿声音，一动都不动，甚至连眼都不睁。它大概不想醒过来，因为它好像不怎么喜欢生活，对什么都不感兴趣，对什么都没精打采、漫不经心，对什么都轻蔑，甚至吃完那么好吃的饭，还要嫌弃地哼一声。

卡西坦卡睡醒之后就开始在各个房间到处走，到处嗅。只有它和猫能在这套房子里到处活动，鹅无权迈过糊着脏壁纸的小房间的门槛，而哈福洛尼亚·伊万诺夫娜则住在院子的一个什么小棚子里，只有训练时才出现。主人醒得很晚，喝完茶就立刻开始练把戏。每天都把木架、鞭子、圆圈拿进房间，每天差不多都干一样的事。训练会持续三四个小时，以至于有时候费奥多尔·季莫菲伊奇累得像个醉汉那样直晃。伊万·伊万内奇张开嘴喘着粗气，而主人则脸通红，脑门子上的汗怎么也擦不干。

白天又训练，又吃饭，很有意思，晚上就没啥劲儿了。一般晚上主人会带着鹅和猫去什么地方。乔特卡独自留下，就在小垫子上躺下，凄惶起来……这凄惶是不知不觉袭来，渐渐把它罩住的，就像黑暗慢慢笼罩了房间。这只狗先是一点儿不想叫，不想吃东西，不想在各个房间跑来跑去，甚至不想出去散步了；然后在它的脑子里出现了两个不太清晰的身影，不知是狗还是人，他们的脸亲切可爱，可是认不真切，他们出现时乔特卡会摇尾巴，它觉得过去在哪里见过他们，爱过他们……它昏昏睡去时，总是觉得这两个身影散发出胶水、刨花和油漆的味道。

当它已经完全适应了新的生活，从一条瘦骨嶙峋的看门狗变成一只喂得很好的健壮的狗，有一天训练之前，主人摸摸它，说道：

“乔特卡，咱们该干正经事了。你不能再吊儿郎当了。我想把你训练成演员……你想当演员吗？”

此后他开始教它各种本事。第一课，它学用后腿站立和走路，它特别喜欢这个。第二课，它后腿站起来以后，要跳起来抓主人举在离它很高的地方的糖块。然后在接下来的训练里他学了跳舞，拴着一根绳子跑圈，跟着音乐的节奏叫，拉铃，开枪，一个月后已经能很好地代替费奥多尔·季莫菲伊奇表演“埃及金字塔”了。它很乐意学，对自己的成绩很满意，拴着绳索伸着舌头跑，跳圈，骑在老费奥多尔·季莫菲伊奇背上，这些事让它开心至极。每次成功做完一个把戏它都会兴奋得大叫，老师很吃惊，也兴奋起来，不住地搓手。

“天才！天才！”他说，“毫无疑问的天才！你注定会成功！”

乔特卡听惯了“天才”这个词，主人每次这么说时它都会摇尾巴和回头看，好像这是它的绰号似的。

6
不安的一夜

乔特卡做了个狗常做的梦：看门人举着扫帚追它，被吓醒了。

房间里静悄悄的，又黑又闷，身上有跳蚤，咬得慌。乔特卡过去从来不怕黑，可是现在它不知为何觉得怕，想叫喊。主人在隔壁房间大声地叹了口气，猪在它的棚子里哼了几声，然后又没有声响了。想想吃的东西，心情就会轻松些，于是乔特卡想起今天它偷了费奥多尔·季莫菲伊奇的一个鸡爪子，藏在客厅的柜子和墙之间了，那儿有很多蜘蛛网和尘土。不妨现在去看看鸡爪子还在不在。很可能被主人找到吃了。可是天亮前不能出房间——这是规矩。乔特卡闭上眼，想快点儿睡着，它知道，根据经验，越快睡着，越快天亮。可是，忽然，离它不远的地方传来了一种奇怪的叫声，让它一激灵，四条腿一块儿离地，跳了起来。这是伊万·伊万内奇叫的，但这叫声不是平时那种啰嗦、雄辩的叫法，而是一种又野又尖又不自然的叫声，就像开门时吱吱嘎嘎的声音。乔特卡在黑暗中什么都看不见，它搞不懂是怎么回事，更害怕了，就叫了起来：

“呜呜呜……”

过了不长时间，跟它可以啃净一块好骨头的时间差不多，鹅没有再叫。乔特卡慢慢安稳了，开始打盹。它梦见两条大黑狗，去年的毛还没脱落，一绺一绺地挂在腿上和身子两侧。它们贪馋地从一个大木盆里吃泔水，那泔水冒着白气，闻着很香。它们偶尔看看乔特卡，龇龇牙，哼哼着，意思是：“不许你吃！”可是一个穿皮袄的汉子从房子里跑出来，用鞭子把它们赶跑了，于是乔特卡走到木盆前吃了起来。可是那汉子一进屋门，两条黑狗就咆哮着向它扑来，忽然又响起了尖利的叫声。

“嘎！嘎！”伊万·伊万内奇叫道。

乔特卡醒了，跳起来，没有离开垫子，发出一串哀嚎。它觉得发出叫声的不是伊万·伊万内奇，而是个某个外来者。在草棚那边，猪不知为何又哼哼起来。

可是这当儿传来踢踢踏踏的拖鞋声，穿着睡袍、举着蜡烛的主人走进小房间。摇晃的灯光在脏壁纸和天花板上跳动着，赶走了黑暗。乔特卡看到房间里并没有外人。伊万·伊万内奇坐在地板上，没有睡觉。它的翅膀张开，嘴也张着，整个看上去好像累坏了，想喝水。老费奥多尔·季莫菲伊奇也没有睡。可能它也是被叫声吵醒的。

“伊万·伊万内奇，你怎么了？”主人问鹅，“你叫什么？你病了？”

鹅不出声。主人摸摸它的脖子，捋捋它的背，说道：

“你这怪物，自己不睡，也不让人家睡。”

主人出去了，也把光亮带走了，黑暗再次降临。乔特卡很害怕。鹅没有叫，但它再次感到黑暗中有个什么外来者。最可怕的是没办法咬他，因为他是看不到的，是无形的。不知为何它觉得今夜一定会发生什么很不好的事。费奥多尔·季莫菲伊奇也很不安。乔特卡听到它在自己的垫子上扭来扭去，打哈欠，晃脑袋。

街上的什么地方有人在敲门，猪在小棚子里哼哧。乔特卡哀叫起来，向前伸出两条腿，把脑袋放在上面。它在敲门声中，在不知道为什么不睡觉的猪的哼哧声中，在黑暗和寂静中，感觉到跟伊万·伊万内奇的叫声中同样的忧伤和恐惧。一切都令人惴惴不安，提心吊胆。可是为什么？这个看不见的外来者是谁？这时候两个浑浊的绿色光点在乔特卡旁边闪了一闪，这是费奥多尔·季莫菲伊奇从认识以来第一次走近它。它想干什么？乔特卡舔了一下它的爪子，并没问它来干什么，只用不同的调门轻轻叫了几声。

“嘎！”伊万·伊万内奇叫道，“嘎，嘎！”

门又开了，主人拿着蜡烛走进来。鹅姿势没变，张开翅膀，张着嘴坐在地上。它的眼睛闭着。

“伊万·伊万内奇！”主人叫它。

鹅一动不动。主人在它面前的地板上坐下，默不作声地看了它一会儿，说：

“伊万·伊万内奇！这是怎么回事！你是要死了吗？嘿，现在我想起来了，想起来了！”他抱住脑袋喊起来，“我知道这是怎么回事了！这是因为今天马踩了你！我的上帝，我的上帝！”

乔特卡不明白他说的话，可是从他的脸上看出来，他也在等着发生一件可怕的事。它把脸伸向黑乎乎的窗户狂叫起来，觉得那个外来者就在那儿。

“它要死了，乔特卡！”主人把两手一拍，说，“没错，没错，它要死了！死神到了你们的房间。咱们怎么办啊？”

脸色苍白、忧心忡忡的主人叹着气，摇着头回他的卧室去了。乔特卡很害怕留在黑暗中，就随着他走了出去。他在床上坐下，说了好几次：

“我的上帝，怎么办呢？”

乔特卡在他的脚旁走来走去，不明白他为何那么忧伤，为何大伙儿都那么不安，它极力想弄明白，就盯着主人的每个动作。费奥多尔·季莫菲伊奇本来很少离开它的垫子，这会儿也走进了主人的卧室，在主人脚边蹭来蹭去。它晃动着脑袋，好像想甩掉沉重的想法，又疑心地往床底下瞅。

主人拿起一个小碟子，从洗脸盆往碟子里倒了点儿水，又走到鹅身旁。

“喝吧，伊万·伊万内奇！”他把碟子放在它面前，柔声说，“喝吧，老伙计。”

可是伊万·伊万内奇没有动，也没有睁眼。主人按着它的头往碟子凑过去，把它的嘴浸到水里，可是鹅没有喝水，它的翅膀张得更开了，而脑袋就那么搁在碟子上再没动弹。

“不，一点儿法子也没有了！”主人叹了口气，“全完了。伊万·伊万内奇完蛋了！”

顺着他的脸蛋滚下一些亮亮的水珠，就像下雨时窗户上的水珠一样。乔特卡和费奥多尔·季莫菲伊奇不明白怎么回事，就紧紧靠着他，害怕地看着鹅。

“可怜的伊万·伊万内奇！”主人悲伤地叹着气，说，“我还想春天时带你去别墅，跟你一块儿在绿草地上散步呢！亲爱的动物，我的好伙伴，你已经死了！现在没有你，我可怎么办啊！”

乔特卡觉得它也会发生同样的事，就是说不知怎么搞的，闭上眼睛，伸直腿，龇着牙，大家都害怕地看着它。看起来费奥多尔·季莫菲伊奇的脑子里也转着同样的念头，这只老猫从未像现在这样阴沉、愁闷。

天慢慢发亮了，小房间里已经没有那个让乔特卡害怕的看不见的外来者。天大亮以后，看门人来了，他抓着鹅的脚掌，把它不知带到哪儿去了。又过了一会儿老太婆进来，把小食盆拿走了。

乔特卡走到客厅，看了看柜子后面：主人没有吃鸡爪子，它好好地搁在原处，在那个满是尘土和蜘蛛网的地方放着。可是乔特卡没有心情，情绪低落，想哭。他连闻都没有闻那鸡爪子，就钻到了沙发下面。它在那儿坐下，用细细的调门儿小声哭起来：

“呜呜呜……”

7
不成功的首演

那天晚上，主人走进贴着脏壁纸的小房间，搓着手说：

“就这样吧……”

他还想说点儿什么，可是没说就走了。乔特卡在训练时学会了准确理解他的脸色和语气，所以猜到他很紧张，有心事，好像还在生气。过了一会儿他回来了，说道：

“今天我要带上乔特卡和费奥多尔·季莫菲伊奇。今天你，乔特卡，代替已故的伊万·伊万内奇表演埃及金字塔。见鬼！一点儿都没准备好，还没教好呢，排练也很少！我们会丢脸，会砸锅的！”

然后他又出去，一会儿穿着裘皮大衣，戴着高筒礼帽回来了。他走到猫的跟前，拉着它的前腿让它立起来，把它揣在裘皮大衣里胸前的地方，在此期间，费奥多尔·季莫菲伊奇显得很漠然，连眼都懒得睁。看起来，它对一切都完全无所谓：躺着或被拉着腿站起来，趴在垫子上或安卧在主人胸前的裘皮大衣里……

“乔特卡，咱们走。”主人说。

乔特卡什么都不明白，就摇着尾巴跟他走了。一分钟以后它已经上了雪橇，坐在主人的旁边，听到他因为寒冷和紧张而缩着身子，嘟囔道：

“我们会丢脸的！会砸锅的！”

雪橇停在一座大房子旁边，这房子很怪，像一个倒扣的大汤碗。这个房子正面有一条长长的走道和三扇玻璃门，点着十几盏灯，亮堂堂的。三扇门轰然打开，好像大嘴一样，把门口来来往往的人们吞了进去。人很多，不时有马跑到门口停住，可是没看见有狗。

主人把乔特卡抱起来揣进怀里，和费奥多尔·季莫菲伊奇一块儿。大衣里又黑又闷，可是暖和。两个浑浊的绿色亮点闪了一下——这是猫睁了一下眼，因为邻居又凉又硬的爪子惊动了它。乔特卡舔舔它的耳朵，想待得尽量舒服一些，就不安生地扭动着。它的冷爪子揉搓着身子下面的猫，无意中把头伸出了大衣，但马上生气地叫起来，又躲了进去。它觉得自己看到了一个很大的、光线不好的大房间，里面有很多稀奇古怪的东西，房间两边立着两道隔板和栅栏，里面是各种可怕的脸：马的脸，长着犄角的脸，长着尖耳朵的脸，还有一张巨大的胖脸，脸上没有鼻子，却有一条尾巴，嘴里伸出两根啃光的长骨头。

猫在乔特卡的爪子下嘶哑地叫起来，但这时大衣打开了，主人说了声“下！”，费奥多尔·季莫菲伊奇和乔特卡就跳到了地上。它们在一个小房间里，四壁是灰扑扑的木板，除了一张带镜子的小桌子、一张凳子和挂在各个角落的破衣服，再没有别的家具了，没有灯也没有蜡烛，但墙上钉着一根小管子，里面发出很亮的扇形火光。费奥多尔·季莫菲伊奇舔了舔被乔特卡揉乱的毛，走到凳子下躺下来。主人开始脱衣服。他仍然很紧张，不住地搓手……像在家准备躺进绒布被子里那样，他脱衣服，就是说除了内衣全都脱了，然后坐在凳子上，对着镜子对自己做一些非常奇怪的事。首先他在头上戴上假发，这假发中间有一条缝，两头各有一绺头发竖起，好像两个犄角；然后他在脸上涂了厚厚的一层白东西，又在白色上面画眉毛、胡子和红脸蛋。他的花活到此还不算完。画完了脸和脖子，他开始穿一件特别的、很不像样的衣服，从前乔特卡不管是在家还是在街上都没见过这样的衣服。想想看，一条肥得不得了的裤子，是用小市民家的窗帘或家具盖布那种大花布料做的，一直提到腋下，一条裤腿是褐色的，另一条是浅黄色的。主人套完裤子，还穿了一件锯齿形领子、背后有一颗金星的衬衣，花哨的长袜和绿色的靴子……

乔特卡眼花缭乱又心慌意乱。这个白脸和像口袋一样的身形散发着主人的味道，嗓音也是熟悉的主人的声音，可是有几分钟它被怀疑折磨，想从这个花哨的身形旁跑开，想叫。

新的地方、扇形的灯光、气味、主人发生的变异，所有这些使它感到莫名的恐惧，它预感一定会遇到什么可怕的东西，比如那张没有鼻子，却有一根尾巴的胖脸。而且墙外远远的什么地方还演奏着可恨的音乐，不时传来莫名其妙的声浪。只有一件事让它安心，那就是费奥多尔·季莫菲伊奇的淡定。它心安理得地在凳子下打盹，连挪动凳子时都没睁眼。

一个穿礼服和白坎肩的人往房间里探了个头，说道：

“阿拉贝拉小姐马上出场。她之后是您。”

主人什么都没说。他从桌子下拉出一个不大的箱子，坐下等着。从他的手和嘴唇可以看出他很紧张，乔特卡听到他喘气不匀。

“若尔日先生，请吧！”有人在门外喊道。

主人站起来，画了三次十字，然后把猫从凳子下面弄出来，塞进箱子里。

“过来，乔特卡！”他小声说。

乔特卡什么都不明白，就朝他的手走去。他吻吻它的脑袋，把它放在费奥多尔·季莫菲伊奇的旁边。然后一片黑暗……乔特卡踩着猫，挠着箱子，吓得一声都叫不出来，而箱子却像在浪头中一样摇晃起来，颤动不停……

“我来了！”主人大声喊着，“我来了！”

乔特卡感觉到，喊了这一声之后，箱子碰上了一个很硬的东西，不再摇晃了。它听到一阵隆隆作响的声浪，这是人们在拍打，一定是拍打那个脸上没有鼻子，却有一根尾巴的家伙，这个家伙特别大声地吼叫和哈哈大笑，让箱子的锁都颤动起来了。乔特卡耳边传来了主人尖利刺耳的笑声，这是对声浪的回答。他在家可从来没有这样笑过。

“哈哈！”他喊道，极力想压过那声浪，“尊敬的观众！我刚从车站来！我的奶奶咽气了，给我留下了遗产！这箱子里的东西很重……显然是金子……哈，哈！也说不定是一百万！现在咱们打开看看……”

箱子上的锁“啪”的一响，强烈的光线顿时打在乔特卡眼睛上。它一下子从箱子里跳出来，被那声浪震得什么都听不清，它不停地尖声叫着，围着主人拼命跑起来。

“哈！”主人喊道，“原来是费奥多尔·季莫菲伊奇大叔！还有亲爱的姑妈！亲爱的亲戚们，见你们的鬼！”

他脸朝下摔在沙子上，抓住猫和乔特卡，拥抱它们。乔特卡趁着被他紧紧抱着时，扫了一眼命运带它进入的这个世界。它被这世界的巨大震撼了，又惊又喜，瞬间呆住了，然后从主人的怀抱里挣脱出来，因为受到强烈的刺激，它像只陀螺一样原地打起转来。这个新世界非常大，充满亮光，不管朝哪儿看，到处都是脸、脸、脸，从地板到顶棚都是脸，再没有别的。

“姑妈，请您坐下！”主人喝道。

乔特卡记得这话的意思，于是跳到椅子上坐下。它看看主人。他的目光像平时一样，既严肃又柔和，可是他的脸，特别是嘴和牙，却被一个不会动的大大的笑脸弄丑了。他本人又是哈哈大笑，又是蹦跳，又是扭动肩膀，做出因为看见这几千张脸而非常开心的样子。乔特卡相信他是真的开心，它忽然从头到脚感觉到这几千张脸在看它，于是它抬起那张狐狸似的小脸儿，高兴地大叫起来。

“您，姑妈，请坐一会儿，”主人对它说，“我跟大叔先跳个卡马林斯基舞。”

费奥多尔·季莫菲伊奇知道又要让它干蠢事了，它站在那儿满不在乎地东瞧西看。它跳得没精打采、心不在焉、闷闷不乐，从它的动作、尾巴和胡子都看得出，它对观众、对强光、对主人、对自己都非常瞧不上……跳完自己的戏份，它打了个哈欠，坐下了。

“现在，姑妈，”主人说，“我跟您先唱歌，然后跳个舞，好吗？”

他从衣服口袋里掏出了一个小笛子吹起来。乔特卡一听音乐就控制不住，在椅子上不安地扭动起来，并开始叫。四面八方响起叫好声和掌声。主人鞠了个躬，等安静下来以后，继续吹……当吹到一个很高的音，楼上观众里有一个人大叫了一声。

“姑妈！”一个孩子的声音喊道，“这是卡西坦卡！”

“就是卡西坦卡！”一个醉醺醺的、颤悠悠的男高音附和道，“卡西坦卡！费秋什卡，叫上帝惩罚我吧，这是卡西坦卡！这儿来！”

楼座上有人打唿哨，一个孩子、一个男人，两个人大声呼唤：

“卡西坦卡！卡西坦卡！”

乔特卡一激灵，看了看发出喊声的地方，它看见两张脸，一张是胡子拉碴、带着醉意的、嬉笑的脸，另一张是胖乎乎、红扑扑的脸，带着惊吓的表情，这两张脸刺着它的眼睛，就像刚才的强光一样……它想起来了。它从椅子上掉了下来，摔在地上，然后一跃而起，快乐地尖叫着朝这两张脸扑去。响起了震耳欲聋的声浪，中间夹着呶哨声和孩子的尖声叫唤：

“卡西坦卡！卡西坦卡！”

乔特卡跳过栏杆，经过什么人的肩头到了一个包厢，要到上面一层，得越过一面高墙。乔特卡跳起来，可是没能跳那么高，顺着墙滑了下来。而后它被人们传递着，一路舔着什么人的手或脸，越来越高，终于到达了楼座……

半个钟头后，卡西坦卡已经跟着两个散发着胶水和油漆味的人走在街上了。卢卡·亚历山大雷奇摇摇晃晃，本能和经验教他尽量离水沟远些。

“我妈生下我这个孽障……”他嘟囔着，“你，卡西坦卡，脑子不够使。拿你和人比，就像拿粗木匠和细木匠比。”

费秋什卡戴着父亲的帽子，走在他的身边。卡西坦卡望着他俩的后背，觉得已经跟着他们走了很久，它很高兴它的生活一分钟也没中断过。

它想起了糊着脏壁纸的小房间、鹅、费奥多尔·季莫菲伊奇、好吃的饭、训练、马戏，可是现在它觉得这一切就像一场又长又乱的噩梦……

没意思的故事

一个老人的笔记

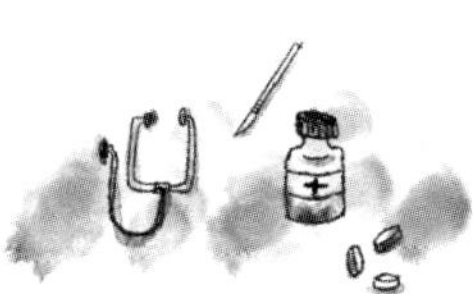

1

有一位资深教授尼古拉·斯捷潘诺维奇，他是三品官，勋章获得者。他得过的勋章多得不得了，有俄国的，有外国的，在一些场合他得把这些勋章都挂在胸前，这时学生们就会叫他“圣像壁”。和他来往的都是最精英的人士，至少在近二十五年到三十年，所有著名学者都至少跟他有过短暂的交往。现在他已经没什么人可交往了，可是说起过去，他那长长的显赫朋友的名单是以彼罗戈夫[1]、卡维林[2]和诗人涅克拉索夫结尾的。他和这些朋友有过最真挚温暖的友情。他是所有俄国大学和三所国外大学的委员。我的所谓“名望”意味着

1. 俄国外科学家、解剖学家。

2. 俄国教授、法学家、历史学家。

以上种种，而且远远不止。

我的名头很大，在俄国，每个念过书的人都知道我的名字；而在国外的学术会议上，提到我的名字时一定要加“著名的”和“德高望重的”这样的帽子。我的名字跻身于那为数不多的幸运者名单中——如果你在演讲或报刊上对它有所不敬就会被当作素质低下。这是理所当然的。因为我的名字和“享有盛名”“富有天才”，以及，不用说，“有益于世”这些概念紧紧地联系在一起。我像骆驼一样勤奋耐劳，这很重要；我有天分，这更重要。况且，顺便说一句，我是一个有教养的、谦逊而诚实的小人物。对文学或政治从不置喙，也不试图通过和不学无术的人辩论而博取知名度，无论是在宴会上还是在同行的葬礼上我都不发表演说……总之，作为一个学者，我的名字没有一点儿瑕疵，谁都无话可说。它是个幸运的名字。

顶着这个名字的，也就是我本人，是一个六十二岁的人，谢顶，镶着假牙，患有治不好的面部痉挛。我的名字有多堂皇多体面，我本人就有多混沌多糟糕。因为身体虚弱，我的头和手总是发抖，脖子好像大提琴的柄那么细，就像屠格涅夫小说中的女主人公[1]一样。我还胸膛塌陷，后背狭窄。当我说话或讲课时，嘴会歪向一边；当我微笑时，整张脸上布满皱纹，好像垂死的老人。我那副可怜的身板没有一点儿引人

1. 指屠格涅夫中篇小说《一个多余人的日记》中的女主人公。

注意的地方，除了犯面部痉挛时会现出一副特别的表情。这大概会让每个看到我的人受到刺激，并产生一个冷峻的想法："这人大概快死了。"

我一如既往，讲课讲得不错。像过去一样，我能在两个小时内始终抓住听众的注意力。我讲课富有激情，语言优雅幽默，几乎掩盖了嗓音的缺陷：我的声音干涩、尖锐，又婉转弄巧，就像个伪君子似的。我写作不好，脑子里管写作能力的那一块不好用。我的记忆力变差了，思想不太连贯，当我把想法付诸笔墨时，总觉得失掉了它们之间的联系；我写的东西结构单一，句子拘谨，常常词不达意，写了最后忘了开头。我经常忘记一些常用词，要费好大劲儿才能避免写出多余的句子和不需要的插入语——这两者都是智力衰退的明显表现。值得注意的是，东西写得越短，我就越紧张越费劲。比起祝贺信或简单的书面汇报，我觉得写科学论文时自己更自如、更流畅。还有，对我来说，用德语和英语写东西比用俄语轻松。

说到我现在的生活状态，首先得说说最近经常折磨我的失眠。如果有人问我：你现在生活主要的、基本的特点是什么？我就会回答：是失眠。按照习惯，我照旧在十二点脱衣上床。我入睡很快，可是一点多就会醒，感觉像没睡过一样。我只好起床，点上灯。我从房间的一角走到另一角，端详那些早就熟悉的画和照片，这样持续一两个小时。走烦了，就在桌子后面坐下。我一动不动地坐着，什么都不想，也感觉不到任何愿望；要是面前有一本书，我就机械地把它拉过来，毫无兴趣地读下去。不久前我就这么机械地一夜读完了一本名字奇怪的长篇小说《燕子唱的是什么》[1]。或者，为了不让脑子闲着，我强迫自己数到一千或是想象某个同事的面容，回忆他是哪一年、在什么情况下开始工作的。我喜欢谛听。不管是隔着两个房间的女儿丽莎很快地说了句什么梦话，还是妻子举着蜡烛走过客厅并且一定把火柴盒掉在地上，或是干裂的柜子咔咔作响，或是灯芯突如其来地爆燃一下——不知为何，这些声音都让我紧张。

夜里不睡觉就会觉得自己不正常，所以我焦急地等着早晨和白天的到来，那时我就有权不睡觉了。苦苦地熬了很久，院子里的公鸡终于打鸣了。它是我的第一个喜神。它一打鸣我就知道一小时后楼下的看门人会醒，上楼来做什么事，边走边生气地咳嗽。然后窗外渐渐发白，街上传来人声……

我的一天是从妻子走来开始的。她穿着睡裙走进我的房间，没梳头，但已经洗了脸，散发着花露水的味道。她总是像偶然进来一样，每次说的话都一样：

“对不起，我马上走……你又没睡？”

然后她把灯熄灭，在桌旁坐下说起话来。我不是先知，可是早就知道她要说什么。每天早上都是那一套话。通常，在忧心忡忡地盘问过我的健康状况之后，她会忽然想起我们

1. 这是德国作家弗里德里希·施皮尔哈根的一部长篇小说。

的儿子。他是个军官，驻扎在华沙。每个月二十号我们会给他寄五十卢布——这是我们谈话的主要话题。

“当然，咱们的负担挺重，”妻子叹息道，“可是在他能够完全自立之前，我们有责任帮他。孩子在异国他乡，怪可怜的……对了，要是你愿意，下个月我们不给他寄五十卢布，就寄四十卢布吧。你说呢？”

日复一日的经验告诉我们，谈论花销并不能让花销变小，可是我妻子不信这经验，所以每天早上一本正经地谈论这位军官，还说面包，谢天谢地，便宜了，可是糖却贵了两戈比——她说这些的语气就像在跟我报告什么新闻。

我听着，机械地点着头，大概因为夜里没有睡觉，脑子里充斥着一些奇怪而无用的想法。我看着我妻子，像个小孩子一样感到惊奇。我疑惑地问自己：这个那么老、那么胖、那么笨的女人，表情迟钝，为了琐事操心，为了一块面包担惊受怕，总是想着债务和贫穷，两眼无神，只会谈论花销，只会因为东西降价而露出笑容，难道这个女人就是当初那个苗条的瓦利亚，我曾经那么热切地爱她，爱她的明慧、纯情、美丽，还有，像奥赛罗爱苔丝德蒙娜一样，因她“青睐”我的学问而爱她？难道这就是我那妻子，那个当初为我生下了儿子的瓦利亚？

我紧张地端详这个虚胖又笨拙的老太婆的脸，在她身上寻找我的瓦利亚，可是跟过去相同的只有对健康的忧心忡忡和把我的薪水说成“咱们的薪水”，把我的帽子说成“咱们的帽子”的句式。瞧着她我感到揪心，所以为了哪怕能稍微安慰她一点儿，我允许她随便说，就算她不公平地评判别人或是唠叨我，埋怨我不私人行医，不出版教科书时，我也不言声。

结束谈话的方式总是一样的。妻子忽然想起我还没喝茶，慌神了。

“我怎么还坐着？”她说着站起身来，“茶炊早就摆好了，可我一直闲扯。天哪，我怎么变得这么没记性！”

她很快走开，在门口一定会停下来说：

“我们欠叶果尔五个月的工钱。你知道吧？不该拖欠仆人的工钱，我说过多少次了！一个月付十卢布比付五个月的轻松多了——一下子就要付五十卢布！”

她往外走着，会再次停下说：

“我对谁都不像对我们可怜的丽莎那么怜惜。这丫头在音乐学院学习，总是跟有身份的人来往，可是衣服那么差。那件裘皮大衣都不好意思穿出去。她要是别人家的女儿也就罢了，可是大家都知道她父亲是著名的教授，三品文官！”

她揶揄完我的头衔和官衔，总算走了。我的一天就这样开始了。当然接下来也不会更好。

当我喝茶时，我的丽莎会进来跟我见面。她穿着裘皮大衣，戴着帽子，夹着乐谱，已经收拾停当准备去音乐学院。她二十二岁，看起来更年轻一些，长得挺好，有点儿像我妻子年轻时的样子。她温柔地吻吻我的额角和手，说道：

“你好，爸爸。你身体好吗？”

她小时候特别喜欢吃冰激凌，我得常常带她去糖果店。对她来说冰激凌是一切好东西的尺度。如果她想称赞我，就会说：“爸爸，你是奶油冰激凌。”她把一个手指叫作榛果冰激凌，一个手指叫作奶油冰激凌，另一个手指叫作树莓冰激凌，等等。一般来说，当她早上来向我问好时，我总会把她抱起来放在腿上，亲她的手指头，边亲边说：

“奶油冰激凌……榛果冰激凌……柠檬冰激凌……”

现在我也会按着过去的记忆亲吻丽莎的手指，嘴里咕哝着：“榛果冰激凌……奶油冰激凌……柠檬冰激凌……”可是语气完全不对。我像冰激凌一样冷，我感到害臊。当女儿进来看我，用嘴唇触碰我的额角时，我会像被蜂螫了似的激灵一下，紧张地笑着，转过脸去。自从我受到失眠的折磨，一个问题就像钉子一样嵌进了我的脑子：我女儿经常看到我这个老人、名人，因为欠仆人的工钱而面红耳赤，窘迫不堪。她能看见那些小债务的麻烦常常迫使我放下工作，一连几个小时在屋里转悠，大伤脑筋。但为什么她一次都不曾背着妈妈来找我，小声说“父亲，这是我的表、项链、耳环、裙子……把它们都当了吧，你需要钱……”？她明明看见我和她母亲由于爱面子尽力在人前掩饰我们的贫穷，她为何不放弃音乐这种昂贵的享受？她的表、她的项链、她的牺牲我都不会接受，对天发誓——我需要的不是这个。

我顺便想起了我的儿子，那个驻华沙的军官。他是个聪明、诚实、不酗酒的人。可是对我来说这还不够。我想，如果我父亲是个老人，如果我知道他有时会因为贫穷而感到丢脸，我就会把我那军官的位置让给别人，自己去当一个雇员。对孩子们的这些想法毒害着我。他们有什么问题？只有狭隘怨毒的人才会对平凡的人暗中怀恨，只因他们不是英雄。不过够了，不说这些了。

差一刻十点时，我得去给那些亲爱的孩子上课。我穿好衣服走在路上，这条路我已经走了三十年了，对我来说是一条有故事的路。这幢灰色的大房子楼下开着一家药店，这里过去是一座小房子，里面是一家啤酒店。我在这家酒馆里构思我的论文，给瓦利亚写了第一封情书。那封信是用铅笔写在一张带着“Historia morbi”[1]页眉的病历纸上的。那儿是一家杂货店，当年是一个犹太人开的，他常赊给我香烟，后来由一个胖女人接手，她爱大学生们，因为“他们每个人都有母亲”。现在坐在铺子里的是一个红头发的商人，这人很冷淡，总是用一把铜茶壶倒茶喝。现在我到了死气沉沉、年久失修的大学校门，穿着羊皮袄、烦闷无聊的看门人，扫帚，雪堆……在那些来自外省、初出茅庐的男孩子的想象中，科学的殿堂真的是一座殿堂，但这样的大门恐怕不会给他们留下好印象。在俄国悲观主义的历史中，大学建筑的破败，走廊的阴暗，墙壁的污迹，光线的不足，台阶、衣架和座椅的

1. 拉丁语，病例。

凄凉模样总是名列前茅的促成因素……现在到了学校的花园。从我当学生以来，它似乎不曾变得更好或更坏。我不喜欢它。比起这些病恹恹的椴树、萎黄的槐树和被剪得稀稀落落的丁香，在花园里种一些高大的松树和伟岸的橡树要明智得多。学生的情绪多半是被环境塑造的，在他学习的地方，应该每走一步看到的都是高大、强壮和精美的东西……愿上帝保佑他们远离这些衰败的树、打破的窗户、灰色的墙和蒙着破漆布的门。

当我走上自己的台阶，门就打开了，我的老同事，跟我同年、同名的看门人尼古拉迎上来。他一边让我进去，一边清清喉咙说：

“天真够冷的，大人！”

或者，如果我的裘皮大衣湿了，他就说：

“下雨了，大人！”

而后他会跑到我前面把一路上所有的门都打开。到了办公室，他会小心地帮我脱下裘皮大衣，趁这个机会告诉我大学里的某个新闻。大学里所有的看门人和校工们都很熟，借着这种关系，不管大学的四个系，教务、校长办公室和图书馆发生什么，他全都知道。他无所不知！每当发生了什么大事，比方说，校长或系主任辞职了，我就会听到他跟年轻的校工们议论，说哪些人可能继任，接着解释说，哪个人不讨部长的喜欢，某个人自己会拒绝，进而添油加醋地谈到办公室收到的某份神秘的文件，传说中部长和督学之间的秘密谈话等等。如果除掉这些细节，总的来说，他差不多总是对的。他对每位候选人的评价都很独特，但也是中肯的。如果您想知道谁在哪一年做论文答辩、入职、退休和去世，那就把这个记忆超凡的老兵叫来帮忙吧，他不仅会告诉您年月日，而且还会给您讲伴随这个或那个事件的种种细节。一个人只有怀着热爱，才能把什么都记得那么清楚。

他是大学故事的传承人。他从前辈看门人那里继承了很多大学生活的传说，又给这些财富添了很多自己当差期间得到的资料，如果您愿意，他可以给您讲许多或长或短的故事。他可以讲那些智慧超群、无所不知的人，讲几个星期不睡觉的杰出的钻研者，讲许许多多为科学而受苦而牺牲的人。在他的故事中，善总是战胜恶，弱者总是战胜强者，智者总是战胜愚者，谦虚者总是战胜骄傲者，年轻人总是战胜老人……没必要对所有传说故事都信以为真，但是把它们过滤一下，您就可以在里面得到需要的东西：我们的好传统和公认的真正英雄的名字。

在我们的社交圈子里，学术界的新闻仅限于一些老教授精神极为恍惚的趣闻或关于格鲁别尔[1]、我或巴布辛[2]的两三个笑话。对于有教养的社交圈来说这是不够的。如果这个圈子像尼古拉一样爱科学、学者和大学生，那么它的文献早就该

1. 俄国医学教授、解剖学家。

2. 俄国生理学家。

有成套的史诗、故事和行状录了，可惜至今没有。

尼古拉给我讲完新闻后会换上一副严厉的表情，我们就开始谈公事。如果此时有个旁人听到尼古拉将专业术语使用得那么娴熟，说不定会以为这是个扮成大兵的学者。顺便说一句，大学工友的学术水准是被严重夸大了的。不错，尼古拉知道一百多个拉丁词，会拼骨架，有时候做实验标本，能引很长的一段科学论文逗学生乐，可是，比方说，一个简单的血液循环的理论，他还是跟二十年前一样搞不清楚。

办公室里，我的解剖员彼得·伊戈纳杰耶维奇坐在桌旁，埋着头看书或病历。他是个勤奋谦虚但没有才能的人，三十五岁左右，头已经秃了，挺着大肚子。他从早到晚地工作，读很多东西，也把读过的东西记得很清楚——在这方面他真是金不换的人物；可是在其他方面他就是个拉货的马，换句话说，就是个书呆子。拉货的马与天才的区别是：他的眼界很窄，严格局限于专业范围内，在其专业以外他天真得像孩子。记得有一天早上我走进办公室说：

“真是不幸！听说斯克别列夫[1]去世了。”

尼古拉画了个十字，而彼得·伊戈纳杰耶维奇转过脸来问我：

“这个斯克别列夫是什么人？”

---

1. 俄国将军。

另一次——那是稍早时候——我告诉他彼洛夫教授[1]去世了。这位最亲爱的彼得·伊戈纳杰耶维奇问道：

“他教什么课？”

看来，就是巴蒂[2]凑在他耳边唱歌，就是中国大军侵入俄国，就是发生了地震，他也会纹丝不动，还是眯着眼平静地看他的显微镜。总之，赫卡柏[3]跟他毫不相干。我倒想花大价钱看看这个干巴巴的人是怎么跟他老婆睡觉的。

他的第二个特点是迷信科学。首先是迷信德国人写的东西都是绝对正确的。他相信自己，相信他的实验标本，知道生活的目的，从来没有感到过那些让天才愁白了头发的怀疑和绝望。他努力地臣服于权威，没有独立思考的欲望。很难让他觉醒，跟他争论根本不可能。如果一个人认定最好的科学是医学，最好的人是医生，最好的传统是医学的传统，你倒是跟他争论试试！其实医学的倒霉历史中只有一个传统保留下来了——那就是现在医生们打的白领结。对于学者乃至一般受过教育的人来说，只存在一个所有大学共同的传统，不管是医学专业还是法律专业等等，全都一样。可是彼得·伊戈纳杰耶维奇很难同意这一点，就这一点他可以一直争论到世界末日。

---

1. 俄国画家。

2. 意大利歌剧演员。

3. 希腊传说中特洛伊国王普里安之妻，在特洛伊战争中失去了丈夫和几乎所有的孩子。在此代指旁人的巨大痛苦。

我对他的未来一目了然。他一辈子会准备几百副非常精确的标本，写很多无趣的、中规中矩的论文，做几十份准确无误的翻译，可是一点创见也不会有。创见需要的是幻想、想象和猜测的能力，这些东西彼得·伊戈纳杰耶维奇绝对没有。简言之，在科学领域，他不是主人，而是一个打工仔。

我、彼得·伊戈纳杰耶维奇以及尼古拉三个人，彼此说话时都会把声音压低。我们有点儿尴尬。当你感觉到门那边的听众像海浪般喧闹时，难免有点儿特别的感觉。三十年了，我还是没有习惯，每天早上都会有这种感觉。我急躁地扣上礼服的扣子，问尼古拉一些多余的问题，发脾气……好像我是胆怯。但这不是胆怯，而是某种我说不出来、无法描述的东西。

我毫无必要地看看表，说道：

“怎么样？该走了。”

于是我们鱼贯而行。走在最前面的是举着标本或图表的尼古拉，随后是我，走在我身后、谦虚地低着头的是那拉货的马。或者，如果必要的话，前面是抬着尸体的担架，担架后面是尼古拉，以此类推。我一出现学生们就起立，然后坐下，喧闹的海浪忽然就停止了，变得风平浪静。

我知道我要讲什么，可是不知道怎么讲，从哪儿开始，如何结束。我的脑子里没有一个现成的句子。可是我只要扫一眼教室（教室的格局是圆形剧场式的），说出那句套话：“上节课我们讲到……”，一长串句子就从我的灵魂飞了出去，滔滔不绝！我的语速很快，想慢也慢不下来，充满激情，好像没有什么力量能打断它。课要讲得好，也就是不枯燥，对听课的人有益处，除了需要天分以外，还需要技巧和经验，要对自己的力量非常有数，清楚地了解听课的人，以及对讲的东西胸有成竹。此外还得有心机，明察秋毫，时刻观察听众的反应。

一个好的乐队指挥在演绎作曲家的意图时可以同时做二十件事：读谱，挥动指挥棒，观察歌唱演员，时而给鼓手，时而给圆号打手势，等等。我讲课也是一样。面对着一百五十张长得不一样的面孔和三百只直视着我的眼睛，我的目标是打败这个多头怪兽。讲课时，如果我时刻清楚地了解它注意力集中的程度和思考的能力，它就可以在我的掌控之下。我的另一个对手在我的体内。这个对手是永远乱糟糟的公式、现象和定理，以及由此生发的我自己和别人的思想。我需要随时从这一大堆材料中抽取最重要和最需要的东西，而且要和我的语速一样快。我表达思想的方式得照顾到怪兽的理解力，要能够唤起它的注意，不能平铺直叙，而是要有一定的规则和条理，要考虑合理的布局才能把这幅画画好。还有，我要尽量做到语言文雅，定语简短准确，句子尽量简单优美。我要时刻神经紧绷，记住只有一小时四十分钟可用。总之，要做的事儿很多。要同时扮演学者、教师和演说家。如果你身上的演说家压过了教师和学者就糟了，反之亦然。

你讲了一刻钟，半个小时，这时候你发现学生们开始扫视天花板和彼得·伊戈纳杰耶维奇，一个学生掏手绢，另一个学生换了个舒服的坐姿，第三个顾自微笑……这说明注意力松懈了，得采取措施。我抓住机会说句俏皮话，一百五十张脸都笑逐颜开，眼睛发出快乐的光，教室里又出现了片刻的海水喧哗之声……我也笑了。注意力被重启，我可以继续了。

无论什么运动，无论什么消遣和游戏，都没有给我带来过像讲课那样的享受。只有在课堂上我才能忘我投入，知道灵感并不是诗人们臆想出来的东西，它真的存在。我觉得，立下了盖世奇功的赫拉克勒斯[1]也不如我每次讲完课那么舒坦又疲惫。

这是过去。现在我上课时只觉得受折磨。还不到半个小时我就感到双腿和两肩虚弱得要命；我坐到椅子上，可是我不习惯坐着讲课，所以又起身，站着继续讲，而后又坐下。我的嘴发干，嗓音嘶哑，脑袋发晕……为了在听众面前掩饰窘态，我不时喝水、咳嗽、擤鼻子，好像是鼻涕妨碍了我；我说的俏皮话也不合时宜，最后提前下课。但最重要的是我觉得很惭愧。

良心和理智告诉我，现在我能做的最好的事情就是给孩子们上最后一课，跟他们告别，祝福他们，把我的位置让给比我年富力强的人。可是，让上帝谴责我吧，我没有勇气按照良心行事。

很不幸，我不是哲学家，也不是神学家。我很清楚我活

---

1. 希腊神话中力大无比的英雄。

不过半年了。照理说现在我最应该考虑的是坟墓的幽冥以及那些我将在坟墓中梦见的鬼影。可是不知为何，尽管我理智上完全明白这些问题的重要性，我的心却不想理解它们。尽管已经临近死亡，但我仍像二三十年前一样，只对科学感兴趣。直到咽气，我也还是会相信科学是人生命中最重要、最美好、最需要的东西，不管在过去还是将来，它永远是爱的最高表现，人只有靠它才能战胜自然和自己。这种信念也许很天真，也许没有根据，可是我就是抱着这样而不是其他的信念。这怪不得我，我无法战胜这种信念。

可是问题不在这儿。我只求人们原谅我的这个弱点，明白让一个关心脊髓的命运超过关心世界的终极目的的人离开教研室和学生，就像不等他死了就把他钉在棺材里。

因为失眠以及随之而来的跟每况愈下的虚弱的紧张斗争，我身上发生了一些奇怪的变化。上课时我会忽然喉头哽咽，热泪盈眶，我感到一种强烈的、歇斯底里的欲望，想两手一伸，大声叫苦。我想大声喊叫，说我这个名人已经被判了死刑，过上半年这个教室就将更换主人。我想喊出来，说我中毒了，我过去所不知道的新的想法毒害了我最后的日子，像白蛉似的螫我的脑子。此时我的情况非常可怕，我简直希望所有听众都受到惊吓，最好能吓得跳起来，拼命喊叫着冲向门口。

这样的时刻真是难熬。

2

下课后我坐在家里工作，读期刊和毕业论文，或备下一次的课，有时候写点儿东西。我工作时断时续，因为得接待来访者。

门铃响了。这是一个同事进来讨论事情。他拿着帽子和手杖进来，伸手把两样东西交给我，说道：

“我就待一会儿，就一会儿！坐下，collega[1]！就两句话！”

我们首先要努力向对方表明我们俩都极其有礼貌并很高兴见到彼此。我让他坐软椅，他又请我坐，与此同时我们小心地划拉着彼此的腰，触碰对方的扣子，好像我们在互相试探，害怕烫着似的。我们俩都笑着，尽管根本没说什么可笑

1. 拉丁语，同事。

的东西。我们落座后互相点头致意，然后开始悄声交谈。不管彼此的关系多真诚，我们都不能不用一些中国套路来文饰谈话，什么“阁下曾公正地指出”啦，什么“正如我已经荣幸地告知”啦，要是我们中的一个说了俏皮话，就算说得不怎么样，我们也不能不哈哈大笑。说完了正事，这位同事霍地站起来，把手里的帽子朝着我的文稿一挥，开始告辞。我们再次互相触碰，笑容可掬。我把他送到前厅，在那儿我要帮我的同事穿上裘皮大衣，可是他千方百计地推脱这一高级别的礼遇。然后，当叶果尔打开门，同事就会说我要感冒的，而我假装甚至要跟他走到外面去。当我终于回到自己的办公室，我的脸上依然挂着笑容，可能是因为惰性。

过了一会儿门铃又响了。有人走进前厅，用了很长时间脱外衣和咳嗽。叶果尔通报说来了个学生。我说：请进。一分钟后进来一个长得挺好的年轻人。我跟他关系紧张已经一年了：考试时他把问题回答得很糟，我给他打了一分。每年会有七八个这样的学生，用学生们的话说，我把他们“赶走”或“刷下来”。那些因为能力问题或生病而通不过考试的，通常都会忍辱负重，不来跟我讨价还价；只有那些多血质的、性情活跃的人才会来纠缠，他们因为考试不及格而茶饭不思，以至于破坏了看歌剧的节奏。对第一种人我会手下留情，对第二种人我则卡他一整年。

“请坐，”我对我的客人说，“有何贵干？”

“对不起，教授，打扰您了……”他支支吾吾地说道，眼睛不敢直视我，“我本不敢打扰您，可是……您的课我已经考了五次了，结果……都没及格。求您高抬贵手，给我个及格，因为……”

所有懒家伙抬出来的理由都一样：他们别的课都考得很好，只有我的课不及格。更令人惊讶的是，他们总是非常认真地学了这门课，也学得很好，他们是因为某种莫名其妙的差错才不及格的。

“请原谅，我的朋友，”我对客人说，“我不能给您及格。回去好好温习温习功课，然后再来吧。到时候我们再看。”

他一时语塞。我想让这学生稍微吃点儿苦头，因为他爱啤酒和歌剧胜过科学，所以我发出感慨：

“我觉得现在您能做的最好的事情就是完全放弃医学系。如果您以自己的能力怎么都无法通过考试，那么显然，您是不想当医生，也没有当医生的天赋。”

多血质学生的脸拉长了。

“请原谅，教授，”他干笑了一下，“可是对我来说，这话至少显得很奇怪。学了五年，说放弃就放弃！”

“那又怎么样！浪费五年的时间总比一辈子做不喜欢的事强。”

可是我随即可怜起他来，赶紧说道：

“不过，您自己看吧。那么，复习复习再来吧。”

“什么时候？”这懒虫闷闷地问道。

“随您的便，就是明天也可以。”

我在他那双善良的眼睛里读到的是："可以来，可是你这畜生还是要卡我！"

"当然，"我说，"就算您在我这儿再考十五次，您也增长不了什么学识，可是这可以锻炼您的性格。这也是好事。"

他不说话了。我站起身，等着这位客人离开，可是他站在那儿看着窗外，揪着他的小胡子，琢磨着什么事。局面尴尬。

这多血质的学生声音清亮悦耳，眼神机灵而含着讥诮，面相温良，只是因为经常喝啤酒和在沙发上躺的时间太长而有些萎靡不振。看样子他可以给我讲很多关于歌剧、关于他的爱情经历、关于他喜欢的伙伴的有趣的事情，可是很遗憾，这些都不能讲。其实我是很乐意听的。

"教授！我向您保证，如果您给我及格，我……"

话一说到"保证"，我就挥挥手，坐到了桌子后面。学生又想了片刻才垂头丧气地说：

"那么，我告辞了……请原谅。"

"再见，我的朋友。祝您健康。"

他犹犹豫豫地走到前厅，慢腾腾地穿上外衣，走到外面，他可能又会想上半天，除了骂我一声"老鬼"什么都没想出来，就去了一家破饭馆喝咖啡、吃饭，然后回到住处睡觉了。安息吧，诚实的劳动者！

门铃第三次响起，进来的是一个年轻的医生，他穿着一身新的黑色套装，戴着金边眼镜，当然，打着白领结。他做了自我介绍，我请他坐，问他有什么事。这个献身科学的年轻人不无紧张地对我说，今年他通过了博士学位考试，现在只剩下写论文了。他想在我的指导下写作，如果我给他一个论文题目，他会不胜感激。

“我乐于效劳，同行，”我说，“可是让我们先研究一下什么是学位论文。在通常意义上，论文是指由独立创造成果而产生的论著，不是吗？要是别人给题目，在别人的指导下写文章，就该换个名称……”

这位博士生没有说话。我火了，一下子站了起来。

“我不明白你们为什么总是来找我，”我生气地嚷道，“难道我是开铺子的？我不卖题目！我一千零一次地请你们大家放过我！请原谅我的无礼，可是我实在受够了！”

那位博士生一言不发，只是颧骨边缘微微泛红了。他的面部表现出对我的显赫名声和学问的深深尊敬，而从他的目光，我看出，他对我的嗓音、我可怜的身材和神经质的手势心怀鄙夷。我发怒的样子在他看来就像个怪物。

“我没有铺子！”我生气地说，“怪事！您为何不想独立自主呢？您为什么那么讨厌自由？”

我说了很多，而他一言不发。最后我稍稍平静了一点儿，当然，也就让步了。这位博士生会从我这儿得到题目（一文不值），在我的指导下写出一篇没人需要的学位论文，顺利通过无味的答辩，得到他需要的学位。

这些门铃声可以连绵不绝，但我只说四个。门铃第四次响起，我听到了熟悉的脚步声，衣服窸窸窣窣的声响，和一个亲切的声音……

我有一位眼科医生朋友，他十八年前去世了，身后留下了一个七岁的女儿卡佳和大约六万卢布的遗产。他在遗嘱中指定我做监护人。卡佳十岁之前住在我家，后来被送到寄宿学校，只有夏天放假时才回我家住。我没时间管她的教育，只偶尔有空了才关注一下，所以对她童年的事我所知甚少。

我记得最清楚和最喜欢回忆的是她来到我家，医生给她看病时，她那种非常非常信任的态度。她那张小脸总是因这种信任而神采奕奕。要是她包着腮帮子坐在一边，她一定在全神贯注地看着什么，不管是我在写东西或翻书，或我妻子在忙活，或者厨娘在厨房洗土豆，或者狗在玩耍，她的目光中总是表现出不变的意思，那就是“这个世界上发生的一切都很美好，很有道理”。她小时候很好奇，很喜欢和我说话。有时候她坐在桌子对面，一边看我做事一边向我提问题。她想知道我在大学教什么课，做什么事，是不是害怕尸体，挣的薪水怎么花。

“大学生打架吗？”她问。

“打架，亲爱的。”

“那您罚他们跪吗？”

“罚。”

她笑起来，因为她觉得大学生打架和我罚他们跪很可笑。她是一个善良柔顺而且好脾气的孩子。我不止一次地看见她被别人抢走东西，看见她被冤枉受罚，或人们不肯满足她的好奇心，这时，她脸上除了惯常的信任还会渗入忧伤——仅此而已。我无法为她说话，只是当我看到她的忧伤，我会产生一种愿望，想把她叫到身边，用老保姆一样疼爱的语气说：“我亲爱的小孤儿！”

我还记得她喜欢穿漂亮衣服，喜欢洒香水。在这方面她很像我。我也喜欢漂亮的衣服和高级香水。

我很遗憾，当一种热望在卡佳心里产生和发展时，我无暇也没想予以关注。后来，当卡佳长到十四五岁，这种欲望把她完全控制住了。我说的是她对戏剧狂热的爱。当学校放假，她回我们家住时，她总是对戏剧和演员津津乐道，比谈什么都投入。她没完没了地谈论戏剧，大家都听烦了。我的妻子和孩子们都不想听她说话，只有我没有勇气置之不理。当她想分享她的喜悦时，就会来书房找我，用求人的语气说道：

“尼古拉·斯捷潘内奇[1]，让我跟您说说戏剧吧！”

我指指表说：

“给你半个小时。开始吧。”

后来她开始带回她崇拜的男女演员的肖像，总共有几十张；再后来几次尝试加入心爱的剧团；最后，从学校毕业后，她对我宣布说，她生来就是要当演员的。

我从来都不理解卡佳对戏剧的迷恋。在我看来，如果剧

1. 内奇为诺维奇的非正式叫法，原文如此。

本好，那么不用劳烦演员它就可以给人留下深刻的印象：只要读剧本就够了；如果剧本不好，那么不管怎么演也不能把它变好。

年轻时我经常去看戏，就是现在，我们家也会每年订两次包厢，拉上我去“散散心”。当然，这不足以让我有权评判剧院，但我还是要说一说。据我看，现在的剧院并不比三四十年前的好。一如当年，无论在剧院的走廊还是休息室都找不到一杯清水；招待员依旧会因为帮忙存了裘皮大衣而敲我二十戈比，虽然冬天穿厚衣服是理所当然的。幕间休息时他们仍然会演奏一些完全没必要的音乐，给戏剧造成的印象再加上一些没头没脑的新料。男人们仍然在幕间休息时去小吃部喝酒精饮料。

既然在小处看不到改进，就不用在大处找了。演员依然从头到脚披挂着戏剧特有的传统和偏见，不是平静地念出那句本来就简单平常的台词“活还是不活”，而是不知为何一定要尽力念得沙哑低沉、全身颤抖；他也依然不遗余力地向我证明那个跟蠢人说了很多话又爱一个蠢女人的恰斯基[1]是个聪明人以及《聪明误》不是一出无聊的剧，于是我就觉得四十年前让我感到无聊的陈腐套路从舞台向我吹来——那时候我看的是充斥着咆哮和顿足捶胸的古典主义戏剧。每次我从剧院出来时都会比进去时更保守。

1. 俄国剧作家格利鲍耶陀夫的剧作《聪明误》的主人公。

你可以让多情而轻信的大众相信，这样的戏剧类似于学校。可是谁了解学校的真正含义，谁就不会上这个当。我不知道五十年或一百年后会怎么样，但以现在这种情况，戏剧只能是一种娱乐。可是对于持续消费这种娱乐的人来说，它又太贵了。它夺去了成千上万年轻、健康和有才华的男女，他们如果不是献身于戏剧，本可以成为好的医生、面包师、教师、军官；它也夺去了公众的夜晚时光——那本是最适合进行智力劳动或朋友交谈的时间。更不用说钱的花费，以及观众在舞台上看到处理不当的凶杀、偷情或诽谤而蒙受的道德损失。

卡佳的看法却截然不同。她想让我相信戏剧，哪怕是现在这种状态的戏剧，总是比讲课、书籍和世界上的一切都高明。戏剧可以联合起一切艺术，而演员是传教士。没有一种单独的艺术和科学可以像戏剧这样强烈、确切地影响人的心灵，难怪一个中等的演员比最好的科学家或艺术家还受欢迎。任何一种公共活动都不能带来舞台戏剧那样的享受和满足感。

终于有一天，卡佳参加了一个剧团，走了，好像去了乌法，带着很多钱、一大堆五彩缤纷的希望和对事业的崇高信念。

她最初在路上写来的那些信令人惊奇。我读信时简直难以置信，这几张小纸片竟能承载那么多青春的气息、心灵的纯洁、圣洁的天真，同时还有敏锐中肯的判断力，就算这种判断力出自一个优秀男人的头脑也令人叹服。她写到伏尔加河、大自然、所到的城市、她的伙伴、她的成功和挫折。对这一切她不是描写，而是赞叹，每一行都流露出我在她脸上见惯了的那种信任，同时信里有一大堆语法错误，而且几乎不用标点符号。

过了不到半年，我收到了一封诗情洋溢、情绪激昂的信，一上来就说：“我爱上了一个人。”随信寄来了一张照片，照片上是一个不留胡须的年轻人，戴着一顶宽檐帽，一条围巾从肩膀搭过去。此后的信仍然很好，但里面已经出现了标点符号，语法错误也不见了，有股浓重的男人味儿。卡佳开始跟我谈论，要是在伏尔加河沿岸的某个地方建一个大剧院该多么好，合股经营，把富有的商人和船主吸引到这个事业中，那样一定会有很多钱，会有巨额的票房，演员们将在演员协会的机制下演出……这一切也许真的很好，可是我觉得，这些花样一定出于一个男人的头脑。

不管怎样，在一年半到两年里，一切看起来都很顺利：卡佳在恋爱，相信自己的事业，很幸福。可是随后我在她的信里发现了明显低落的信号。起初是卡佳向我抱怨她的同事——这是最初也是最坏的兆头。如果一个年轻的科学家或文学家在自己职业生涯刚起步时就痛切地抱怨其他的科学家或文学家，就意味着他厌倦了，他不适合这个行业。卡佳在信中说，她的伙伴们不参加排演，总是不理解角色，从他们总是演些荒唐的戏，以及从每个人的舞台表现，都可以看出他们完全不尊重观众。他们整天只谈票房。为了票房，正剧中的女演员可以降低身份唱小曲儿，悲剧演员可以唱嘲笑戴绿帽子的丈夫和出轨怀孕的妻子的小调，不一而足。总之，外省的剧团竟然到现在还没垮台，竟然可以靠着这么细而腐朽的脉管支撑至今，实在令人惊讶。

我给卡佳写了一封长长的回信，我承认，信写得很沉闷。反正，我是这么写的："我跟不少老演员聊过天，他们是非常正直的人，愿意跟我开诚布公地说心里话。通过跟他们交谈，我了解到，决定他们行为的并非他们自己的理性和自由意志，多半是时尚和公众的情绪。他们当中最优秀的那些人一辈子演过悲剧，也演过音乐剧，演过巴黎的闹剧，也演过神话剧，但他们始终觉得，他们是以正当方式赚钱的。所以，你看，恶俗的根源不应该在演员身上找，而应该更深入些，在文化本身和整个社会对文化的态度中找。"

我这封信只是惹恼了卡佳。她回信说："我跟您说的是两回事。我说的不是那些跟您推心置腹的正直的人，而是一帮一点儿都不正直的坏蛋。这是一帮野蛮人，他们落到舞台上只是因为别的地方不会容纳他们，他们称自己为演员只是因为他们脸皮厚。天才一个没有，庸才、酒鬼、阴谋家、造谣家却很多。我说不出有多痛苦，因为我所挚爱的艺术落到了我痛恨的人手中。令人痛心的是，优秀的人们对恶只是远远地观望，他们不想走近些，他们不行动，而是用古板的语体写些大而无当、于事无补的说教……"云云，都是这样的语气。

又过了一段时间，我收到这样一封信：

我遭到了毫无人性的欺骗。我活不下去了。请按照您认为适当的方式处置我的钱。我像爱父亲那样爱您，您是我唯一的朋友。别了。

原来，她的那个“他”也属于“一帮野蛮人”。后来，根据一些迹象我推测她曾打算自杀。卡佳好像服过毒。此后她大概大病了一场，因为我收到的下一封信已经是从雅尔塔发出的了，很可能是医生让她去那里疗养的。她在最后一封信中请我给她往雅尔塔汇一千卢布，信的结尾写道：“对不起，这封信语气凄惨。昨天我埋葬了我的孩子。”她又在克里米亚住了将近一年，之后回到家里。

她漂泊了近四年。应当承认，在这四年中，我在她的生活里扮演了一个不值得羡慕的奇怪角色。当她起初向我宣布要当演员，后来又告诉我她的爱情；当她不时忍不住大把花钱，而我按她的要求汇钱，要么一千，要么两千卢布；当她写信告诉我想去死，后来又告诉我孩子的死讯，每次我都不知所措，我对她命运的关心仅仅表现在思前想后写出一封封冗长乏味但是完全可以不写的信。可是，我却是代替她父亲的人，而且像爱女儿那样爱她！

现在卡佳住在离我半里的地方。她租了一套有五个房间的房子，布置得相当舒适，有她独特的品味。要是有谁把她住处的装潢画下来，那么画的主调应该是慵懒。为慵懒的身体准备了软躺椅和软凳，为慵懒的双脚准备了地毯，为慵懒的目光安排了低饱和度的、暗淡或朦胧的颜色，为慵懒的灵魂在墙上挂上了过多廉价的扇子和笔法新巧但不注重内容的小画，放置了过多的小桌和架子，上面摆着些完全不必要也没有价值的东西，还有代替窗帘的奇形怪状的布片儿……所有这一切，加上害怕鲜艳的色彩和害怕对称开阔的空间，都证明了她内心的慵懒，也表现出对自然趣味的偏离。卡佳整天躺在躺椅上看书，主要是看长篇小说和中篇小说。她每天只出门一次——午后来见我。

我工作，而卡佳坐在离我不远的沙发上，默不作声。她裹着披巾，好像觉得冷似的。不知是因为我喜欢她，还是因为从她还是小姑娘时我就习惯了她的频繁造访，她的在场不会让我分神。我偶尔机械地问她一个问题，她很简短地回答一声，或是我想稍微休息一会儿，就转向她，看她沉思地翻阅医学期刊或报纸。此时我会发现，她的脸上已经没有过去那种信任的表情了。现在她的表情冷淡、漠然、心不在焉，就像不得不长时间等待火车的乘客脸上的表情。她依旧穿得漂亮又简单，显得很漫不经心。她整天躺在躺椅或摇椅上，她的服装和发型都因此留下了不少印记。她也不像过去那么好奇了。她不再对我提问题，好像一切都亲身经历过，不再期待听到什么新鲜的话。

将近四点时，前厅和客厅有了动静，这是丽莎带着女朋友们从音乐学院回家了。可以听到她们弹钢琴，试嗓音，大笑。叶果尔在餐厅摆桌子，餐具叮叮当当地碰撞。

“我走了，”卡佳说，“今天我不去见您的家人了。请她们原谅。没时间了。请你们去我家做客吧。”

我把她送到前厅，她从头到脚把我狠狠打量一番，懊恼地说道：

“您越来越瘦了！您为什么不看病？我去请谢尔盖·费奥多罗维奇，让他给您看看。”

“用不着，卡佳。”

“我不明白您的家人怎么看不见！他们真够可以的，没话讲。”

她急速地穿上裘皮大衣，此时，她挽的漫不经心的头发上会有两三个卡子掉到地上。她懒得整理头发，也没时间，就把散落的发卷随手藏在帽子下面，走了。

当我来到餐厅，妻子问我：

“刚才卡佳在你那儿？她怎么不见我们？这可真怪……”

“妈妈！”丽莎责怪她，“她不想见我们就随她的便吧。我们不用跪下求她。”

“不管怎么说都很失礼。在书房待了三个小时都没想起我们。算了，随她去吧。”

瓦利亚和丽莎两个人都恨卡佳。我不理解这种恨意，可能只有女人才能理解吧。我敢拿脑袋打赌，无论是几乎每天在我的课堂上见到的那一百五十个年轻男子，还是我每周碰面的百十个年长的男人，很难找出哪一个人可以理解这种感觉——因为卡佳未婚先孕生下私生子的往事而讨厌她，甚至恨她。与此同时，我想不起在我认识的女人或少女中有谁不是自觉或本能地怀有这样的恶意。这不是因为女人比男人更高尚更纯洁，要知道如果高尚和纯洁不能摒除怨恨，那就跟恶相去不远。我直接用女人的落后解释这种现象。在我看来，当看到不幸时，一个现代男人产生的是忧伤的同情和良心的不安，这种感情所体现的文化和道德水准要远远高于仇恨和厌恶。而现代女性仍然像中世纪一样滥情又粗鲁。有鉴于此，我认为要女人接受和男人一样教育的主张是完全合理的。

我妻子不喜欢卡佳的理由还有：她做过演员，她不懂感恩，她骄傲，她怪僻，她有一个女人可以在另一个女人身上找出的种种毛病。

除了我的家人，一起吃饭的还有两三个我女儿的女朋友以及亚历山大·阿多利佛维奇·格涅科尔，他是丽莎的追求者，潜在的求婚者。这是个金发的年轻人，不到三十岁，中等个儿，胖胖的，宽肩膀，耳边留着金红色的络腮胡，嘴唇上的小胡子是染过色的，这样一来，他那张光滑的胖脸就现出一种洋娃娃般的神情。他穿着一件很短的西装，一件花色背心，一条上面很肥下面很瘦的大方格裤子，一双平底的黄色皮鞋。他眼睛突出，像虾一样，领带就像虾尾，我甚至觉得这个年轻人全身散发着虾汤的味道。他每天都来我们家，可是家里谁都不知道他的家世背景，他上过什么学，靠什么生活。他不弹琴，不唱歌，可是跟音乐和歌唱有某种关系，在某个地方替什么人卖钢琴，经常去音乐学院，认识所有的名人，操办音乐会，他很有权威地对音乐发表评说，我发现大家都乐于对他的意见表示赞同。

富人身边总是有一些门客，科学和艺术也如是。世界上大概没有哪门科学和艺术可以摆脱像格涅科尔先生这样的“外人”。我不是音乐家，也许我对格涅科尔的判断有误，再说我也不怎么了解他。可是他倚着钢琴听某人弹琴或唱歌时，那份权威的派头让我觉得颇为可疑。

就算您再有教养，是个三品文官，如果您有个女儿，也免不了有追求、求婚、结婚这样的俗事找上门来，免不了要为此分神。比方说，每当格涅科尔来做客，我妻子总是眉飞色舞，对此我无论如何都受不了。还有，那些拉斐特酒、波尔图酒和赫雷斯酒只为了他才拿出来，为的是让他亲眼看见并相信我们的生活是多么阔绰和奢侈，对此我也无论如何都不能接受。丽莎在音乐学院学来的那种断断续续的大笑，有男客时那种眯眼的方式，我都不能充耳不闻、视而不见。最主要的是，我怎么也不能理解，这个跟我的习惯、我的学术、我的生活方式一点儿不相干的人，这个跟我喜欢的人毫不相像的人为何每天来我家，还跟我们吃饭。我妻子和女佣神秘地窃窃私语，说“这位是求婚者”，可我对他的举动还是不理解，我十分困惑，就好像他们让我和一个祖鲁人[1]共进晚餐似

1. 南非的一个黑人民族。

的。而一向被我看作小孩子的女儿竟然喜欢这条领带、这双眼睛、这副软乎乎的面颊，这也让我奇怪……

过去我或是喜欢吃饭，或是没有感觉，而现在，我对吃饭这件事的感受只有无聊和恼火。从我成为杰出科学家并担任系主任开始，不知为何我的家人认定我们需要彻底改变家里的食谱和进餐礼仪。那些我在当学生和助教时习惯的普通菜不见了，现在他们给我吃的是什么法国肉汤，上面漂着些白色冰碴一样的东西，还有用马德拉葡萄酒烹制的腰子。三品文官的官衔和名气永远剥夺了我的菜汤、好吃的馅饼、填苹果的鹅和鳊鱼粥。它们也使我失去了女用人阿加莎，她是一个爱说爱笑的老太太。代替她给我们上菜的是迟钝而傲慢的小个子叶果尔，他的右手总是戴着一只白手套。

等待上菜的时间很短，可是却显得无比漫长，因为无事可做。过去我们会在这个时候开心地、无拘无束地聊天、开玩笑、大笑，现在这些都不会有了。过去，当全家聚在餐厅时，我们互相之间很亲热，那种快乐的气氛让孩子们、我妻子和我都很幸福，那时候吃饭对我来说是休息和团聚的时刻，而对妻子和孩子们则像过节。虽然这段时间很短，可是却很明朗、很快乐，因为他们知道，在这半个小时里我不属于科学和学生，而只属于他们，除了他们再也没有别人。现在这样的情形已不复存在。再也不会只喝一杯酒就陶然欲醉，再也没有阿加莎和鳊鱼粥，也不会像当年那样因为吃饭时的一些小乱子，比如猫和狗在桌子下打架或卡佳腮帮子上绑的绷带掉到了汤盘里，而引起一阵喧闹。

现在描写我们的进餐就像它本身一样乏味。妻子的脸上带着庄重的表情，拿腔拿式，最常见的表情是忧心忡忡。她担心地看着我们的盘子，说道："我看出来了，你们不喜欢烤肉……你们说，是不是不喜欢？"我应该回答："你不用担心，亲爱的，烤肉很好吃。"她会说："你总是维护我，尼古拉·斯捷潘内奇，可你总是不说实话。亚历山大·阿多利佛维奇为什么吃得那么少？"整个进餐过程中都是这一套。丽莎时而发出断断续续的大笑，并把眼睛眯起来。我看着这母女俩，只有在此刻，吃饭的时候，我才清楚地意识到，我早已不关心她俩的内心世界了。我有种感觉，好像我曾经跟真正的家人生活在一起，而现在是在假妻子家做客，看到一个假丽莎。她们两个都发生了剧烈的变化，我没看到这个变化的过程，自然什么都不明白。

为什么会发生这个变化？我不知道，也许全部的不幸在于上帝没有给我的妻子和女儿像我一样的力量。我从小就习惯于抵抗外界的影响，锻炼自己的品性，诸如名气、官职、从生活殷实变为入不敷出、跟名人交游等等这些变故并不能奈何我，我能依然完好无损，可是对于脆弱的、没有受过锤炼的妻子和丽莎来说，这一切就像雪崩一样砸下来，把她们压垮了。

小姐们跟格涅科尔谈赋格曲、对位法，谈歌唱演员和钢琴演奏者，谈巴赫和勃拉姆斯，而我妻子唯恐别人以为她对音乐无知，就以微笑表示赞同，叨叨咕咕地说：“太了不起了……真的吗？您说说看……”格涅科尔大模大样地吃东西，大模大样地讥诮，迁就地听小姐们的意见。他偶尔想说一段蹩脚的法语，这时候，不知为何，他认为需要给我以votre excellence[1]的尊称。

可是我沉着脸。看来我让他们大家不自在，他们也让我不自在。我对阶层对抗从无太多感觉，可是现在困扰我的正是这一类情况。我一心只看到格涅科尔的缺点，很快就找到了，并据此断定这个求婚者跟我不在同一圈子，并为此感到恼火。他的在场对我还有另一方面的坏影响。独处或跟喜欢的人相处时，我一般都不会想到我的功名，就算想起来了，也觉得微不足道，好像我昨天才刚刚成为一名学者似的。可是跟格涅科尔这样的人在一起时，我的功名就像一座高耸入云的大山，在山脚下蝇营狗苟的格涅科尔渺小得几乎看不见。

饭后我回书房抽烟斗，这是一天中唯一的一次，过去我有从早到晚不停抽烟的坏习惯，现在仅限于每天抽一斗了。抽烟时妻子进来和我说话，就像早晨一样，我预先就知道要谈什么。

“我得跟你好好谈谈，尼古拉·斯捷潘内奇。”她这样开始，“我是说丽莎……你怎么没注意？”

“什么？”

1. 法语，大人。

“你假装什么都看不出来，但这可不好。不能不闻不问……格涅科尔对丽莎有意思……你怎么看？”

“我不能说他是坏人，因为我不了解他。可是要说我不喜欢他，这我已经告诉你一千遍了。”

“可是不能这样……不能……”

她站起来，情绪激动地走来走去。

“这是重大的一步，不能这样对待……”她说道，“这关系到女儿的幸福，应该抛开所有个人成见。我知道你不喜欢他。好吧……要是现在拒绝他，我们可以这么办，那么你怎么能保证丽莎不会怨我们一辈子？现在来求婚的没有多少，说不定以后再没机会了……他很喜欢丽莎，看起来她也喜欢他……当然，他没有稳定的职位，可是有什么办法呢？上帝保佑，慢慢能找到个职位。他出身好家庭，有钱。”

“你怎么知道的？”

“他说的。他父亲在哈尔科夫有一幢大房子，在哈尔科夫郊外有庄园。总之，尼古拉·斯捷潘内奇，你必须得去一趟哈尔科夫。”

“干吗？”

“去搞清楚……你在那儿有认识的教授，他们会帮助你的。我想自己去，可是我是女人。我办不了……”

“我不去哈尔科夫。”我沉着脸回答。

我妻子被吓着了，脸上现出极难受的表情。

“看在上帝的分儿上，尼古拉，斯捷潘内奇！”她哭哭啼啼地求我，“看在上帝的分儿上，给我卸下这桩心事吧！我在受罪！”

我只能痛苦地看着她。

“好吧，瓦利亚，”我缓和地说，“要是你想让我去，好吧，我就去一趟哈尔科夫，你让我做什么我就做什么。”

她用手绢擦着眼睛，回房间哭去了，剩下我一个人待着。

不久用人把灯送过来。软椅和灯罩的影子投在墙上和地上，这些熟悉的影子早让我厌烦了，我看到它们就觉得已经入夜，我那该死的失眠又来了。我上床躺下，而后又站起来在房间里走来走去，然后再躺下……通常在饭后，夜晚到来之前，我神经的亢奋会达到最高峰。我开始无缘无故地哭泣，把头扎在枕头里。这时我怕会有人进来，怕我突然死了，还为自己的眼泪感到羞耻，总之，心里难受至极。我觉得我再也见不得这些灯、这些书，和这地上的影子，听不得客厅里人们说话的声音。有种无形的、不可理解的力量粗鲁地将我推出我的家。我跳起来，急忙穿上衣服，小心翼翼，瞒着家人来到外面。去哪儿呢？

我脑子里早就有对这个问题的答案：去卡佳那里。

3

她照例躺在土耳其式沙发或躺椅上读什么东西。看到我，她懒洋洋地抬起头，坐起来，向我伸出手。

“你总是躺着，”我沉默片刻，歇口气，说道，“这不健康。你该干点儿什么。”

“唔？”

“我说，你应该做点儿什么。”

“做什么呢？女人只能做普通的女工或演员。”

“那又怎么样？要是你不能做女工，就去当演员吧。”

她不做声。

“嫁人好了。”我半开玩笑地说。

“没人可嫁，也没必要嫁。”

“你不能这样生活。”

“没有丈夫吗？有什么大不了的！我要是想要，男人有的是。”

“卡佳，这不体面。”

“什么不体面？”

“就是你刚才说的话。”

卡佳看到我心里不舒服，想冲淡不好的印象，就说：

“咱们走。您过来，来吧。”

她把我领进一个非常舒服的小房间，指着写字台说：

“瞧……我给您准备的。您可以在这儿工作。您可以每天来，把工作带来。在家里他们只会干扰您。您要在这儿工作吗？愿意吗？”

为了不让她失望，我就回答说会在这儿工作，我很喜欢这个房间。而后我们俩坐在这个舒适的小房间里聊了起来。

在这暖和而舒适的环境中，对着一个喜欢的人，我却不像过去一样感到心满意足，而是非常想抱怨和发牢骚，不知为何，我觉得要是抱怨抱怨，发发牢骚，心里就会轻松些。

“我的处境很糟啊，我亲爱的！”我叹了一口气，说道，“糟得很……”

“怎么了？”

“你瞧，是这么回事，我的朋友。国王们最好的、最神圣的权力是宽恕的权力。我一直觉得自己是个王者，因为我拥有这种不受限制的权力。我从不指责人，很宽容，乐于原谅周遭的所有人。别人遇到一些事会抗议或愤怒，我却只是建议和说服。我一辈子都尽量友善待人，只为我的家人、学生、同事、用人不要觉得我难以相处。我知道，我的这种态度在塑造跟我有关系的所有人。可是现在我已经不是王者了。我心里产生了某种只适合奴隶的东西：脑子里一天到晚转着些恶念，心里积着一大堆过去从没有过的感情：愤恨、轻蔑、恼怒、害怕。我变得过分严厉、苛求、暴躁、冷漠、怀疑。那些过去讥诮或嘲笑两句就过去的事，现在也会让我心情恶劣。我内心的逻辑也变了：过去我只是蔑视金钱，现在我却不是对金钱，而是对有钱人心怀恨意，好像他们是有罪过的。过去我恨强暴和专制，现在我恨用强暴手段的人，好像这只是他们的错，而不是我们大家的错——因为人是彼此塑造的。这是怎么回事？如果说新的想法和情绪来自信念的改变，那么这个改变又是因为什么呢？莫非世界变坏了，而我变好了？或者我过去是盲目和麻木的？如果这种改变来自体力和智力的整体衰弱——因为我有病，一天比一天瘦——那么我的状况就很可怜了：这说明我的新想法是不正常、不健康的，我应该为之感到害臊，应该认为它们毫无价值……”

“跟病没关系，”卡佳打断了我，“您不过是睁开眼睛了。您看到了您过去因为某种原因不愿意看到的东西。我看，您首先应该跟家庭彻底决裂，离家出走。”

“别瞎扯。”

“您已经不爱他们了，为什么要勉强自己呢。难道这还算个家吗？一文不值！要是他们今天死了，明天就不会有人想起他们了。”

卡佳对我妻子和女儿的蔑视程度就像她们对她的仇视一样强烈。在我们这个时代大概不能讨论人们彼此蔑视的权利。但如果站在卡佳的立场上，承认这种权利的存在，那么你还是会看到，她有权利蔑视我的妻子和女儿，就像她们有权利恨她。

“一文不值！”她又说了一遍，“今天您吃饭了吗？她们怎么没忘记叫您去餐厅吃饭？她们怎么到现在还记得您的存在？”

“卡佳，”我正色说，“请你别说了。”

“您以为我乐意说她们吗？我倒乐意根本不认识她们。听我的，我亲爱的：扔下一切，走吧，出国去。越快越好。”

“真是瞎说！大学怎么办？”

“把大学也扔掉。它对您有什么好处？反正一点儿好处都没有。您已经教了三十年书了。您的学生们在哪儿呢？您教出了几个著名的科学家？数数看！要是只为培植一些压榨愚民、大把搂钱的医生，那不需要有才华的好人。您是多余的人。”

“我的天哪，你真尖刻！”我被她吓着了，“你太尖刻了！别说了，不然我要走了！你这么尖刻，我应对不来。”

女用人走进来请我们去喝茶。谢天谢地，喝茶时话题改变了。发完牢骚之后，我想放纵一下我的另一个老年人的弱点——回忆。我跟卡佳讲我的过去，而且，非常意外地，跟她讲了很多细节，我根本没想到还能清清楚楚地记得这些细节。她屏息听着，带着亲切和骄傲的神情。我特别乐意给她讲我在教会中学上学的事，讲我那会儿多么想上大学。

“有时候我在学校的花园里散步……”我说，“风把远处某个酒馆里的手风琴声和歌声传送过来，或是一驾三套马车伴随着铃声从学校的篱笆旁驰过，这就足以让我忽然由衷地感到幸福，那种感觉不仅充满胸膛，甚至充盈着腹部、四肢……我听着手风琴的声音或渐行渐远的铃铛声，想象自己成了一名医生，描绘出一幅比一幅更美好的画面。现在，你瞧，我的梦想实现了。我得到了我想都不敢想的东西。三十年来，我当上了受人爱戴的教授，有杰出的同事，功成名就。我恋爱，跟热恋的恋人结婚生子。一句话，回首往事，我的一生很完美，就像天才所作的交响曲。现在我只要别把结局毁掉就好。只要寿终正寝，就算完美收官。如果死亡真是危险的，那么应该像一个老师、学者和基督教国家的公民那样迎接它：精神饱满，镇定自若。可是我却正在毁掉结局。我在沉沦，跑到你这儿来求助，而你却对我说什么：沉沦吧，就应该如此。”

但这时前厅响起了铃声。我和卡佳都听出来了，说：

“这一定是米哈伊尔·费奥多罗维奇。”

不错，不一会儿我的同事、语文学家米哈伊尔·费奥多罗维奇就走了进来。他是个高个子，身材匀称，年纪五十岁上下，长着浓密的灰白色头发和黑色的眉毛，不留胡须。他是一个善良的人，是很好的同事。他出身古老的贵族家族，这个家族相当幸运，人才辈出，对我们的文学和文明的历史有着显赫的影响。他本人聪明、有才，很有教养，但脾气有点儿怪。我们大家都有某种程度的怪脾气，我们都是怪人，可是他的怪脾气却显得特殊，对他的熟人不无危险。我知道他的很多熟人只看到古怪，完全忽视了他众多的优点。

他进来后慢慢地摘下手套，用浑厚的男低音说道：

“你们好。在喝茶吗？正好，外头冷得很。”

然后他坐在桌边，自己取了一杯茶，马上就聊了起来——他总是用玩笑的口气说一些半哲理半逗乐的话，就像莎士比亚剧中的掘墓人一样。他所说的总是严肃的话题，但语气从来都不严肃。他对一切加以尖锐的品评或是痛骂，可是因为他语气柔和平缓，带着玩笑，所以他虽然骂得尖刻，却不刺耳，人们会立刻习惯他这种说话方式。他每晚都会带来五六个学校的笑话，落座后就这么讲起来。

“哎呀，上帝呀，”他叹了口气，讥诮地耸耸那对黑眉毛，说，“世界上竟有这样的小丑！”

“怎么了？”卡佳问道。

“今天下课后，我在楼梯上遇到了这个老白痴，我们那位NN……他照例走路时高抬着他那马一样的下巴，找人抱怨他的偏头痛、他的妻子和不想上他课的学生。我想，得，他看见我了，我死定了，完蛋了……”

诸如此类。或者他这样开腔：

“昨天我去听我们ZZ的讲座了。我真吃惊，我们的alma mater[1]，别提了，怎么会派ZZ这样的笨蛋，一个地地道道的蠢材做公开演讲。他是欧洲最大的傻瓜。行行好，整个欧洲打着灯笼都找不到更大的傻瓜了！你们想想看，他讲课就像吮棒棒糖：吸溜——吸溜……慌里慌张，讲稿也弄乱了，思维推进得也很慢，那速度就像修士大祭司骑自行车。最主要的是，您怎么也搞不懂他到底想说什么。沉闷极了，连苍蝇都会憋死。那沉闷劲儿只有学校在大礼堂的年会上念的老生常谈的年度报告才能媲美，见他的鬼。”

他忽然话锋一转：

“三年前，尼古拉·斯捷潘内奇您记得吧，我做过这种讲座。当时天又热又闷，制服绑在身上——难过得要命！我讲了半个小时，一个小时，一个半小时，两个小时……我想：‘谢天谢地，只剩下十页了。’最后四页完全可以不用念，我打算把它们删去。我想着，那么只剩下六页了。可是，您猜怎么着，我目光往前一扫，看到第一排并列坐着一位戴着绶带的将军和一位主教。这两个倒霉鬼烦闷得全身僵硬，睁大眼睛硬撑着以免打瞌睡，尽管如此，脸上还是竭力做出认真听讲的样子，假装听得懂并且喜欢我讲的内容。我想，好吧，既然你们爱听，那就请吧！我故意把那四页也念了！”

1. 拉丁语，此处指母校。

他说话的时候只有眼睛和眉毛在笑，喜欢嘲笑人的人往往是这样的。这时他的目光中没有恨，也不凶，但是充满了嘲弄和狐狸特有的狡猾，只有非常善于观察的人才有这样的目光。如果继续谈他的目光，我还发现了另一个特点。当他从卡佳的手中接过一杯茶，或是听她的评论，或是当卡佳有事要出去一小会儿，而他目送她时，我在他的目光中看到了某种柔顺、恳求、纯洁的东西。……

用人把茶炊收走，又在桌上摆了一大块奶酪、一些水果和一瓶克里米亚香槟，这是一种很不怎么样的酒，卡佳住在克里米亚时爱上了这种酒。米哈伊尔·费奥多罗维奇从书架上取了两副牌，开始占卜。他相信有几种牌阵需要全神贯注，可尽管如此，他还是一边摆一边说话，分散着自己的注意力。卡佳认真地看着他的牌，主要用暗示而不是语言来帮助他。整个晚上她喝酒不会超过两小杯，我则喝四中杯，剩下的就归米哈伊尔·费奥多罗维奇，他可以喝很多而不醉。

我们一边占卜一边讨论，主要是些高端的问题，谈来谈去，最后多半会说到我们最喜欢的东西，也就是科学上来。

“谢天谢地，科学要寿终正寝了。”米哈伊尔·费奥多罗维奇有板有眼地说，“它好景不长了。就是这样。人类开始感觉到需要用别的什么东西来代替它。它植根于迷信，以迷信滋养，如今仍然是迷信的精髓，就像它那寿终正寝的老祖母——炼金术、形而上学、哲学一样。说实在的，它给人们带来了什么？要知道欧洲的科学家跟没有任何科学的中国人之间的区别是微不足道的、纯属表面的。中国人不知道科学，但他们因此受什么损失了？”[1]

“苍蝇也不知道科学，”我说，“可是这能说明什么呢？”

“您不用生气，尼古拉·斯捷潘内奇。我这是私下说说……我比您以为的要谨慎，不会公开讲这种话的，上帝保佑！大众心目中有种迷信，以为科学和艺术高于务农、经商，高于手工作坊。我们这个阶层就靠这种迷信供养，你我不必揭穿它。上帝保佑！”

摆牌阵时年轻人也会遭到攻击。

“如今听课的人也在退步，”米哈伊尔·费奥多罗维奇叹息道，“不要说理想之类的，就连像样地工作和思考都不会！正应了那句话：‘看着我们这一代，我感到悲哀。’[2]”

“是啊，大大退步了，”卡佳表示同意，“请问，最近五到十年，你们的学生里出现过哪怕一个杰出的人才吗？”

“我不知道别的教授怎么样，反正我不记得我有过这样的学生。”

“我这辈子认识很多大学生和年轻科学家、很多演员……结果怎么样？我不光没遇见过一个英雄或天才，甚至没遇到过一个有意思的人。全都那么灰不溜秋、平平庸庸的，志大才疏……”

1. 原文如此。

2. 出自莱蒙托夫的诗《沉思》。

每次听到这些关于退步的言论，我总觉得不舒服，好像无意中偷听到别人讲我女儿的坏话一样。让我感到不快的是，这些责备很笼统，建立在一些早就过时的陈词滥调和一些危言耸听的话上，诸如退步、没有理想、今不如昔之类。所有的指责，哪怕是女人之间的指责，应当带有某种明确性，否则它就不是指责，而是空洞的攻讦，正直的人不应该说这样的话。

我是个老人，已经工作三十年了，可是我既没看到什么退步，也没看到缺乏理想，我不认为今不如昔。我的同事尼古拉（他的经验在这方面可以派上用场）说，现在的学生不比过去的学生好，也不比他们差。

如果问我，现在的学生什么地方让我不喜欢，我可能一下子答不出来，也不会说出很多，可是我会说得很明确。我了解他们的缺点，所以不需要泛泛而谈、云山雾罩。我不喜欢他们抽烟斗，喝酒精饮料，晚结婚；我不喜欢他们大大咧咧，常常麻木到看到有人挨饿而不动恻隐之心，不向学生共济会捐钱。他们不懂新的语言，俄语的表达也不准确。就在昨天，我的一个讲卫生学的同事还在抱怨，现在他讲的课要比以前多一倍，因为学生们物理不好，完全不懂气象学。他们愿意受最新出现的作家影响，哪怕是不那么好的作家，可是对古典作家，比如莎士比亚、马克·奥勒留[1]、爱比克泰德[2]

1. 罗马皇帝、哲学家，著有《沉思录》。

2. 希腊哲学家。

或帕斯卡[1]却无动于衷，这说明他们分不清什么是伟大的，什么是渺小的，这也表现出他们缺乏现实生活的能力。只要是多少带有社会性质的难题（比方说移民问题），他们都靠引述别人的论断来回答，而不是通过科学观察和实验，尽管后者他们完全有能力做，也最符合他们的责任。他们乐于成为住院医师、助理医师、实验员，打算在这些职位上干到四十岁，其实相比于，比如说，搞艺术或经商，从事科学工作所需要的独立性和自由精神一点儿都不少。我有学生和听众，却没有助手和接班人，所以尽管我爱他们，对他们有感情，却不能为他们感到骄傲。等等……

类似的缺点林林总总，但只有意志薄弱和怯懦的人才会因此产生悲观或暴戾的情绪。这些缺点都是偶然的、临时的，完全取决于生活条件：只要过个十来年，它们就会消失或是让位给其他新的、不可或缺的缺点，那些缺点同样会让怯懦的人害怕。学生的毛病经常让我苦恼，可是当我跟学生谈话，给他们上课，观察他们的相互关系，把他们和其他圈子的人相比较时，我总是感到快乐，这种快乐我已经享受了三十年，和它相比，苦恼就不足道了。

米哈伊尔·费奥多罗维奇挖苦，卡佳听，他们俩都没发觉，一种看似无害的娱乐——说人坏话——正渐渐地将他们拖入深渊。他们没有发觉普通的谈话渐渐变成了冷嘲热讽，

1. 法国数学家和哲学家。

他们俩甚至开始使用中伤的手段。

“常常会遇到些可笑的角色，”米哈伊尔·费奥多罗维奇说，“昨天我去我们的叶果尔·彼得洛维奇家，在那儿遇见了这么一位，好像是你们医科三年级的。这位老先生……就像杜勃罗留波夫[1]似的，满脑门子深思的印记。我跟他神聊，说：‘有这么回事，年轻人。我看到一篇文章，说一个德国人——我忘了他姓什么——从人的脑子中发现了一种新的生物碱——痴呆素。’你们猜怎么样？他居然相信了，甚至露出肃然起敬的表情，那意思是：真了不得！还有，前几天去剧院，坐在我前面一排的两位，一个是‘我们这种人’，看样子是搞法律的，另一个头发蓬乱，是个医科学生。医科学生喝醉了，醉得像个鞋匠一样，他一点儿也不看戏，只管打瞌睡，头一冲一冲的。可是只要演员高声念独白或只是提高声音，这位医科学生就会一激灵，捅捅身边的同伴，问：‘他说什么了？说得妙……不妙？’‘妙。’‘我们这种人’回答。‘好！’医科学生于是高声叫好，‘太棒了！好！’你们瞧，他喝得烂醉还来剧院，不是为了欣赏艺术，而是为了叫好。他需要的是叫好。”

卡佳边听边笑。她大笑的方式有点儿奇怪：快速吸气，与呼气形成有节律的交替，好像在演奏手风琴，与此同时她的脸上只有鼻孔在笑。我则闷闷不乐，不知说什么好。然后

---

1. 俄国文艺批评家。

我忍不住发火了，从座位上猛地站起来，喊道：

“你们住口吧！有完没完！为什么你们像两个癞蛤蟆一样往外放毒？够了！”

我不等他们刻薄完，起身要回家。而且也该走了，已经十点多了。

“我再坐一会儿，”米哈伊尔·费奥多罗维奇说，“可以吗，叶卡捷琳娜·弗拉基米洛夫娜[1]？”

“可以。”卡佳回答。

“Bene[2]。那么您让他们再送一瓶酒来。”

他们俩举着蜡烛把我送到前厅，当我穿裘皮大衣时，米哈伊尔·费奥多罗维奇说：

“您最近瘦得厉害，老了很多。尼古拉·斯捷潘内奇，您怎么了？病了？”

“是啊，是有点儿毛病。”

“还不肯看……”卡佳忧心忡忡地插了一句。

“为什么不看？怎么能这样？天助自助者，亲爱的。请向您的家人问好，跟他们道歉，我最近没有去拜访。出国之前我会去辞行，一定！我下周走。”

我从卡佳那儿出来，因为谈到我的病而受到刺激，心里恐慌，对自己不满。问自己：是不是真的应该找个同事看看

---

1. 卡佳的本名。
2. 拉丁语，好。

病？但我随即就想象出这样一幅情形：这位同事给我听诊后，一言不发走到窗口，沉吟片刻，然后转身走到我面前，尽量不让我从他脸上看出真相，用无所谓的语气说道："目前我看不出什么特别的，但是，同事，我还是建议您不要工作了……"这会夺去我最后的希望。

谁不需要保留一点儿希望呢？现在我自己给自己诊断，自己给自己治病，有时候我希望我的无知欺骗了我，我希望我错了，在尿液中发现的蛋白和糖，心脏的异常，还有已经在早上出现过两次的浮肿，我希望我对这些病征的诊断都是错了。我带着妄想症患者的执着劲儿翻看内科教科书，每天换药，觉得能找到什么令人安心的东西。这一切都很没劲。

在回家的路上我望着天空，不管是阴云密布还是星月灿烂，我都会想，不久死亡就要将我捕获。这时，我的思想应该像天空一样深沉、璀璨、不凡才对……但是不！我想的是我自己、妻子、丽莎、格涅科尔、学生，总之都是关于人间之事。我的想法不高尚，而是琐细、自欺，此时我的世界观可以用著名的阿拉克切耶夫[1]在一封私信中写的那句话表示："世界上一切好的东西都不可能不含有恶，恶的成分总比好的多。"就是说一切都令人厌恶，没有值得活下去的理由，而我已经活过的那六十二年则毫无价值。我竭力控制这些想法，说服自己这是些一闪而过的念头，不是根深蒂固的东西，可

1. 沙皇亚历山大一世时代的权臣。

是我又马上想道：

“如果不是，那么为何你每天晚上都忍不住去找那两只癞蛤蟆呢？”

于是我发誓再也不去卡佳那儿了，尽管我知道明天我还会去。

我在自家门口拉铃，而后上楼，这时我感到我已经没有家，也不想回家。显然，这些阿拉克切耶夫式的新想法并不是偶然的、一闪而过的，而是完全控制了我。我良心不安、没精打采、全身发懒、举步维艰，好像压了千斤重担，好不容易上了床，很快就睡着了。

而后，长夜难眠……

4

夏天快到了，生活发生了改变。

一天早上丽莎来到我的办公室，用玩笑的语气说：

“咱们走吧，您老人家。都准备好了。”

她把我老人家领到外面，让我坐上一辆马车，车载着我出发。我坐在车上，因为没事可做，就从右向左读那些招牌。“酒馆”就读成了“李特卡尔特”。这很适合当一个男爵的姓，李特卡尔特男爵。马车在野外继续往前走，经过一个墓地，它没给我留下任何印象，虽然我很快就要躺在里面了；然后马车走过森林，而后又是旷野。没什么有趣的东西。这样走了两个小时，我老人家被送到一座别墅的底层，安置在一间贴着浅蓝色壁纸的很敞亮的小房间里。

夜里我照旧失眠，但是早上我已经不再醒着听妻子说话了。我躺在床上，不是睡觉，而是感受睡意蒙眬。我半睡半醒，知道自己没有睡着，却能做梦。中午时起床，照习惯坐在桌旁，但我不再工作，而是读卡佳寄来的黄色封面的法国书作为消遣。当然了，读俄国作家的作品才更爱国，不过，我承认，我并不怎么爱好俄国书。我觉得除了两三个老作家之外，现在的文学全都不是文学，而是特殊的手工作坊。它们只要人们的赞誉，就算不愿意买它们也不要紧。哪怕最好的手工作品也称不上杰作，没法子不加保留地赞美它们。最近十到十五年里我读到的那些文学新人也是如此：他们中没有一个是杰出的，对他们不能没有保留意见。有的作品写得聪明、高雅，可是没有才气；有的有才气、高雅，可是不聪明；还有的有才气、聪明，可是不高雅。

我并不是说法国书既有才气，又聪明，又高雅。它们也不能让我满意。可是它们不像俄国作品那么沉闷无趣，这些作品中经常会出现创作的主要因素——个人自由的感觉，而俄国作者的作品中却没有这种东西。我看到的新作无一不是从第一页就竭力用各种偏见、用对良心做出的种种规范来自我束缚。一个害怕谈裸体，一个用心理分析绑住自己的手脚，另一个需要“对人抱有温暖的态度”，还有一个故意连篇累牍地描写自然风景，以免被人怀疑有某种倾向性……有的务必要在作品中扮演小市民，有的则一定要充当贵族，等等。周到、缜密、机巧，可是如果写作没有自由和勇气，那么它无论如何都算不上创作。

这些都是所谓美文的特点。

至于俄国的严肃文章，比如社会学或艺术等等方面的文章，我不读它们纯粹是因为害怕。我童年和少年时期不知为何很怕看门人和剧院检票员，现在依然如此，我还是怕他们。据说只有不理解的东西才可怕。确实，很难理解看门人和检票员为何那么架势十足、傲慢粗鲁。读严肃文章时，我感觉到的就是那种说不清的恐惧。那种不同寻常的傲慢，讥讽的权威的语气，对外国作者的虚伪态度，煞有介事、云山雾罩的本领——这一切对我来说都不可理解，让我感到可怕、不适应，都跟医生和自然科学家写文章时那种谦虚的、彬彬有礼的语气很不一样。不光是文章，甚至读俄国严肃人物翻译和编纂的东西都让我觉得压抑。序言居高临下的语气，妨碍我集中注意力的过多的译者注释，慷慨的译者撒满全篇或全书的加括号的问号和sic[1]，这些都是对作者尊严和我作为读者独立性的冒犯。

有一次我受邀到地方法院做鉴定，在休息室，一个同是做鉴定人的同事让我注意检察官对被告粗鲁的态度，而且被告中还有两位文质彬彬的女人。当时我回答同事说，这种态度一点儿也不比那些严肃文章的作者对待彼此的态度粗鲁。我觉得这么说一点儿都不夸张。真的，那种态度相当粗鲁，说起来就让人感到心情沉重。他们彼此之间，或者他们对所

1. 拉丁语，原文如此。

评论的作家的态度要么过分客气，乃至于不顾自尊，要么相反，毫无顾忌地鄙夷，远胜于我在这个笔记和脑子里对未来女婿格涅科尔的鄙夷。指责严肃文章的作者不负责任、动机不纯甚至犯了种种罪行成了这类文章中常见的点缀。而这些，用年轻的医生们喜欢在文章中使用的名词来说，是 ultima ratio[1]！这样的态度不可避免地会反映在年轻一点儿的作者的性格中，正因如此，当我看到最近十到十五年出现的高雅文学中，男主人公总是喝很多酒，而女主人公往往行为不检点，就一点儿也不感到意外了。

我一边读法国书一边不时朝敞开的窗外望去，我能看到花园木栅栏的尖头，两三棵细弱的树，更远处，在栅栏之外是道路、田野，而后是很宽的针叶林带。我常常愉快地瞧着一个小男孩和一个小女孩。他俩都是小黄毛儿，穿得破破烂烂的，爬上栅栏，笑话我的秃顶。他们亮晶晶的目光好像在说："瞧，秃头！"他们差不多是仅有的不受我名气和官衔影响的人。

现在不是每天都有人来。我只说说尼古拉和彼得·伊戈纳杰耶维奇的造访。尼古拉一般在节日时看我，说是有事儿，其实主要是为了跟我见面。他来时总是喝得醉醺醺的，以往冬天时他可从来不这样。

"怎么样？"我迎到外屋，问道。

---

1. 拉丁语，最后的论据。

“大人！”他用一只手捂着心口，用爱戴和欢喜的目光望着我，说道：“大人！让上帝惩罚我吧！让我就地遭雷劈吧！ Gaudeamus igitur, juvenes[1]！”

他用力地吻我的肩膀、袖子和扣子。

“咱们那边儿都好吧？”我问他。

“大人！我对天发誓……”

他一直毫无必要地赌咒发誓，很快把我弄烦了，于是我打发他去厨房，吩咐给他开饭。彼得·伊戈纳杰耶维奇也是假日才来我这儿，他是专程来看我，跟我谈他的想法的。他一般坐在桌子旁，样子朴素、干净、清醒，不敢跷二郎腿或把胳臂肘支在桌子上。他说话的声音不大，语气平稳缓和，用语考究地告诉我各种他从杂志或小册子上读来的、在他看来很有趣的和有料的新闻。

这些新闻都很像，可以归结为这种套路：一个法国人提出了一个发现，另一个人——一个德国人——揭发了他，证明这个发现早在1870年就已经由某个美国人提出了，而第三个人——也是德国人——比这两个人都高明，向他们证明，他们俩都出丑了，把显微镜下的气泡看成黑色素了。就连要逗我笑时，彼得·伊戈纳杰耶维奇也说得很详尽甚至冗长，好像在做学位论文答辩，他会详细列出引用的文献来源，尽

1. 这是一首古老的大学生歌曲的开头两句，大意是：让我们趁着年轻及时行乐。原文为拉丁文，尼古拉用俄语发音的模仿不准确，而且不完整。

量不搞错日期、刊物编号和人名，而且他不是简单地说贝蒂，而一定要说让·雅克·贝蒂[1]。有时他留下来吃饭，吃饭时还是不住地讲这种“引人入胜”的故事，让在座的所有人都烦得很。如果格涅科尔和丽莎当着他的面谈起赋格曲和对位法，谈起勃拉姆斯和巴赫，他就会谦虚地低下眼睛，非常局促，因为他觉得在我和他这样严肃的人面前谈这种无聊的东西，真是太荒唐了。

以我现在的心情，只要五分钟就会对他厌烦透顶，就像我已经看见这个人和听他说话很久很久了。我恨这个可怜的家伙。他那小而平的声音，他那文绉绉的语言让我禁不住打哈欠，他的话让我脑袋发木……他对我怀有最善意的感情，跟我说话只为让我开心，而我对他的回报是死死地盯着他，好像想给他催眠一样，心里说：“走吧，走吧，走吧……”可是他却不受我的意念支配，一个劲儿地坐着，坐着，坐着……

他待在我那儿时，我怎么也摆脱不了一个想法：“等我死了，他很可能占据我的位子。”在想象里，我那可怜的教室成了一条干涸的河道，因此我对彼得·伊戈纳杰耶维奇的态度很不好，我沉默不语，脸色阴沉，好像我有这种想法得怪他，而不是怪我自己似的。当他照例开始称赞那些德国科学家，我没有像往常一样开善意的玩笑，而是气哼哼地嘟囔

1. 当时一位著名的法国外科医生。

了一句：

“您的那些德国人是驴子……”

这就好比已故的尼基塔·克雷洛夫[1]教授有一次跟彼罗戈夫在雷瓦尔洗澡时嫌水冷而发脾气时骂“这些德国混蛋！”。我对彼得·伊戈纳杰耶维奇很坏，直到他走了，我透过窗户看见他的灰帽子在栅栏外忽隐忽现时，才想喊住他，跟他说一句：“请原谅我，好人！”

现在的用餐比冬天时更无趣。那个格涅科尔（现在我恨他，蔑视他），还是几乎每天都在我家吃饭。过去我默默地忍受他的存在，现在则对他冷嘲热讽，让妻子和丽莎脸红。我管不住自己的无名火，不知为何经常说些蠢话。有一次就是这样，我久久地轻蔑地看着格涅科尔，无缘无故地念了这么两句：

鹰有的时候飞得比鸡低，
可是鸡永远上不了天……[2]

最要命的是，这只母鸡格涅科尔其实比雄鹰教授聪明得多。他知道我妻子和女儿站在他那一边，所以采取这种战术：用居高临下的沉默回答我的挖苦（意思是，这老头儿糊

1. 莫斯科大学法学教授。
2. 引自克雷洛夫的寓言《鹰和鸡》。

涂了，跟他有什么好说的？）或是善意地跟我打打趣。有时人真是浅薄得可以，就拿我来说，一只脚已经踏进坟墓了，却还是满脑子荒唐的想象：整整一顿饭的工夫，我一直幻想格涅科尔将如何暴露出冒险家的身份，丽莎和我的妻子如何恍然大悟，而我又是如何嘲笑她们。

现在偶尔还会发生一些误会，这样的误会过去对我来说只是传说。虽然我感到很难堪，但还是讲一个吧，那是前两天饭后发生的。

那时我正在自己的房间里抽烟斗。我的妻子照例走进来，坐下，说起趁着现在天气暖和，有时间，最好去一趟哈尔科夫，去弄清楚我们这位格涅科尔的来历。

“好，我去……”我表示同意。

妻子对我的回答很满意，她起身朝门口走去，但马上回过身来说：

“对了，还有个请求。我知道你会生气，但我有责任提醒你……请原谅，尼古拉·斯捷潘内奇，你去卡佳那儿太勤了，我们所有的熟人和邻居都在议论。她是个聪明的、有教养的人，我不否认，和她来往很愉快，可是以你的年纪和社会地位，通过和她来往获得满足，嗯，显得有点儿奇怪……再说她的名声，有点儿……”

突然间我的血都涌进了脑子，眼睛冒金星，我跳起来，抱住脑袋，跺着脚，变了声儿地喊道：

“走开！走开！走！”

我的样子看起来一定很可怕，喊声一定很恐怖，因为我的妻子突然脸色发白，也变了声儿地、绝望地叫了起来。我们的喊叫引得丽莎、格涅科尔，然后叶果尔纷纷跑了进来……

"别烦我！"我喊道，"出去！走！"

我两腿发木，就像根本没有腿一样。我感到我倒在什么人的胳膊上，然后听到哭声，不一会儿就失去了知觉，昏过去两三个小时。

现在说说卡佳。她每天黄昏前来我这儿，当然，无论是邻居还是熟人，都不会不知道。她来了只待一会儿，就带着我坐车兜风去了。她有自己的马和一辆今年夏天买的新马车。她一向大手大脚：租了一所大宅做别墅，带有一个大花园，把城里的家当全都搬了过去，有两个用人、一个厨子……我常问她：

"卡佳，等你把你父亲的钱造光了，你怎么过呀？"

"到时候再说。"她回答。

"这些钱，我的朋友，该更严肃地对待才好。这是一个好人用诚实的劳动挣来的。"

"这个您已经跟我说过了。我知道。"

我们的马车先是在旷野上跑，然后在从我的窗户可以看到的那片针叶林中奔跑。我依旧觉得大自然很美，虽然魔鬼在对我窃窃私语，告诉我当三四个月我去世以后，所有这些松树和杉树、天上的飞鸟和白云，都不会发现我已经不在了。卡佳喜欢驾车，因为天气好，又有我坐在她身边而心情愉快。只要情绪好，她就不会说挖苦人的话。

“您是很好的人，尼古拉·斯捷潘内奇，”她说，“您是一个难得的人，没有演员能扮演您。我，比方说，或者米哈伊尔·费奥多罗维奇，就是坏演员也能演，可是没人能演您。我羡慕您，非常羡慕！我算个什么人？什么人？”

她想了片刻，又问我：

“尼古拉·斯捷潘内奇，我是个反面人物吧，是不是？”

“是。”我回答。

“唔……我该怎么办？”

怎么回答她才好？说句“要劳动”或“把你的财产分给穷人”或“认识你自己”很容易，但正因为这么说太容易了，我反而不知该如何回答。

我的内科医生同事们，在教学生看病时，告诉他们要“区别对待每个病例”。要听从这个建议才能相信，教科书上作为模板推荐的最佳和完全有效的方法，对某些病例却是完全不适用的。对于精神上的病患也是如此。

可是总要回答点儿什么。于是我说：

“我的朋友，你的空闲时间太多了。你必须干点儿什么。说实在的，你为什么不重新投身演艺，既然你有志于此？”

“我不能。”

“你的做派和语气像个受害者。我不喜欢这样，我的朋友。你自己是有错的。你想想看，你的出发点是对人、对制度感到愤怒，可是你没有做任何事去改善这些。你没有和坏的东西斗争，而是心灰意懒。你不是斗争的牺牲品，而是你自己的无力的牺牲品。嗯，当然，那时候你年轻，没经验，而现在全都不一样了。是的，行动吧！你要去劳动，为神圣的艺术服务……”

“别唱高调了，尼古拉·斯捷潘内奇，”卡佳打断了我，“让我们一言为定：我们可以谈男演员、女演员、作家，可是别谈什么艺术。您是个非常好的、少有的好人，可是您对艺术没有那么多理解，不会真心认为它是神圣的。您对艺术既没有感觉，也没有听觉。您一辈子都在忙，您没时间获得这种感觉。反正……我不喜欢这些关于艺术的谈话！”她气哼哼地说，“不喜欢！它已经被搞得俗不可耐了，拜托！”

“谁把它弄得俗不可耐了？”

“有人用撒酒疯，报纸用轻浮的态度，聪明人用大道理，把它弄得俗不可耐。”

“大道理不会。”

“会的。要是一个人讲大道理，就证明他不懂。”

我赶快转移话题，免得她说出尖刻的话来。而后我久久沉默不语。直到我们的马车出了林子，朝着卡佳的别墅去，我才回到刚才的话题，问道：

“你还是没有回答我：你为什么不想当演员了？”

“尼古拉·斯捷潘内奇，这太残忍了吧！”她喊了起来，忽然涨红了脸，“您想让我把实话说出来吗？好吧，如果您……您乐意知道！我没有天分！我没有天分又……虚荣心很强！就是这么回事！”

她做了这个坦白之后，转过脸去，抓紧缰绳，以掩饰双手的颤抖。

快到她的别墅时，我们大老远就看见米哈伊尔·费奥多罗维奇正在门口转悠，焦急地等着我们。

“又是这米哈伊尔·费奥多罗维奇！”卡佳心烦地说，“请他从我这儿走！他让我厌烦，真没劲……去他的！”

米哈伊尔·费奥多罗维奇早就应该出国了，可是他一周一周地推迟行程。最近他身上发生了某种变化：他不知为何瘦得很厉害，喝酒会喝醉了，过去他可从来不会醉，他那双黑眉毛也开始变得灰白。当我们的马车在门口停下时，他毫不掩饰他的高兴和焦急。他张罗着扶卡佳和我下车，着急地问长问短，笑着，搓着手，过去我只在他的目光中看到过的那种温顺的、祈求的、纯洁的东西，现在已经扩展到全部表情中。他既高兴，又为自己的高兴而害臊，为每天晚上到卡佳这儿来的习惯而害臊，他觉得需要为他的到来找到某个显然荒唐的借口，比如说：“我正好路过，我想，顺便去待一会儿吧。”

我们三个人都进屋去，先是喝茶，而后桌子上出现了我早就熟悉的两副牌、一大块奶酪、一些水果和一瓶克里米亚香槟。我们的话题没什么新鲜的，全都是冬天那些。受编排的有大学、学生、文学、戏剧；尖刻的言辞让空气变得污浊、压抑，而呼出毒气的已经不是冬天的两只癞蛤蟆 ，而是整整三只。伺候我们的女佣除了听到柔和的男中音的笑声和像手风琴声一样的哈哈大笑，还听到了轻歌剧里的将军们那种刺耳的笑声：嘻——嘻——嘻。……

5

如果夜里雷电交加，狂风暴雨，老百姓就管这样的夜晚叫作麻雀夜。我的个人生活中也有一个如出一辙的麻雀夜……

我在后半夜醒来，突然从床上跳起来。不知为何我觉得自己就要猝死了。为什么会有这种感觉？身体内并没有一点儿马上要死的感觉，可是我的心却被恐惧攫住，好像突然看见一大片不祥的天光。

我很快点上灯，直接用瓶子喝了几口水，然后赶紧来到敞开的窗前。外面的天气好极了，空气里散发着干草的香味和别的好闻的气味。我能看到栅栏的尖头，窗边睡意蒙眬的小树，道路，黑暗的林带。安详明亮的月亮悬在空中，天上没有一丝云。一片寂静，树叶也纹丝不动。我觉得一切都在看着我，悄悄地听着我怎样死去……

我觉得很害怕，于是关上窗户，奔回床上。我摸自己的脉搏，在胳膊上没找到，又在额角找，然后在颈部找，再回到手臂上找，我身上到处都是冷的，被汗水弄得黏糊糊。我的呼吸越来越急促，身体发抖，五内翻腾，脸上和头顶上好像粘着一层蜘蛛网。

怎么办？叫我的家人吗？不，用不着。我不知道当妻子和丽莎走进我的房间，她们会干什么。

我把头埋在枕头下面，闭上眼，等着，等着……我脊背发凉，好像要坍塌进内脏里去，我觉得死神一定正从背后悄悄走近……

“哇，哇！”静夜中忽然传来叫声，我不知道这声音来自哪里：是来自我的胸膛还是屋外？

“哇！哇！”

我的天，太可怕了！我想再喝些水，可是已经不敢睁眼，不敢抬头。我的恐惧是失控的、动物般的。我怎么也搞不懂为何害怕，是因为我想活下去，还是因为有种新的、还说不清楚的痛苦将要到来？

我头顶上，隔着天花板，好像有人不知是在呻吟还是在笑……我侧耳谛听。过了一会儿，楼梯上响起了脚步声。有人急忙下楼，然后又上楼。片刻之后脚步声又下来了，有人停在我的门口听屋里的动静。

“谁？”我喊道。

门开了，我大着胆子睁开眼，看见了我的妻子。她脸色苍白，脸上带着泪痕。

“你没睡觉，尼古拉·斯捷潘内奇？”她问道。

“你有什么事？”

“看在上帝分儿上，去丽莎房间看看她吧。她不对劲……”

“好吧……没问题……”我嘟囔一句，因为感到自己不是孤身一人而欣慰，“好……就来。”

我跟在妻子身后，听她跟我说话，可是我心慌意乱，什么都没听明白。她举着蜡烛，光点在楼梯上一跳一跳的，我们长长的影子在颤抖，睡袍绊着我的腿，我上气不接下气，觉得有什么东西在追我，想把我从背后抓住。“我马上就会死在这儿，就在这个楼梯上。”我想，“马上……”可是我们走过了楼梯和有一个意大利式窗户的黑暗走廊，走进了丽莎的房间。她坐在床上，只穿着睡衣，光腿耷拉着，正在呻吟。

“哦，我的上帝……哦，我的上帝！”她喃喃地说，被我们的蜡烛照得眯起眼，“我受不了，我受不了……”

“丽莎，我的孩子，”我说，“你怎么了？”

看到我，她叫了一声，扑过来抱住我的脖子。

“我的好爸爸……”她大哭着说，“我的好爸爸……我的亲亲，亲亲爸爸……我不知道我怎么了……我心里难受！”

她抱着我，吻我，含糊不清地说些她很小时对我说过的亲热的话。

“你静静，我的孩子，上帝保佑你，”我说，“不要哭。我自己也难受。”

我使劲给她盖被子，妻子给她喝水，我们俩在她的床边团团转，我的肩膀碰到她的肩膀，此时我想起我们曾经一起给孩子洗澡。

“你一定得帮帮她，帮帮她！”妻子恳求道，“想想办法！”

我能想什么办法？我什么都做不了。这女孩子不知为何心里难过，但我一点儿都不理解，不明白，我只能叨咕着：

“没事，没事……这会过去的……睡吧，睡吧……”

好像故意似的，这时我们院子门口传来狗吠，开始是小声的、犹豫的，而后变成大声的狂吠。我从来不在意像狗吠或猫头鹰叫这样的预兆，可是此时我的心却痛苦地揪了起来，我赶忙对自己解释狗叫的原因。

“这不算回事，”我想，“这是一个机体对另一个机体的影响。我的精神高度紧张，所以传染了妻子、丽莎和狗，就是这么回事……预感啦，预见啦，都是因为这种传染……”

过了一小会儿，我回到自己房间给丽莎开药方，此时我已经不再想我快要死了，只是心头沉闷得难受，甚至遗憾刚才没有猝死。我一动不动地站在房间中间好久，考虑该给丽莎开什么药，但是头顶的呻吟声停止了，我决定什么都不开，可是我还是站着不动……

一片死寂，用一位作家说的话来说，静得产生了耳鸣。时间过得很慢，月亮投在窗台上的光带总也不动，好像原地凝固了……还不会马上天亮。

但此时栅栏门响了一声，有人悄悄进来，从一棵小树上折下一个树枝，用它小心地敲窗户。

“尼古拉·斯捷潘内奇！”我听到有人悄悄呼唤，“尼古拉·斯捷潘内奇！”

我打开窗户，以为自己在做梦：窗下倚墙站着一个黑衣女子，她沐浴着明亮的月光，一双大眼睛望着我。月光下她的脸像大理石一样苍白、严厉、如梦似幻。她的下巴在颤抖。

“是我，”她说，“是我……卡佳！”

月光之下所有女人的眼睛都显得很大，都是黑色的，人显得更高、更苍白，大概正因为这样，我没有立刻认出她来。

“你有什么事？”

“请原谅，”她说，“不知为什么我突然觉得难受得不得了……我受不了了，就来这儿了……您的窗口亮着灯，所以……我就想来敲敲……对不起……哦，您不知道刚才我多难受！您在做什么？”

“没什么……失眠了。”

“刚才我有种预感。不过，不说了。”

她的眉毛扬起来，眼里闪着泪光，整个面庞焕发着一种像光一样信赖的表情，这种表情是我熟悉的，可是已经好久没见过了。

“尼古拉·斯捷潘内奇！”她把两只胳膊伸向我，用祈求的语气说道，“我亲爱的，求求您……恳求您……如果您不轻视我的友谊和我对您的尊敬，就请同意我的请求！”

“什么请求？”

“把我的钱拿去！”

“嘿，你这又是想的哪一出啊！我拿你的钱做什么？”

“您去找个地方治病吧……您需要治病。拿去，好吗？亲爱的，好吗？”

她热切地望着我的脸，反复说：

“好吗？拿去吧！”

“不，我的朋友，我不要……”我说，“谢谢。”

她背转身去，低下头。大概我拒绝她的语气不容继续讨论钱的问题。

“回家睡觉去吧，”我说，“咱们明天见。”

“这么说，您不把我当作朋友？”她垂头丧气地说。

“我没这么说。可是现在你的钱对我没用。”

“对不起，”她的声调低了整整一个音阶，说道，“我理解您……您不愿用我这样的人的钱……一个过去的女演员……好吧，告辞了……”

她迅速地走了，我甚至没来得及跟她道别。

6

现在我在哈尔科夫。

既然和目前的情绪斗争是徒劳的，而且超出我的能力，我就决定让我最后的日子过得哪怕表面上无可挑剔，如果说我对自己家庭的态度不对（这一点我很清楚），那么我也要尽力做家里希望我做的事。她们想让我去哈尔科夫我就去哈尔科夫，况且最近我对一切都无所谓，以至于觉得去哪里都不错：去哈尔科夫、巴黎，或是别尔基切夫。

我在中午十二点左右来到这儿，住进离教堂不远的旅馆。在车上我颠簸得发昏，又被过堂风吹得着了凉，现在我坐在床上，抱着脑袋，等着面部痉挛发作。我今天就应该去找认识的教授们，可是我不愿去，也没力气。

一个老年的旅馆侍者走进来，问我有没有自己的寝具。

我留住他聊了五分钟，问了几个关于格涅科尔的问题，我就是为了他来这儿的。这个侍者就是哈尔科夫本地人，对这座城市了如指掌，可是不记得一个姓格涅科尔的家庭。我又打听庄园，他也不知道。

走廊的钟敲了一点，然后又敲了两点、三点……我觉得一生中等待死亡的这最后几个月仿佛比整整一生都要漫长。过去任何时候我都不会接受像现在这样慢腾腾地打发时间。过去，要是得在火车站等车或给学生口试，哪怕一刻钟也久得不得了，现在我却可以一动不动地在床上坐一夜，想到明天、后天的夜晚依然这样无聊、漫长，大后天也一样……

走廊的钟敲了五点、六点、七点……天黑了。

我的一个面颊感到隐隐作痛，这是面部痉挛要发作了。我要想点儿什么来分散注意力，所以就用立足于我过去的观点（那时候我还没有麻木不仁）自问：我，一个知名人士，三等文官，为何要待在这个旅馆的小房间里，坐在这张铺着别人灰扑扑的卧具的床上？我为何看着这个廉价的白铁脸盆，听着走廊里破钟刺耳的声音？难道这一切和我的荣耀以及我在人群中的崇高地位相称吗？我用嘲笑来回答这些问题。

年轻时我曾夸大名声的意义，以为名声可以带来多么了不起的特殊地位，现在这种想法让我觉得可笑。如今我是名人，人们带着景仰之情谈论我，我的照片出现在《田地》和《世界画报》上，我甚至在某个德国刊物上读到过我的生平介绍——可这一切有什么意义？我孤孤单单地待在一座陌生的城市，坐在陌生的床上，用手揉着疼痛的腮帮……家庭的口角，债主的不通融，铁路服务员的粗鲁，证件制度的不便，小吃部又贵又不健康的食物，随处可见的无知，人们彼此之间的粗鲁无礼——所有这一切以及其他很多说不过来的烦心事时时困扰我，它们对我的侵扰并不比一个只有家门口的人才认得的小市民少。

我那特殊地位体现在哪里呢？就算我再出名一千倍，就算我是一个让我的祖国骄傲的英雄，所有的报纸都在刊登我的病情简报，我的同事、学生和公众对我的慰问正通过邮局络绎不绝而来，可是这一切也拦不住我死在陌生的床上，死时满心烦恼、孤独至极……当然，这不是任何人的错，可是我这个有罪的人不喜欢我的盛名。我觉得它好像骗了我。

十点钟左右我睡着了，尽管面部痉挛发作，却睡得很沉，要不是被叫醒，还会睡很久。一点刚过，忽然传来了敲门声。

“谁？”

“电报！”

“就不能明天送吗，”我从门房手中接过电报，生气地说，“我醒来就再也睡不着了。”

“对不住您。您房里亮着灯，我以为您没睡呢。”

我打开电报，先看落款：是妻子打来的。她有什么事？

格涅科尔和丽莎昨天秘密结婚，速回。

我读着这封电报，突然感到很可怕。让我害怕的不是丽莎和格涅科尔干的事儿，而是我对这条消息的淡漠反应。据说哲人和真正的智者才会心如止水。不对，心如止水是心灵的麻木，是提前到来的死亡。

我再次躺下，开始琢磨用什么想法来占领我的脑子。想点儿什么呢？好像一切都翻来覆去地想过了，现在再没有什么可以唤起我的想法了。

天色刚刚放亮，我抱着膝盖坐在床上，因为无所事事而努力反省自己。"认识你自己"——这是一条很好的、有益的忠告，只可惜古人没教给我们遵循这条忠告的方法。

过去，当我想要理解某人或自己时，我关注的不是行为，因为在行动中一切都是相对的，而是意愿。告诉我你想要什么，我就能说出你是什么人。

于是现在我就这样考察自己：我想要什么？

我希望我的妻子儿女、朋友学生不是因为我的名气、招牌和标签，而是把我当作普通人而爱我。还有呢？我想有几个助手和继承者。还有什么？我想一百年后醒来，哪怕只用一只眼看一看科学发展到了什么程度。我想再活十来年……然后呢？

然后就没有了。我久久地想啊想，可是什么都想不出来。不管我怎么绞尽脑汁，不管我的思绪跑到哪里，我很清楚，我的愿望中没有某种主要的、特别重要的东西。我对科学的热情，活着的愿望，我在这陌生的床上的枯坐，我认识自己的企图，我对一切的想法、感觉和认识，它们之间缺少某种把这一切连成一体的共同的东西。我心里的每一种感情、每一种思想都是孤立的，就算最精明的分析者也无法在我对科学、戏剧、文学、学生的所有评判中，在塑造我的想象的所有画面中找到被称为主导思想的东西。也找不到什么活人的神。

既然没有这个，那就意味着一无所有。

由于缺少这个东西，只要来场大病，感受到对死亡的恐惧，或受到环境和他人的影响，我从前认为是自己的世界观、以为是我生活的意义和欢乐所在的东西就会被彻底颠覆，土崩瓦解。难怪我用一些奴隶式的或野蛮人式的思想和情绪把生命的最后几个月搞得暗无天日，而现在又心如死灰，连天亮了都没发现。当一个人心里没有一种超越外界影响的更为强大的力量，那么自然，只要来一次重感冒，他就会失去平衡，把每只鸟都看成猫头鹰，把每种声音都听成狗吠。这时候他那些悲观主义和乐观主义，他那些伟大或渺小的思想便只有症候的意义，再没有其他意义了。

我被打败了。既然如此，就没必要再想下去，再没什么可说的了。我就坐在这儿，一声不响地等着看下面会怎么样。

早上旅馆杂役给我送来了茶和一份当地报纸。我机械地读着第一页的启事、社论和其他报纸和杂志的文摘、新闻……读着读着，我在新闻中看到了这样一条消息：

我们著名的科学家、德高望重的教授尼古拉·斯捷潘诺维奇乘特别快车抵达哈尔科夫，入住某旅馆。

显然，显赫的名字注定要脱离名字的主人而单独存在。现在我的名字正无忧无虑地在哈尔科夫游荡；而三个月后它将漆成金色，像太阳般在墓碑上闪耀，而那时候我已经被埋在青苔下了……

有人轻轻敲门。不知谁要找我。

“谁呀？进来！”

门开了，我吃惊得后退了一步，赶紧把睡袍的前襟掩好。站在我面前的是卡佳。

“您好，”她说道，因为上楼梯而喘着粗气，“您没想到吧？我也……也来这儿了。”

她坐下，眼睛不看我，磕磕巴巴地继续说：

“您怎么不问个好？我也来了……今天……我听说您住在这个旅馆，就来看您了。”

“看到你很高兴，”我耸耸肩，说道，“可是我很吃惊……你好像从天而降。你来这儿干什么？”

“我吗，嗯……想来就来了。”

我们都不出声了。她突然猛地站起来，走到我跟前。

“尼古拉·斯捷潘内奇！”她脸色苍白，双手按住胸口，说，“尼古拉·斯捷潘内奇！我不能再这样生活下去了！不能！您就看在上帝的分儿上，快点儿告诉我，马上告诉我：

我该怎么办？您倒是说啊，我该怎么办？”

“我能告诉你什么呢？”我无可奈何地说，“我无话可说。”

“求求您告诉我吧！”卡佳全身发抖，喘着粗气说，“我向您发誓，我不能这样生活下去了！我受不了了！”

她跌坐在椅子上大哭起来。她头向后仰，绞着手，跺着脚；帽子从她的头上掉下来，吊在帽带上，头发也散了。

“帮帮我！帮帮我！”她央求道，“我受不了了！”

她从旅行包里掏出手绢，几封信被带了出来，滑过她的膝盖掉到地上。我把它们从地上捡起来，认出其中一封信是米哈伊尔·费奥多罗维奇的笔迹，并无意中看到一个词的片段：“热切……”

“我没什么能对你说的，卡佳。”我说。

“帮帮我！”她大哭着抓起我的一只手来吻，“您可是我的父亲，我唯一的朋友啊！您聪明，有教养，活了这么大岁数！您当过教师！您告诉我：我该怎么办？”

“真的，卡佳，我真不知道……”

我不知所措，只觉得被她哭得心慌意乱，都快站不住了。

“咱们吃早饭吧，”我强笑着说，“别哭了！”

我紧接着又无力地加上一句：

“我快要死了，卡佳……”

“一个字，就一个字也好！”她向我伸出双臂，哭着说，“我该怎么办？”

“你真是个怪家伙……”我嘟囔道，“我真不明白！一个那么聪明的人儿，怎么这样！突然就哇哇哭起来了……”

我们陷入了沉默。卡佳整理好头发，戴上帽子，然后把信团起来塞进提包——她一声不吭，慢慢地做这些事，她的脸上、胸前、手套上都是泪痕，可是她的表情已经变得冷硬……我看着她，感到难为情，因为我比她幸运。我在死前不久，在生命落幕时才发现了自己没有哲学家朋友们称为主导思想的东西，而这可怜女人的灵魂却从来漂泊无依，而且一辈子都找不到归宿，一辈子！

“走吧，卡佳，咱们去吃早饭。”我说。

“不了，谢谢。”她冷淡地回答。

我们又沉默了一分钟。

“我不喜欢哈尔科夫，”我说，“阴沉沉的。一个灰色的城市。”

“嗯，也许吧……不漂亮……我在这儿待不久……是路过。今天就走。”

“去哪儿？”

“去克里米亚……不，去高加索。”

“是这样啊。去很久吗？”

“不知道。”

卡佳站起来，冷淡地笑了一下，眼睛不看我，把手伸过来。

我很想问：“就是说，你不会来参加我的葬礼？”可是她不看我，她的手很凉，好像不是她自己的。我默默地把她送到门口……她走出我的房间，沿着长长的走廊，头也不回地往前走。她知道我在目送着她，大概转弯时会回头看看吧。

不，她没有回头。她的黑长裙闪了最后一下，脚步声远去了……别了，我亲爱的！

古谢夫

1

天已经黑了，很快就入夜了。

古谢夫，一个无限期休假的列兵，在吊床上抬起身子，压低嗓子说：

“巴维尔·伊万内奇，您听见了吗？在苏城，一个兵跟我说，有一次，他们的船开着开着，撞上了一条大鱼，把船底都撞坏了。”

他搭话的对象一言不发，好像没听见一样。这人不知是什么身份，在船上的医务室里，大家都叫他巴维尔·伊万内奇。

又是一片寂静……风撩拨着船缆，螺旋桨轰鸣，海浪哗哗响，吊床吱吱叫，可是耳朵对这一切早就习以为常，好像周围的一切都在沉睡，无声无息。很闷。那三个病号——两个士兵和一个水手玩了一整天牌，现在已经睡着，说开梦话了。

好像摇晃起来了。古谢夫身下的吊床慢慢地一起一落，好像在叹息，这样一次、两次、三次……有个东西掉到地上，“砰”的一声，大概是一个杯子掉了。

“风挣脱了链子……”古谢夫侧耳听着动静，说道。

这次巴维尔·伊万内奇咳嗽了一声，生气地回答：

“你一会儿说船撞上了鱼，一会儿说风挣脱了链子……莫非风是个野兽，还能挣脱链子？”

“基督徒们是这么说的。”

“那些基督徒跟你一样啥也不懂……他们瞎说得多了！应该自己长脑子，想明白。真是个糊涂人。”

巴维尔·伊万内奇晕船。船一摇晃，他就生气，会因为一点儿小事发火。在古谢夫看来，就没什么值得生气的事。就说鱼或挣脱链子的风吧，这有什么奇怪或是不明白的？要是鱼有山那么大，背像鲟鱼那么硬呢？同样，要是世界的尽头立着厚厚的石头墙，把狂风锈在墙上，怎么就不成……风要不是挣脱了链子，为啥像疯子那样冲过整个大海，像狗那样嚎叫？要是没把它们锈住，那天气平静的时候它又去了哪儿呢？

古谢夫想了好久，像山那么大的鱼，生锈的大粗链子，然后他觉得没意思了，又开始想老家。他在远东当了五年兵，现在正回老家去。他脑子里浮现出一个被雪覆盖的大池塘……池塘的一边是陶瓷厂，砖色的房子，高高的烟囱，吐出像云一样的黑烟；池塘的另一边是村子……哥哥阿列克塞赶着雪橇出了从村边数的第五个院子，他身后坐着穿一双大大毡靴的儿子小万卡和丫头阿古丽卡，她也穿着毡靴。阿列克塞喝得晕乎乎的，万卡在笑，阿古丽卡的脸被包住了，看不见。

“说不定会把孩子们冻坏的……”古谢夫想。

“上帝，给他们脑子吧，”古谢夫小声念叨，“让他们敬重父母，别比父母精明……”

“得来副新鞋掌，”生病的水手粗着嗓子说梦话，“没错！”

古谢夫的思路断了，池塘忽然消失，出来了一个没有眼睛的大牛头，马和雪橇也不向前走了，而是在一团黑雾里打转。可是他还是很高兴，因为看见了亲人。快乐让他喘不上气，像蚂蚁一样爬遍全身，在手指上颤抖。

“上帝让我们见面了！”他说着梦话，但随即就睁开眼，在黑暗中找水喝。

他喝了水躺下，雪橇又走开了，然后又是没有眼睛的牛头、烟、云……就这么一直到天亮。

2

先是在黑暗中出现了蓝圈——这是一个圆窗，然后古谢夫慢慢能看清邻床的巴维尔·伊万内奇了。这个人要坐着睡觉，因为躺着会憋气。他脸色发灰，鼻子长而尖，因为极瘦，显得眼睛特别大，额角塌陷，胡须稀疏，脑袋上的头发很长……看他的面孔，你怎么也搞不清他是什么身份，是老爷、商人还是农民？看他的神情和长发，他像是个吃斋的或见习修士，但是听他说话，又不像个修士。他因为摇摆、闷气和自己的病很受罪，喘着粗气，干干的嘴唇翕动着。发现古谢夫在看他，他就把脸转过去，说道：

“我慢慢猜出来了……是的……现在我全明白了。”

“您明白什么了，巴维尔·伊万内奇？”

“这档子事……我一直奇怪，为啥不让你们这些得了重病的人安安生生地待着，倒让你们上船。这儿又闷，又热，又晃——一句话，一切都可能要了命。现在我全明白了……没错……大夫把你们送上船是为了甩掉你们。不想再管你们这些猪了……你们又不付诊费，又麻烦，你们一死，还把统计数字弄得挺难看——你们就是猪狗！要甩掉你们一点儿不难……只要，第一，没良心、没仁义，第二，糊弄管船的。第一个条件根本可以不考虑，在这方面我们都是行家。第二个条件只要做点儿手脚就能成。在四百个健康的士兵和水手中混进五个病号并不显眼，只要把你们赶上船，跟健康人混在一起，急急忙忙点个数，乱中一点儿看不出问题，等船开了，才发现甲板上躺着几个动弹不了的人和晚期结核病人……”

古谢夫不明白巴维尔·伊万内奇的话，他想他一定是在责备自己，就辩解说：

“我躺在甲板上是因为没有力气，把我们用驳船往轮船运的时候，我冷得厉害。”

“太可气了！”巴维尔·伊万内奇接着说，“最主要的是，大家全知道你们经受不住这趟远航，但还是让你们上了船！好，就算你们到得了印度洋，然后会怎么样？想想就可怕……这就是对忠实的、没有瑕疵的服役的报答！”

巴维尔·伊万内奇怒目而视，厌恶地皱着眉，喘着粗气，说：

“真该有人在报纸上狠批一通，闹个鸡飞狗跳！”

两个生病的士兵和那个水手醒了，他们在玩牌。水手半躺在吊床上，两个士兵坐在旁边的地上，姿势非常难受。一个士兵的右臂包扎着，手腕裹成了包袱，他只好用右边的胳肢窝或臂弯夹着牌，用左手出牌。摇晃得很厉害，人站不起来，既不能喝茶，也不能吃药。

“你是当勤务兵的吧？”巴维尔·伊万内奇问古谢夫。

“没错，是勤务兵。”

“我的上帝，我的上帝！”巴维尔·伊万内奇伤心地摇着头，“把一个人从老家拉出来，拖到一万五千里外，最后让他得上痨病，而……这都是为了什么呢，你倒是说说？就是为了把他变成什么科别金上尉或迪尔卡准尉的勤务兵。真荒唐！”

“活儿不难做，巴维尔·伊万内奇。早晨起来擦了靴子，生了茶炊，整理了房间，然后就没事干了。中尉成天画图纸，你爱干啥干啥，祷告也成，读书也成，上街也成。愿上帝让人人都过上这种日子。”

“是啊，好得很！中尉画图纸，你就整天坐在厨房想家……图纸……问题不是图纸，是人的生命！人的生命只有一次，应该爱惜才对！”

“那是，当然了，巴维尔·伊万内奇，坏人在哪儿也不受待见，在家也好，当兵也好，可要是你规规矩矩地过日子，听话，谁要欺负你呢？老爷们都是有教养的人，通情达理……五年里，我一次都没被关过禁闭；挨打，让我想想，总共就一次……”

“为什么挨打？”

“因为打人。我手重，巴维尔·伊万内奇。有四个满洲人进了院子，是送木柴还是干什么，不记得了。我正心烦，就狠狠地揍了他们。有一个，该死的，鼻子出血了……中尉从窗户看见了，生了气，打了我一耳光。”

“你这蠢人，可怜的人……”巴维尔·伊万内奇小声叨咕着，“你什么都不懂。”

他被晃得筋疲力尽，闭上了眼睛，头时而向后仰，时而垂到胸前。他好几次试着躺下，可是根本不成，喘不上气来。

“你为什么要打那四个满洲人？”过了一会儿，他问道。

“就那么着……他们进了院子，我就打他们。”

随后静下来了……打牌的人玩了两个来小时，都很起劲，边玩边骂，但是摇晃让他们没了精神，就扔下牌躺下了。古谢夫眼前又出现了大池塘、工厂、村子……又看见雪橇在走，万卡在笑，而傻丫头阿古丽卡把皮毛大衣敞开，把脚伸了出来，意思是，好人们，看哪，我的毡靴跟万卡的不一样，是新的。

“五岁多了，还傻乎乎的！”古谢夫说着梦话，“别伸脚了，还是给你当兵的叔叔弄点儿喝的吧。我给你礼物。”

随后安德隆来了，肩上扛着燧石猎枪，还有一只死兔子，衰老的犹太人以撒契克跟在他的身后，要用一块肥皂换兔子。一下是一条黑色的小母牛进了外屋，一下是多姆娜一边缝衣服一边不知为何哭泣，一下又是没有眼睛的牛头、黑烟……

上面有人大叫了一声，几个水手跑了过去，好像在甲板上拖着什么大的东西或什么东西在敲打着。又有几个人跑了过去……别是出了什么事儿吧？古谢夫抬起头，侧耳细听，他看见两个士兵和那个水手又在玩牌，巴维尔·伊万内奇坐在那儿，嘴唇微微动着。他觉得很闷，没力气呼吸，口渴，可是水温吞吞的，很难喝……摇晃还是没有停。

忽然一个玩牌的士兵出了件怪事……他把红桃叫作方块，数不清数，扔下牌，胆怯地、傻乎乎地笑着，用眼睛扫视着大伙儿。

“我这就，兄弟们……”他说着就躺到了地上。大伙儿全都蒙了。他们叫他，但他不应。

“斯捷潘，你是不是难受，啊？”另外那个包着胳膊的士兵问他，“要不要叫神父，啊？”

“斯捷潘，你喝点儿水……”水手说，“给，兄弟，喝吧。”

“你用杯子碰他的牙齿有什么用？”古谢夫生气地说，“莫非你看不见，傻瓜？”

“看见什么？”

“什么！”古谢夫嘲笑说，“他没气了，死了！这都不知道，还问！这种糊涂人，我的上帝啊！……”

3

船不晃了，巴维尔·伊万内奇快活起来。他不生气了，换上一副夸耀、激昂、嘲笑的表情。他好像想说："没错，我马上给你们讲一件事，保管你们笑破肚子。"圆窗打开了，轻柔的风吹到巴维尔·伊万内奇脸上，传来了说话声和船桨哗哗打水的声音……窗户正下方传来尖细难听的小细嗓儿，可能是一个中国人在唱戏。

"是啊，现在我们在锚地，"巴维尔·伊万内奇带着讥讽的笑容说，"再过个把月我们就在俄国了。嗯哪，可敬的大兵先生。我在敖德萨下船，从那儿直奔哈尔科夫。哈尔科夫有我的一个作家朋友。我到了那儿就跟他说：行了，老兄，先把你那些关于女人的风流韵事和自然美景的破烂情节放放吧，揭露揭露两条腿的废物吧……写写这些题目……"

他沉吟片刻，然后说：

“古谢夫，你知道我是怎么蒙他们的吗？”

“蒙谁，巴维尔·伊万内奇？”

“就是这帮人……你明白吗，这船上只有一等舱和三等舱，而且只有农民，就是粗人才能坐三等舱。要是你穿着礼服，哪怕远远地看着像个老爷或有钱的，就请你坐一等舱。不管怎么说，请你拿出五百卢布来。请问，你们为什么要行这个规矩呢？你们是不是想借此提高俄国知识分子的地位？‘完全不是。我们不让您去三等舱，就是因为体面人不能坐三等舱，那儿差极了，不像话。’是吗？谢谢你们那么关心体面人。可是不管那儿是好是歹，我就是没有五百卢布。我没贪污，没剥削异族人，没走私，没把谁打死，那您给评评理，我有没有权利坐一等舱，好把自己当成俄国知识分子？可跟他们讲理讲不通……只好想法子蒙混过去。我穿上农民的粗呢长外衣、大靴子，装成个醉醺醺的粗人，走到售票处，说：‘大人，给张票……’”

“那您本人是什么身份？”水手问道。

“神职。我父亲是位正直的神父。他总是当面对这个世界的大人物说实话，为这个受了好多苦。”

巴维尔·伊万内奇说得很累，气喘吁吁，但仍然继续说下去：

“不错，我总是当面说实话……我不怕任何人，不怕任何东西。在这方面我跟你们天差地别。你们是愚昧的、盲目的、受压制的人，你们什么都看不见，就算看见了也不明白……别人告诉你们风挣脱了链子，你们是畜生，是野蛮人，你们都信；别人抽你们的脖子，你们还吻他的手；一个穿浣熊皮大衣的兔崽子把你们抢劫得精光，然后扔来十五戈比的赏钱，你们就说‘老爷，让我吻吻您的手’。你们是贱民，是可怜的人……我可是另一回事。我脑子清楚，什么都看得见，就像鹰和雕在天上飞一样。我什么都明白。我是抗议的化身。看见强暴，我也抗议；看见假仁假义和虚伪，我也抗议；看见那些畜生们洋洋得意，我也抗议。我是不可战胜的，哪怕西班牙宗教裁判所都不能迫使我沉默。没错……把我的舌头割掉，我比画手势抗议；把我关进地窖，我就在那儿大喊大叫，让一里外都能听见；要不我就绝食而死，让他们的黑良心挂上一普特的重量；要是把我杀死，我就变成鬼。所有认识的人都跟我说：‘巴维尔·伊万内奇，您这人真让人受不了！’我为这样的名声而自豪。我在远东干了三年，留下的名气能流传一百年：我跟所有人都大吵过。俄国的朋友来信说‘你别回来’，我偏偏说回就回……没错……我知道这才是生活。这才叫生活。”

古谢夫望着窗外，没听他说。透明的海水完全笼罩在明晃晃的灼热的阳光之下，呈现出柔和的碧绿色，水面上漂荡着一条小船，船上站着几个光膀子的中国人，举着关金丝雀的鸟笼子，喊着：

“叫呢，叫呢！”

另一条船撞到了那条小船，又过去一条汽艇。还有一条船上坐着一个肥胖的中国人，正用筷子吃米饭。水面懒洋洋地晃动，白色的海鸥在水面上懒洋洋地飞着。

“真想照着这个肥佬的脖子来一下子……”古谢夫看着那个胖中国人，打着呵欠，想道。

他打起了瞌睡。他觉得整个大自然都在打瞌睡。时间过得很快，白天不知不觉地过去了，黑暗不知不觉地降临了……船已经不是停在原地，而是开往什么地方了。

4

两天过去了。巴维尔·伊万内奇不再坐着，而是躺着。他闭着眼睛，鼻子不知为何显得更尖了。

“巴维尔·伊万内奇！”古谢夫喊他，“嘿！巴维尔·伊万内奇！”

巴维尔·伊万内奇睁开眼睛，动了动嘴唇。

“您不舒服吗？”

“没事儿……”巴维尔·伊万内奇喘着粗气回答，“没事儿，甚至正相反……好些了……你瞧……我已经能躺了……轻些了……”

“那好，谢天谢地，巴维尔·伊万内奇。”

“我拿自己跟你们比，我就可怜你们……这些可怜虫。我的肺是健康的，这咳嗽是从胃里来的……我连地狱都熬得住，就别说红海了！再说，我对自己的病、对药，都持批评态度。而你们……你们是愚昧的人……你们苦啊，太苦太苦了！”

船没有晃动，很平静，可是又闷又热，就像澡堂一样，不要说自己说话，就是听别人说话都费劲。古谢夫抱着膝盖，把头放在上面，想着老家。我的上帝，这么闷热的时候想想雪和寒冷多爽啊！你赶着雪橇，突然马不知怎么受惊了，狂奔起来……它们也不管是道路、沟渠还是河谷，就像疯了一样狂奔着跑遍全村，跑过池塘，跑过工厂，然后在野地里跑起来……“拉住马！”工厂的工人和路人拼命地喊，“拉住马！”可是为什么要拉住呢！让凛冽的寒风打到脸上，刺痛两手；让马蹄溅起的雪团落到帽子上，领子里，脖子里，胸前；让滑木吱吱地响，让套索和马轭都挣断吧，见它们的鬼！当雪橇侧翻，你飞快地迎面撞进一个雪堆，那有多爽啊！而后你站起来，全身都是白的，胡子上挂着小冰柱儿，帽子手套都不见了，腰带也松脱了……人们哈哈大笑，狗汪汪地叫着……

巴维尔·伊万内奇半睁开一只眼，用它看看古谢夫，小声问：

“古谢夫，你的长官贪污吗？”

“谁知道呢，巴维尔·伊万内奇！咱不知道，这种事咱不问。”

又过了很长时间，没人说话。古谢夫想心事，说梦话，时而喝些水。他说和听都很费劲，生怕别人和他说话。过了一小时、两小时、三小时，已经是晚上了，然后是黑夜，但他对这些没有知觉，一直坐着，想着严寒。

他依稀听见有人走进了医务室，有人在说话，但过了五分钟，所有人都不出声了。

"愿他上天堂，永远安息，"胳膊缠绷带的士兵说，"他是个闹腾的人。"

"什么？"古谢夫问道，"谁？"

"死了。这就要把他抬上去了。"

"得，好吧，"古谢夫打了个呵欠，嘟囔道，"愿他上天堂。"

"你觉得怎么样，古谢夫？"沉默了一会儿，那个缠绷带的士兵问道，"他能不能上天堂？"

"你说谁？"

"巴维尔·伊万内奇。"

"能。……他受了好长时间罪……再说，他是教士出身，神父们都有好多亲戚。他们为他祈祷，就能把他送进天堂。"

缠绷带的士兵在吊床上坐下，朝着古谢夫，压低声音说：

"你，古谢夫，也活不了多长时间了。你到不了俄国。"

"是不是大夫或医士说的？"

"不是谁说的，能看出来……一个人快死了，一下子就能看出来。你不吃不喝，瘦得要命，看着吓人。一句话，痨病。我说这个不是为了让你害怕，而是，说不定你想领圣餐，行涂圣油礼。要是你有钱，你该交给长官。"

"我没给家里写信，"古谢夫叹了口气，"我死了他们也不会知道。”

“会知道的，”那个生病的水手声音低沉地说，“你死了，船上就会把这事记录在值班日志上，到了敖德萨就会抄送给军队长官，再给乡里或哪里送信……”

这谈话让古谢夫害怕，他开始感到特别想要点儿什么。他喝了口水——不对；爬到圆窗边呼吸湿热的空气——不对；努力想老家，想严寒——也不对……最后，他觉得哪怕在医务室再待一分钟，他也会憋死。

“我憋得慌，兄弟们，”他说，“我要上去。看在基督的分儿上，把我弄上去吧。”

“行啊，”打绷带的士兵表示同意，“你上不去，我背你。抱住我的脖子。”

古谢夫搂住那个士兵的脖子，士兵用好胳膊托着他，背他上去。无限期休假的士兵和水手们横七竖八地躺在甲板上睡觉，人很多，很难穿过去。

“站到地上，”打绷带的士兵小声说，“悄悄跟着我，抓住我的衣服……”

很黑。甲板上，桅杆上，周围的海上都没有灯光。一个哨兵站在船头的最前面，好像雕塑一样纹丝不动，可是似乎连他也睡着了。船好像自顾自地行驶，想去哪里就去哪里。

“就要把巴维尔·伊万内奇扔进海里了……”打绷带的士兵说，“装进口袋扔进水里。”

“是啊，就是这种规矩。”

“还是躺在家乡的地下好些。好歹母亲会来坟上哭一哭。”

“就是。”

有畜粪和干草的味道。一些牛在船舷旁垂头而立，一头、两头、三头……一共八头！这儿还有一匹小马。古谢夫伸出手想抚摸它，可是它却甩头，龇牙，想咬他的袖子。

“该死的……”古谢夫生气地说。

他和士兵两个人悄悄地凑近船头，站在船舷旁，时而看看上面，时而看看下面。上面是深邃的天空，明亮的星星安详而宁静，跟在家乡的村子里一模一样，下面却是又黑又乱。不知道巨浪为什么发出那么响的声音。不管哪个浪，它们个个都想比别的浪抬得高，想超过另一个浪，把它压下去。接着后浪又来了，也那么凶，那么张牙舞爪，闪着白色的鬃鬣，轰隆隆地扑向前浪。

大海不会想事，也不知道怜悯。要是船小一些，不是用厚铁皮做的，海浪就会一点儿不怜惜地把它打碎，吞下所有的人，不管是圣人还是罪人。船也是一副又死板又凶狠的表情。这个大鼻子怪物只管往前冲，一路劈开千千万万的浪，它不怕黑暗，也不怕风，不怕空旷，也不怕孤独，它对什么都不在乎。要是海里也住着人，那这个怪物也一样不会管他们是圣人还是罪人，会把他们都碾死。

“现在咱们在哪儿？”古谢夫问道。

“不知道。大概在大洋里。”

“看不见陆地……”

“那是！听说过七天才能看见呢。”

两个士兵都望着闪着磷火般白光的海浪，默不作声地想心事。古谢夫率先打破了沉默。

“没啥了不得的，”他说，“就是吓人，好像待在黑乎乎的林子里。要是，比方说，现在放一条小艇下水，长官命令到一百里外的海上抓鱼——我也乐意去。或是，比方说，一个基督徒落水了，我也会跟着他跳下去。德国人和满洲人我不救，基督徒我就跟着下水去救。”

“你怕死吗？”

“怕。我舍不得营生。我家里有个哥哥，你知道，他靠不住，是个酒鬼，乱打老婆，不尊敬父母。没有我就全完了。我父亲和老太婆，你瞧着吧，就得讨饭了。可是，兄弟，我的腿站不住了，又喘不上气……咱们回去睡觉吧。”

5

古谢夫回到医务室，躺到吊床上。还是有种说不出的愿望在折磨他。胸口压得慌，脑子里响着敲打的声音，嘴干得不行，连动动舌头都费劲。他打盹，说梦话，被噩梦、咳嗽、憋闷折磨，到凌晨他深深地睡着了。他梦见他在营房，人们刚从炉子里把面包拉出来，他爬进炉子里蒸澡，用桦树扫把抽身体。他睡了两天，第三天中午两个水手下来，把他抬出了医务室。

他被缝进了一个帆布袋子，为了增加重量，把两根铁炉条和他一块儿装了进去。他被缝进帆布袋后，看起来像个胡萝卜或白萝卜，头宽脚窄……日落前他被抬到甲板，搁在一块板子上，板子的一头放在甲板上，另一头放在一个用凳子垫高的箱子上，周围站着无限期休假的士兵和船员们，他们都脱下了帽子。

“赞美上帝，”神父开始念，“时时刻刻，万世永远！”

“阿门！”三个水手唱道。

无限休假的士兵和船员们纷纷画十字，向旁边的海浪望去。一个人被缝进帆布袋，马上就要飞进海浪中，这真奇怪。难道每个人都可能碰到这种事吗？

神父在古谢夫身上撒了些土，向他鞠躬。人们唱《永恒的悼念》。

值班的水手抬起木板的一头，古谢夫头朝下顺着木板飞了出去，在空中打了个转儿，然后“砰”的一声，泡沫盖住了他，一时间他的身边好像簇拥着白色的花边。但这是转瞬即逝的，他随即消失在海浪中。

他很快地向海底落去。他能到达海底吗？听说到海底有四里呢。他下沉了十来丈，好像在想事情，被海流带着，横移的速度已经超过了下降的速度。

可是他在路上遇到了一群鱼，这种鱼叫领航鱼。鱼看见这个黑东西就停下不动，然后忽然全体一齐向后转，消失了。不到一分钟，它们又像箭头一样再次向古谢夫冲来，以锯齿状的队形在他身边游动……

此后又出现了一个黑东西。这是一只鲨鱼。它气派地、不情不愿地从古谢夫的下面游过，好像没看见他似的，于是古谢夫沉到了它的背上。鲨鱼翻了个身，肚皮朝上，享受着温暖透明的海水，懒洋洋地张开了长着双排牙的大嘴。领航鱼们很兴奋，它们停下来想看看下面会怎么样。鲨鱼玩弄了一会儿这个东西，不情愿地把嘴凑过去，小心地用牙碰了碰它，帆布袋就从头到尾裂开了，一支炉条掉了出来，把领航鱼们吓了一跳。炉条打了鲨鱼一下子，而后迅速沉到海底去了。

而此时，在海面上，在太阳落下去的地方，堆起了大块大块的云彩，有的像凯旋门，有的像狮子，有的像剪刀……从云彩背后伸出一条宽宽的绿色光带，一直延伸到中天。过了一会儿，它旁边又出现了一条紫色的光带，紫色光带的旁边是金色的光带，接下来是玫瑰色的……天空呈现出柔和的淡灰色。大海看着这壮阔迷人的天空，先是沉下脸，但很快自己也呈现出各种温柔、欢快、动人、难以言传的颜色。

跳来跳去的女人

1

所有亲朋好友都参加了奥莉加·伊万诺夫娜的婚礼。

“看他，他有点儿与众不同，不是吗？”她朝丈夫那边摆摆头，对朋友们说，好像在解释为什么嫁给了这样一个平凡的、普普通通的、没有任何出众之处的人。

她丈夫奥西普·斯捷潘内奇·德莫夫是个医生，九品文官。他在两家医院上班：在一家医院当编外的主治医师，在另一家医院当解剖师。每天上午九点到中午，他在医院接诊、查病房，下午会坐着公共马车去另一家医院，解剖死去的病人。他很少私人出诊挣钱，一年也就挣五百卢布左右，仅此而已。关于他还有什么好说的呢？

奥莉加·伊万诺夫娜和她的好朋友们可就不那么普通了。他们中的每个人都有过人之处，也有一点儿名气，有的已经成名，被看作名人；有的哪怕还没出名，但总归很有前途。一个是话剧演员，他是早就得到承认的大天才，一个文雅、聪明、谦逊的人，还是优秀的朗诵者，在教奥莉加·伊万诺夫娜朗读；一个是歌剧演员，那是一个好心的胖子，他叹息着对奥莉加·伊万诺夫娜说，她正在毁掉自己，如果她不偷懒，能自律，就一定会成为著名的歌唱家。此外还有几位画家，为首的利雅博夫斯基是个风俗画家、动物画家和风景画家。这是个很英俊的金发年轻人，大约二十五岁，他的画展很成功，最近的一幅画卖了五百卢布。他为奥莉加·伊万诺夫娜改画，说她可能会有成绩。还有一个大提琴师，他总是能拉出如泣如诉的曲调，他公开声称，在他认识的所有女性中，只有奥莉加·伊万诺夫娜能给他伴奏。还有一个年轻但已经出名的文学家，写中篇小说、剧本和短篇小说。还有谁呢？对了，还有瓦西里·瓦西里伊奇，他是一位老爷，一个地主，业余的插画家和装饰画家，他对俄国的古风、民谣和史诗很着迷，他那些在纸上、瓷器上和熏黑的盘子上创作的作品简直精美绝伦。

这群人富有艺术气质，自由逍遥，是命运的宠儿，尽管文雅而低调，却只有在生病时才会想起世界上有医生，对他们来说，德莫夫的名字跟西多罗夫或塔拉索夫没什么区别。德莫夫在这群人中间格格不入，显得多余、渺小，虽然他是个高个子、宽肩膀的人。他穿的礼服好像不是自己的，胡子的样式看起来也像店铺伙计。不过，如果他是一位作家的话，人们会说他的胡子像左拉。

演员对奥莉加·伊万诺夫娜说，她披着亚麻色的头发、身着婚纱的样子像一棵在春天开了满树娇嫩白花的亭亭玉立的樱桃树。

“不，我跟您说，”奥莉加·伊万诺夫娜握着他的手说，“怎么会忽然发生了这个事呢？您听我说，听我说……我跟您讲，我父亲跟德莫夫是一家医院的同事。当可怜的父亲病了以后，德莫夫夜以继日地在他病榻旁值守。这是多么大的自我牺牲！您听我说，利雅博夫斯基……还有您，作家，听我说，这很有意思。您走近点儿。他那么舍己为人，那么真心体贴！夜里我也不睡觉，坐在父亲旁边，突然间——好家伙，这善良的家伙爱上了我！我的德莫夫陷入了情网！没错，有时候命运就是这么奇妙。就这样，父亲去世后，他有时来看我，有时在外面遇见我，有那么一个晚上，突然间——砰！——他向我求婚了……真是猝不及防……我哭了一夜，自己也没命地爱上了他。这不是，您瞧，成了他妻子。他有种像熊一样强大而有力的东西，不是吗？现在从我们这儿看，他的脸只有四分之三对着我们，光线很暗，可是等他转过脸来，你们看看他的额头。利雅博夫斯基，您看着额头怎么样？德莫夫，我们说你呢！”她冲丈夫大声说，“来，把你诚实的手伸给利雅博夫斯基……就这样。你们交个朋友吧……”

德莫夫温厚而天真地笑着，向利雅博夫斯基伸过手去，说道：

“很高兴。有一个跟我一起毕业的同班同学也姓利雅博夫斯基，你们是亲戚吗？”

2

奥莉加·伊万诺夫娜二十二岁，德莫夫三十一岁。婚后他们过得好极了。奥莉加·伊万诺夫娜将客厅的四壁挂满了自己和别人的速写画稿，有的带画框，有的没有画框；在钢琴和家具旁，用中国伞、画架、五颜六色的布片儿、短剑、半身像和照片等等做了一个漂亮的小小展示区……她用民间版画裱糊餐厅的墙，挂上树皮鞋和镰刀，墙角放一把长把镰刀和一把草耙，就布置出了一个俄国风格的餐厅。她用黑色呢料把卧室的天花板和墙壁蒙上，让卧室看起来像一个洞穴，又在床的上方挂了一盏威尼斯式样的灯，在门口放了一个持戟的人像。大家都认为这对年轻夫妇的小家很可爱。

奥莉加·伊万诺夫娜每天十一点起床，起来后她会弹琴，或是，如果阳光好的话，用油画颜料画点儿东西。然后，十二点多她去找自己的女裁缝。他们一点儿都不富裕，钱刚刚够用，所以她和女裁缝得绞尽脑汁，才能让她经常有光鲜出众的新衣服穿。她们经常用重新染色的旧衣服，用不值钱的零碎透花纱，用花边、长毛绒和丝绸鼓捣出奇迹来，那不是衣服，简直是绮丽的梦幻。离开裁缝，奥莉加·伊万诺夫娜通常会去找某个熟识的女演员，打听戏剧方面的新闻，顺便搞几张新戏首演或福利演出的戏票。从女演员那里出来，她要去画家的工作室或画展，然后去找一位名人——邀请他做客，或者回访，或者只是聊聊天。

她在每一处都受到欢快友好的接待，大家都说她美丽、可爱、不一般……那些她称之为名人或大人物的人对她就像对自己人，把她当作地位平等的人，大家众口一词地预言，以她的才华、品味和聪明，如果不分心，她一定会有很大的成就。她唱歌，弹钢琴，画画，做雕塑，参加业余话剧演出，但这一切都不是随便做做，而是显示出了相当的天分。不管是做彩灯，化妆，帮人打领带——她做什么都得很新颖很艺术，又优美又可爱。不过，她的天分最突出地表现在很快地结交名人，并和他们走得很近。只要有个人哪怕出了一点儿名，引起了人们的议论，她就已经跟他认识了，当天就跟他成了朋友，请他来做客了。

对她来说，每认识一个人都是一个真正的节日。她非常崇拜名人，为他们而骄傲，每天晚上都梦见他们。她不可自控地对名人上瘾。老的一批离开了，被遗忘了，代之以一些新的，但她对新人也会很快习以为常或感到失望，于是又重新如饥似渴地寻找更新的大人物，周而复始。这是何必呢？

五点，她跟丈夫一起在家吃饭。他的朴实、理智和善良让她又感动又欢喜。她时而跳起来，猛地抱住他的头不停地亲吻。

“你，德莫夫，是个聪明的、高尚的人，”她说，“可是你有一个很大的缺点。你对艺术一点儿都不感兴趣。你对音乐和绘画都持否定态度。”

“我不懂这些，”他温顺地说，“我一辈子都搞自然科学和医学，我没时间对艺术感兴趣。”

“可是这很可怕，德莫夫！”

“为什么呢？你的熟人不懂自然科学和医学，可是你并不为此责怪他们。每个人有自己的事。我不懂歌剧和风景画，可是我这样想：既然一部分聪明人一辈子献身于它们，另一些聪明人为它们投入可观的金钱，这就说明它们是必要的。我不懂，可是不懂并不意味着否定。”

“让我握握你诚实的手！”

饭后奥莉加·伊万诺夫娜去找她的熟人，然后去看戏或听音乐会，午夜后才回来，每天如此。

每个星期三她都举办聚会。在这些聚会上，女主人和客人们并不玩牌，也不跳舞，而以各种艺术自娱。话剧演员朗诵，歌剧演员演唱，画家们在纪念册上作画——奥莉加·伊万诺夫娜有很多纪念册，大提琴家演奏，女主人自己也画画、做雕塑、唱歌和伴奏。在朗诵、演奏和歌唱的间隙，他们就谈论和争论文学、戏剧和绘画的话题。没有女士，因为奥莉加·伊万诺夫娜认为，所有女人，除了女演员和自己的女裁缝，都是庸俗无趣的人。每次聚会上都有这样的情形：女主人听到门铃响就会全身一震，带着胜利的表情说道："是他！"这个"他"指的是某位新邀请的名人。德莫夫不在客厅，没有人想起他的存在。可是在正好十一点半的时候，通往餐厅的门会准时打开，德莫夫会带着善良温顺的笑容站在门口，搓着手说道：

"先生们，请吃点儿夜宵。"

大家走进餐厅，每次都看到桌子上摆着同样的东西：一盘牡蛎，一块火腿或小牛肉，沙丁鱼，奶酪，鱼子酱，蘑菇，伏特加和两瓶葡萄酒。

"我亲爱的膳食总管！"奥莉加·伊万诺夫娜高兴地拍手说，"你真迷人！先生们，看看他的额头！德莫夫，你把脸侧过来。先生们，瞧瞧，他的脸像孟加拉虎，可是表情却像鹿一样善良可亲。喏，亲爱的人！"

客人们边吃边看着德莫夫想："真的是个挺好的小人物。"但他们很快就忘记他，继续谈论戏剧、音乐和绘画。

这对年轻夫妇很幸福，日子过得很痛快。不过他们蜜月的第三个星期过得不太幸福，甚至惨兮兮的。德莫夫在医院被传染了丹毒，在床上躺了六天，不得不把一头漂亮的黑发剃了个精光。奥莉加·伊万诺夫娜守在他身边哭得很伤心，但当他的病情好转，她就用一块白头巾把他那剃光的脑袋包了起来，把他画成贝都因人[1]。两个人都很开心。他好了以后重新去医院，可是三天后又出了新的意外。

“我很倒霉，妈妈[2]！”一天吃饭的时候他说道，“今天我做了四个解剖，一下子划伤了两个手指。回家我才发现。”

奥莉加·伊万诺夫娜害怕了。他笑了，说这是小事，他在做解剖的时候经常割伤手指。

“我太专注了，妈妈，就会忘了要小心。”

奥莉加·伊万诺夫娜提心吊胆，唯恐他受到尸体的感染，整宿地向上帝祈祷，总算平安无事。于是这平静幸福、无忧无虑的日子又继续下去了。

现在的生活很美好，说话间春天越来越近，它已经在远方微笑着，预示着无数的欢乐。幸福是无穷无尽的！四月，五月，六月，远离城市的别墅，散步，画画，钓鱼，夜莺。而后从七月直到秋天，画家们将去伏尔加旅行，而奥莉加·伊万诺夫娜也将作为社团[3]不可或缺的一员参加这次旅行。她已经为自己做了两件亚麻的旅行装，买了外出作画的颜料、画笔、画布和新的调色板。利雅博夫斯基差不多每天都来，看她的绘画有什么进步。当她给他看自己的画儿的时候，他

1. 西亚和北非的游牧阿拉伯人。

2. 这是他对妻子的爱称。

3. 原文为用俄语拼音的法语词 société。

就把手深深地插进衣兜里，紧紧抿着嘴，哼哼着说：

“这个……您的这朵云在呼喊：它上面的亮光不是傍晚的那种。前景好像被吃掉了，您明白吗？有点儿不对劲……您的这个小农舍好像被什么压着，在呻吟……这个角应该暗一些。总的来说不赖……我挺欣赏。”

他讲得越深奥，奥莉加·伊万诺夫娜就越容易听懂。

3

节周[1]的第二天，德莫夫买了凉菜和点心去别墅看妻子。他已经两个星期没见她了，非常想念。当他坐在车厢里，和后来在林中找自家的别墅时，他觉得又饿又累，脑子里一直想象着放松地跟妻子吃顿饭，然后倒在床上睡觉的画面。看着那一大包鱼子酱、奶酪和鲑鱼肉，他很开心。

当他找到并认出自家的别墅时，太阳已经快落山了。老女仆说小姐不在家，他们大概快回来了。别墅的样子很难看，天花板很低，贴着墙纸，不平整的地板上有裂缝。这里只有三个房间，一个房间里放着床，另一个房间的椅子上和窗台上堆着画布、画笔、纸和一些男人的大衣、帽子，而在第三

1. 基督教节日，复活节后的第八周。

个房间里，德莫夫看到三个不认识的男人。其中两个是黑头发的，留着大胡子，还有一个胖子，脸刮得精光，看样子是个演员。桌子上摆着茶炊，水正开着。

“您有什么事？”演员大大咧咧地打量着德莫夫，用低沉的嗓音问道，“您找奥莉加·伊万诺夫娜吗？等一会儿，她马上来。”

德莫夫坐下等起来。一个黑发男子迷迷糊糊、有气无力地看看他，为自己倒了一杯茶，问道：

“要不要喝茶？”

德莫夫想喝茶，也想吃东西，可是为了不破坏胃口，他没有要茶。很快传来了脚步声和熟悉的笑声，门“砰”地开了，戴着宽檐帽的奥莉加·伊万诺夫娜跑进房间，她的手里提着一个小箱子，跟在她身后的是利雅博夫斯基，他拿着一把大伞和折叠椅，脸红扑扑的，很开心。

“德莫夫！”奥莉加·伊万诺夫娜叫了一声，高兴地两手一拍，“德莫夫！”她把头和双手贴在他的胸前，说道，“是你！你为什么那么久不来？为什么？为什么？”

“我哪有时间，妈妈？我一直忙，等我有空的时候，火车时刻表又凑不上。”

“不过我看见你真高兴！我整宿整宿地梦见你，担心你会生病。唉，你不知道你有多好，你来得多是时候！你是我的救星。只有你能救我！明天这儿有一场非常别致的婚礼，”她边笑边给丈夫系领带，接着说，“车站上的年轻电报员结婚，一个什么齐格里杰耶夫。一个挺帅的年轻人，嗯，脑子不笨，相貌中有种，那个，强有力的东西，像只熊……可以以他为模特画个年轻的瓦兰人[1]。所有住在这的人都喜欢他,答应了参加他的婚礼……这人没什么钱，也没亲没靠，怯生生的，当然，不同情他可是罪过。你想想，明天做完弥撒就举行结婚仪式，然后大家一起从教堂步行到新娘家……你懂吗，鸟鸣婉转的树林，光影婆娑的草地，在绿油油的背景下，我们大家好像五彩缤纷的光点，太别致了，有法国表现主义[2]的味道呢。可是，德莫夫，我穿什么衣服去教堂呢？”奥莉加·伊万诺夫娜做出哭脸，说，“我在这儿什么都没有，什么都没有！没有衣服，没有花，没有手套……你得救我。既然你来了，这就是说，是命运亲自派你来救我的。我亲爱的，拿起钥匙，回家给我把衣柜里那件粉色长裙拿来。你记得它，它就挂在最前面……还有，在储藏间右边的架子上你可以看见两个纸盒子，打开上面那个，里面有很多的花边、花边、花边，还有各种零头布料，下面就是花儿。你把那些花儿都小心地刨出来，亲爱的，尽量别弄皱了，回头我来选……再买副手套。”

“好的，”德莫夫说，“我明天就回去，把东西送来。”

“明天怎么行？”奥莉加·伊万诺夫娜吃惊地看看他，问

1. 古代北欧的一个民族。

2. 原文如此。似应为“印象派”。

道，“明天你哪里来得及？明天第一班火车九点开，婚礼在十一点。不，亲爱的，得今天走，一定得今天！如果你明天来不了，就派人送来。好了，走吧……那趟客车快到了。别误了车，宝贝儿。”

“好吧。”

“唉，我多舍不得放你走啊。”奥莉加·伊万诺夫娜说，眼泪在她的眼眶里打转，“我这个傻瓜，干吗要答应电报员啊？”

德莫夫赶紧喝了杯茶，拿起一个面包圈，温顺地笑着去车站，而鱼子酱、奶酪和鲑鱼肉都被两个黑发男子和胖演员吃了。

4

七月寂静的月夜，奥莉加·伊万诺夫娜站在伏尔加河的一条轮船的甲板上，时而看看河水，时而看看美丽的河岸。利雅博夫斯基站在她的身边，正对她说话，他说水中的黑影不是黑影，而是梦境。如果能沉浸在这带着梦幻般闪光的水中，沉浸在这深不可测的天空中，沉浸在忧郁沉思的、提示着我们生活的庸庸碌碌，也启示着某种高尚永恒美好的河岸的风景中，就这么死去，成为回忆，那该多好啊。往事庸俗无趣，未来没有价值，而这一生只有一次的美妙夜晚就要结束，消逝在永恒中——活着有什么意思呢？

而奥莉加·伊万诺夫娜时而听利雅博夫斯基说话，时而听夜的宁静，她想，自己是永生的，永远也不会死。她从未见过的碧绿的水、天、河岸，黑影和充满她心胸的无法抑制的快乐仿佛都在对她说，她将成为一位伟大的画家，在那遥远的某个地方，在月夜之外，在辽阔无边的世界等待她的是成功、荣誉、人们的爱戴……当她目不转睛地久久望着远方，她觉得仿佛有人群、灯光、欢庆的乐声和欢呼，她仿佛看见自己穿着白色的长裙，鲜花从四面八方洒向她……

她还想道，在她身旁，倚着船舷的是一个真正伟大的人，是一个天才，上帝选中的人……到目前为止，他所创作的一切都是美妙的、新鲜的、非凡的，而随着时间的推移，当他罕见的天才更成熟时，他将创作出惊人的、深不可测的作品。这从他的脸上，从他的表情风度上，从他对大自然的态度上都能看得出。他谈论阴影、夜的色调和月光的方式是独特的，用的是自己的语言，使人不由得感受到他驾驭大自然的权威是多么迷人。他自己也非常俊美，特立独行，他的生活独立而自由，与一切俗人的生活迥异，好像鸟儿一样。

“天凉了。”奥莉加·伊万诺夫娜说道，打了个冷战。

利雅博夫斯基把她拥进自己的斗篷，悲伤地说：

“我觉得我被您控制住了。我是您的奴隶。您今天为什么那么迷人？”

他始终目不转睛地望着她，目光让人害怕，她不敢看他。

“我疯狂地爱着您……”他耳语道，他说话时把气哈在她的面颊上，“只要您对我说一个字，我就情愿去死，抛弃艺术……”他极为激动地咕哝着，“爱我吧，爱我吧……”

“别这么说，”奥莉加·伊万诺夫娜闭上眼睛说道，“这很可怕。德莫夫怎么办？”

“什么德莫夫？干吗要管德莫夫？德莫夫关我什么事？伏尔加河，月亮，美景，我的爱，我的狂喜，根本没有什么德莫夫……啊，我什么都不知道……我不需要过去，请给我这一刻……只一个瞬间！”

奥莉加·伊万诺夫娜的心跳起来。她想了想她的丈夫，可是她觉得过去的一切，无论是婚礼、德莫夫，还是那些晚会，都很渺小，微不足道，模糊，无益，而且非常非常遥远……真的，什么德莫夫？为什么要想德莫夫？德莫夫关她什么事？世界上真有这么个人吗？或者他只是个梦？

“对他这个平凡普通的人来说，他得到的幸福已经足够了，”她用两手捂住脸，想道，“就让那里的人们指责我、骂我好了，我要跟所有人对着干，不管不顾，走向毁灭，不管不顾，走向毁灭……应该体验生活中的一切。上帝啊，多可怕，又多好啊！”

“怎么样？怎么样？嗯？”画家拥抱着她，狂吻着她那双无力的试图推开他的手，喃喃说道，“你爱我吧？是吧？是吧？哦，多么美的夜晚！多美好的夜晚！”

“是的，多美的夜晚啊！”她望着他那双闪着泪光的眼睛，低声说道，然后很快地四下看看，抱住他，用力地吻了他的嘴唇。

“快到基涅西奥了。”有人在另一侧的甲板上说。

传来了一阵沉重的脚步声。这是一个小吃部的招待从身边走过。

“喂,”奥莉加·伊万诺夫娜对那人说，她因为幸福笑中带泪,“给我们拿葡萄酒来。”

画家由于激动而脸色苍白，在长椅上坐下，用爱慕、感激的目光看着奥莉加·伊万诺夫娜，然后闭上眼睛，脸上带着陶醉的微笑，说道：

“我累了。”

他把头靠在了栏杆上。

5

九月二日暖和无风，但是个阴天。黎明时分伏尔加河上就起了轻雾，九点以后下起小雨来。一点儿看不到天气放晴的希望。喝茶时利雅博夫斯基对奥莉加·伊万诺夫娜说，绘画是最不讨好、最沉闷的艺术，说他不是画家，说只有傻瓜才认为他有才华，说着说着，突然无缘无故地拿起餐刀把他最好的一幅速写给划了。喝完茶以后他闷闷不乐地坐在窗边望着伏尔加河。伏尔加河已经不再闪烁，浑浊暗淡，看上去冷冷的。一切的一切都预示着忧郁惨淡的秋天快到了。如今，大自然从伏尔加河收走了河岸那郁郁葱葱的绿毯、河面上钻石般的反光、清明淡蓝的远景和所有华丽的盛装，把它们关进匣子里，直到来年春天。乌鸦在伏尔加河旁飞着，大声嘲笑："光啦！光啦！"利雅博夫斯基听着它们的聒噪，想着他已经干瘪了，失去了才华，这世界上的一切都是无常的、相对的、愚蠢的，他不该跟这个女人拴在一起……总之，他心情很坏，很消沉。

奥莉加·伊万诺夫娜坐在隔板后的床上，用手指拨弄着她美丽的亚麻色卷发，想象着她正在家里，时而在客厅，时而在卧室，时而在丈夫的书房，想象把她带到剧院、女裁缝和名流朋友那里的情景。他们现在在做什么呢？他们会想起她吗？演出季已经开始了，该安排晚会了。德莫夫怎么样了？亲爱的德莫夫！他在信里用那么温顺的、孩子式的抱怨语气求她快点儿回家！他每个月给她寄来七十五卢布，当她写信说欠了画家们一百卢布，他就再寄来一百卢布。他是多么善良宽厚的人啊！奥莉加·伊万诺夫娜已经旅行倦了，她觉得烦闷，想快点儿摆脱这些农民，摆脱河水的潮味儿，摆脱这种肉体不洁的感觉，这些日子她住在农民的木屋，从一个村庄换到另一村庄，一直有这种不干净的感觉。要不是利雅博夫斯基向画家们保证过要一起在这儿待到九月十二号，今天就可以走了。那该多好啊！

“我的上帝，”利雅博夫斯基呻吟道，“什么时候才能出太阳啊？没有太阳我没法继续画阳光下的风景！……”

“你有一张草图，画的是多云的风景，”奥莉加·伊万诺夫娜从隔板背后走出来，说道，“记得吗，右边是森林，左边是一群牛和鹅。现在你可以把它画完。”

“哼！”画家皱眉，“画完？！莫非您以为我那么傻，不知道我应该做什么！”

“你对我的态度大变了！”奥莉加·伊万诺夫娜叹道。

“那才好呢。”

奥莉加·伊万诺夫娜的脸开始抽搐，她走到灶边哭了起来。

“嗯，就差眼泪了。您别哭了！我有一千个哭的理由，可是我没哭。”

“一千个理由！”奥莉加·伊万诺夫娜哽咽地说，“最主要的理由是您已经厌烦我了。就是这样！”她说着大哭起来，“说实话吧，您为我们的爱情感到羞耻。您总是想法子不让画家们发现，虽然这是藏不住的，他们早就知道了。”

“奥莉加，我求您一件事，”画家双手捂住心口，用祈求的语气说，“就求您一件事：别折磨我！此外我对您再无所求了。”

“但您发誓，您还爱我！”

“这太受罪了！”画家跳了起来，一字一顿地从牙缝里挤出几个字，“闹到最后我会跳进伏尔加河，要不就会发疯的！饶了我吧！”

“来，杀了我，杀了我好了！”奥莉加·伊万诺夫娜喊道，“杀了我！”

她又嚎啕大哭起来，走到隔板的后面。雨大了，唰唰地打在草屋的顶上。利雅博夫斯基抱住头来来回回地从房间一角走到另一角，然后带着坚决的表情，好像要跟谁证明什么似的，戴上帽子，挎上猎枪，走出了农舍。

他走了以后，奥莉加·伊万诺夫娜躺在床上哭了很久。开始她想服毒，让利雅博夫斯基回来看到她死了，后来她的思绪飞到了家里的客厅和丈夫的书房，想象着自己一动不动地坐在德莫夫身边，享受身体安适和清洁的感觉，晚上坐在剧院里听马西尼[1]的演唱。她想念文明的生活、城市的喧嚣、与名人的交往，想得心都痛了。

农妇走进来，不紧不慢地生火做饭。屋里一股焦味，烟雾弥漫。画家们来了，他们穿着高筒的靴子，靴子很脏，因为下雨脸上也湿乎乎的，他们端详着画的草图，自我安慰说，就是坏天气里伏尔加河也有它的美景。墙上的廉价挂钟"嘀嗒、嘀嗒"地响着……受冻的苍蝇聚在前室角落的圣像旁边嗡嗡叫着，可以听到虫子在长凳下的厚纸板里爬动的声音……

日落以后利雅博夫斯基回来了。他把帽子扔到桌子上，面色苍白，表情痛苦，穿着脏靴子往长凳上一坐，闭上了眼睛。

"我累了……"他说。他动着眉毛，竭力想抬起眼皮。

为了跟他示好，表示自己没有生气，奥莉加·伊万诺夫娜走到他身边，一声不响地吻了吻他，用梳子划了划他淡黄色的头发。她想给他梳梳头。

"这是干吗？"他问道。他打了冷战，好像被什么凉东西碰了一下，睁开了眼，"这是干吗？让我安静点儿，求您了。"

---

1. 意大利男高音歌唱家，当时在俄国演出。

他用手推开她，走开了。她觉得他的脸上是一副讨厌和懊恼的表情。这时候那农妇小心地两手捧着，把一盘子白菜汤端给他，奥莉加·伊万诺夫娜看到她的两个大拇指浸入了汤里。这个腆着肚子的肮脏农妇，利雅博夫斯基狼吞虎咽地吃起来的白菜汤，这农舍，这种起初因为朴素和艺术家的凌乱而让她喜欢的生活，现在都让她觉得可怕。忽然觉得自己受了侮辱，她冷冷地说：

"我们应该暂时分开一段时间，否则我们会因为烦闷而大吵起来。我受够这个了。今天我就走。"

"怎么走？骑着棍子吗？"

"今天星期四,九点半会有一班船来。"

"啊？是啊，是啊……好，你走吧……"利雅博夫斯基语气缓和地说，用手巾代替餐巾擦了擦嘴，"你在这儿烦闷，没事情做，把你留在这儿是非常自私的。你走吧，我们十二号以后见。"

奥莉加·伊万诺夫娜快活地收拾行李，高兴得脸蛋儿都发红了。她问自己，难道这是真的吗？她很快就会在客厅画画，在卧室睡觉，在铺着桌布的饭桌上吃饭？她心里顿时轻松了，不再生画家的气。

"我把颜料和画笔留给你，利亚布什卡[1]，"她说，"剩下的你带回去……你要注意，我不在的时候别偷懒，别闷闷不乐，

1. 女主人公对"利雅博夫斯基"的改造，以示亲昵。

要工作。你很棒，利亚布什卡。”

九点时利雅博夫斯基和她吻别，之后把她送到码头，她想这是为了不要在船上当着别的画家的面吻她。轮船很快来了，把她带走了。

两天半以后她回到家。她没脱帽子和雨衣，激动得呼吸急促，走进客厅，又从客厅去了餐厅。德莫夫没穿外套，马甲敞着怀，正坐在桌旁用叉子磨刀子，面前的盘子里放着一只松鸡。当奥莉加·伊万诺夫娜走进家门，她想好了，要对丈夫隐瞒一切，她自信有足够的手腕和意志这么做。可是现在，当她看到他的喜形于色，看到他那温顺、幸福的笑容，和快乐的、放光的眼睛，觉得瞒骗这个人就像诽谤、偷窃或杀人一样卑鄙可恶，她做不到，她没有这个能力。她在一刹那间决定把发生的一切都告诉他。让他亲过、抱过之后，她在他面前跪下，捂住了脸。

“怎么了？怎么了，妈妈？”他温柔地问，“想家了吧？”

她抬起羞得发红的脸，带着愧疚和祈求的表情看着他，可是恐惧和羞耻让她无法说出实情。

“没什么……”她说，“我没事……”

“坐下，”他说，把她扶起来，让她坐在桌旁，“就这样……吃点儿松鸡。你饿坏了，小可怜儿。”

她一边贪婪地呼吸着自家的气息，一边吃松鸡，而他宠溺地看着她，高兴地笑着。

6

看样子，当冬天过去了一半，德莫夫开始猜到自己被欺骗了。他好像良心有愧一样，无法正视妻子的眼睛，见到她时也不再快活地微笑。为了少和她独处，德莫夫常常带着同事柯罗斯杰列夫回家吃饭。柯罗斯杰列夫是个小个子，头发剪得很短，面容疲倦，他跟奥莉加·伊万诺夫娜说话时，会紧张得解开西装所有的扣子，再把它们重新扣上，然后用右手去捻左边的小胡子。吃饭时两位医生会谈到横膈膜升高有时会引起心跳过速，或者最近经常遇到多发性神经炎，或者昨天德莫夫在解剖一具患有“恶性贫血”的尸体时发现胰腺里有癌症等等。

他们两个谈这些医学话题，好像只是为了让奥莉加·伊万诺夫娜不必说话，也就是不必说谎。饭后，柯罗斯杰列夫会坐下弹钢琴，而德莫夫总是表示赞叹，对他说：

“嘿，老弟！真行！再弹个悲伤的曲子！”

柯罗斯杰列夫耸起肩膀，张开十指，试了几个音，用男高音唱起“请告诉我，俄国农民在哪里不呻吟”，而德莫夫又叹息一番，用一个拳头支着头，发起愣来。

最近一段时间里奥莉加·伊万诺夫娜的举止极其不体面。每天早上醒来时她的情绪都很坏，想着利雅博夫斯基已经不爱她了，感谢上帝，一切都结束了。可是喝完咖啡她又想，利雅博夫斯基让她丢下了丈夫，现在她既失去了丈夫又失去了利雅博夫斯基。然后她想起熟人们的议论，说利雅博夫斯基正准备展出一幅惊人的作品，兼有风景画和风俗画的特征，类似波列诺夫[1]的风格，所有去过他画室的人都为之赞叹不已。但是，她想，他是受了她的影响而创作这幅作品的，而且由于她的影响，他的创作明显地完善了。她的影响是如此有益和重大，要是不再施加这影响，他八成会毁掉的。她还想起，他最后一次来找她时穿着一件波点图案的灰色上衣，系着新领带，懒懒地问她：“我漂亮吗？”确实，他很风雅，长卷发，蓝眼睛，非常漂亮（或者，也许这是种感觉），对她很温柔。

奥莉加·伊万诺夫娜回忆起很多往事，思前想后，于是穿上外衣，心情激动地去利雅博夫斯基的画室。她来时他正

1. 俄国风景画家。

开心，对自己那幅确实很杰出的画作得意洋洋，他蹦蹦跳跳，说俏皮话，用玩笑回答严肃的问题。奥莉加·伊万诺夫娜因为对利雅博夫斯基有怨恨而恨这幅画，可是出于礼貌，她沉默地在画前站了大约五分钟，然后叹了口气，就像在圣物面前一样，轻声说：

“是啊，你还从没画过像这样的作品。知道吗，简直惊人。”

然后她开始求他爱她，不要抛弃她，心疼她这个可怜的、不幸的女人。她哭泣，吻他的手，要求他发誓爱她，向他证明没有她的良好影响他就会走岔道，就会毁掉。她破坏了他的好心情，感觉自己受了屈辱，就跑去找女裁缝，或是去找某个认识的女演员要戏票。

如果没在画室找到他，就会给他留一封信，发誓说如果他今天不来找她，她就服毒。他害怕了，就来看她，还留下吃午饭。他不管她丈夫在场，只管对她出言不逊，她也同样回敬。他们俩都感到彼此纠缠不清，互为暴君和仇敌，都很恼怒，却只顾恼怒，没有发觉两人的表现都有失体面，甚至连短头发的柯罗斯杰列夫也全明白了。饭后利雅博夫斯基急忙告辞要走。

“您要去哪儿？”在前室，奥莉加·伊万诺夫娜带着仇恨望着他，问道。

他皱着眉，眯起眼，说出一个两人都认识的女士的名字，显然在嘲笑她的嫉妒，要故意气她。她回到卧室，躺在床上，因为嫉妒、懊恼、屈辱，咬着枕头嚎啕大哭起来。德莫夫把柯罗斯杰列夫留在客厅，来到卧室，窘得手足无措，小声说：

“别大声哭，妈妈……何必呢？这事不能声张……不能让人看出来……要知道，已经发生的事是没法挽回的。”

嫉妒沉重地压在她的心头，弄得她头都快炸了。她不知如何平复自己，又想，也许事情还可以挽回，就洗了脸，扑上粉，盖住哭过的痕迹，飞奔到那位认识的女士家。在那儿没找到利雅博夫斯基，她就又跑到第二个、第三个女人家……开始她还为这样到处乱跑而感到难为情，但后来就习以为常了，结果，有一天晚上，她为了找利雅博夫斯基跑遍了所有认识的女人家，大家都明白是怎么回事了。

有一次她对着利雅博夫斯基这样说她的丈夫：

“这个人用他的大度压迫我！”

她非常喜欢这句话，以至于每次遇到那些知道她和利雅博夫斯基私情的画家，在谈到她丈夫时，她总是用力摆摆手，说：

“这个人用他的大度压迫我！”

他们的生活节奏和去年一样，每个星期三晚上举行聚会。演员朗读，画家们画画，大提琴家演奏，歌唱演员唱歌，通往客厅的门准时在十一点半打开，德莫夫微笑着说：

“先生们，请吃点儿东西吧。”

奥莉加·伊万诺夫娜依然在寻找伟大的人物，找到了还不满足，又继续找。她依然每天深夜才回家，但德莫夫却不像去年那样已经睡了，而是在他的书房里做什么。他三点左右躺下，八点起床。

一天晚上，她准备去剧院，正站在穿衣镜前，德莫夫走进卧室，穿着长礼服，打着白领结。他温顺地微笑着，像过去那样高兴地直视着妻子的眼睛，容光焕发。

“我刚做了论文答辩。”他坐下，摩挲着膝盖。

“通过了吗？”奥莉加·伊万诺夫娜问。

“嘿嘿！”他笑起来，伸长脖子想从镜子里看到妻子的脸，妻子却仍然背对着他，站在那儿整理发型，“嘿嘿！”他又笑了一声，“那个，他们很可能会给我病理学总论的编外副教授的资格。很有可能。”

看他那满面春风、容光焕发的样子，如果此时的奥莉加·伊万诺夫娜愿意分享他的快乐和欢喜，他一定会原谅她的一切，现在的和将来的，会把一切都忘掉。可是她不懂什么是编外副教授，什么是总论病理学，再说她正担心看戏迟到，就一句话也没说。

他坐了两分钟，抱歉地笑笑，出去了。

7

这是不安的一天。

德莫夫头疼得厉害，他早上没有喝茶，没有去医院，一直躺在书房的土耳其式长沙发上。奥莉加·伊万诺夫娜十二点多照常去找利雅博夫斯基，给他看自己的一幅画稿（nature morte[1]），并问他昨天晚上为何没来。她觉得那幅画很不怎么样，画它只是为了多一个去找画家的理由。

她没按铃就进了房子，她在外间脱套鞋时，听到画室里好像有人悄悄地跑过，有女人的长裙发出窸窸窣窣的声音。她急忙往画室里瞧，只看到一小片棕色的裙子一闪，消失在一幅大画后面，这幅画连同画架一起用一块黑布蒙着，盖

1. 法语，静物写生。

布一直垂到地板上。毫无疑问，那里藏了一个女人。奥莉加·伊万诺夫娜自己都在这幅画的背后躲过多少次了！利雅博夫斯基看起来很尴尬，好像很惊讶她的到来，他向她伸出双手，不自然地笑着，说：

"哎呀！很高兴看见您。您带来了什么好东西？"

奥莉加·伊万诺夫娜的眼里充满了眼泪。她觉得羞耻、痛苦，就算给她一百万她也不愿当着那个女人说话，此时这个情敌，女骗子，大概正躲在画架背后幸灾乐祸地暗笑呢。

"我给您带来了一幅画稿……"她怯怯地说，声音细弱，嘴唇发抖，"nature morte。"

"啊……一幅画稿？"

画家拿起那幅画稿，一边打量一边好像不自觉地走到另一个房间。

奥莉加·伊万诺夫娜顺从地跟着他。

"nature morte……一流的，"他念念有词，字斟句酌，"疗养地……见鬼……港口……[1]"

画室那边传来匆忙的脚步声和长裙的"沙沙"声，说明"她"已经走了。奥莉加·伊万诺夫娜想大声喊叫，想用重东西打画家的头，然后离开，可是透过眼泪她什么都看不见，还被自己的羞耻压得动弹不得，觉得自己已经不是奥莉加·伊万诺夫娜，也不是画家，而是个卑微的人。

---

1. 这几个词读起来好像一串顺口溜。

“我累了……”画家望着那幅画，疲倦地说，他晃着脑袋，好像在跟瞌睡斗争，“这当然挺可爱的，可是今天也是素描，去年也是素描，一个月后还是素描……您不厌烦吗？我要是您就放弃画画，好好弄音乐或别的什么。要知道您不是画家，而是音乐家。不过您知道，我累极了！我马上让人送茶来，怎么样？”

他走出了房间，奥莉加·伊万诺夫娜听到他在跟仆人吩咐什么。为了不告辞和解释，主要是为了不嚎啕大哭，她趁利雅博夫斯基没回来，赶紧跑到外间穿上套鞋，走了出去。出来后她放松地吸了一口气，觉得自己永远摆脱了利雅博夫斯基、绘画，以及在画室里重重压在她心头的羞耻感。一切都结束了！

她去找女裁缝，然后去看昨天刚到这里的巴尔奈[1]，又从巴尔奈那儿去了一家乐谱店，而她一直想的是要给利雅博夫斯基写一封冷淡、决绝、充满自尊的信，到了春天或夏天，她要跟德莫夫去克里米亚，在那里彻底摆脱过去，开始新的生活。

她很晚才回家，连外衣都没脱就坐在客厅里写信。利雅博夫斯基说她不是画家，现在她回敬说，他每年画的都是同样的东西，每天说的都是同样的话，他已经凝固，除了已有的成绩，他再也不会有成就了。她还想写，他大大地得益于

---

1. 德国演员、戏剧活动家。

她的好影响，而他之所以表现得很坏，是因为她的影响被各种可疑的人抵消了，就像今天藏在画后的那一位。

“妈妈！”德莫夫在书房隔着门喊她，“妈妈！”

“你有什么事？”

“妈妈，你别进我的房间，只走到门口。是这么回事，前天我在医院感染了白喉，现在……我不太好。赶快叫人去找柯罗斯杰列夫。”

奥莉加·伊万诺夫娜从来不叫丈夫的名字，而是叫他的姓，就像对所有相识的男人一样。她不喜欢他的名字奥西普，因为它让人联想起果戈里的奥西普[1]和一句双关语：“奥西普阿尔希普，阿尔希普奥西普”[2]。可现在她喊道：

“奥西普，这不可能！”

“快去吧，我很难受……”德莫夫隔着门说，可以听到他走回去，在沙发上躺下了，“快去！”传来他低沉的声音。

“这是怎么回事？”奥莉加·伊万诺夫娜吓得浑身发冷，“这病很危险！”

她没有任何必要地拿起一支蜡烛，往自己的卧室走，这时忽然想起她要做的事，无意中看了一眼穿衣镜中的自己。她脸色苍白，充满恐惧，穿着袖子隆起的短上衣，胸前堆着黄色的波纹，短裙上有一条走向特别的条纹，她觉得自己

---

1. 果戈里的剧作《钦差大臣》里的仆人。

2. 意思是奥西普嗓子哑了，阿尔希普嗓子哑了。

的样子可怕又可厌。她忽然心疼起德莫夫来，心疼他对她无限的爱、他年轻的生命，甚至这张他很久没有睡过的凄凉的床，她想起他平时那温和、顺从的笑容，痛哭着给柯罗斯杰列夫写了一封哀求的信。这时已经是夜里两点了。

8

七点多，奥莉加·伊万诺夫娜从卧室出来，因为失眠，她昏沉沉的，没有梳妆打扮，样子不好看，脸上带着惭愧的表情。一位有黑色大胡子的先生，应该是医生，正从她面前走到外间去。空气中散发着药味，柯罗斯杰列夫站在书房门口，用右手捻着左边的胡子。

“对不起，我不能让您进去看他，”他阴郁地对奥莉加·伊万诺夫娜说，“可能会传染。再说您其实也没必要进去，他在说胡话。”

“他真的得了白喉吗？”奥莉加·伊万诺夫娜小声问道。

“真应该给那些铤而走险的人判罪，”柯罗斯杰列夫不回答奥莉加·伊万诺夫娜的问题，嘟囔道，“您知道他是怎么传染上的吗？星期二他用吸管给一个患白喉的男孩吸膜[1]。这是干什么？真蠢……真是胡来……”

“危险吗？很危险吗？”奥莉加·伊万诺夫娜问道。

“是的，听说是重症。说实话，应该请希列克。”

来了一个小个子、红头发、长鼻子、有犹太口音的人，后来又来了一个高个子、有些驼背、头发蓬乱、样子像大助祭的人，然后又来了一个很胖、红脸、戴眼镜的年轻人。这是医生们来为他们的同事轮流值班。柯罗斯杰列夫值完班并没有回家，而是留下来，像一个影子一样在各个房间里转悠。女仆要给值班的医生们送茶，又要频繁地往药房跑，没有人收拾房间。家里静悄悄的，愁云笼罩。

奥莉加·伊万诺夫娜坐在自己的卧室里，想着这是上帝因为她欺骗丈夫而惩罚她。那个少言寡语、从无怨言、不被理解的人，温顺和气以至于自抑，过分善良以至于软弱，此时他正独自在长沙发上受苦，没有一声抱怨。如果他出口抱怨，哪怕是说胡话，医生们就会明白让他染病的不仅仅是白喉，他们就会问柯罗斯杰列夫。他知道一切，所以他看朋友妻子的眼光就像她才是真正的凶手，而白喉只是她的帮凶。此刻，伏尔加河上的月夜、求爱、在农舍中的浪漫生活，这些她全不记得了，只记得因为无端地任性胡闹，她全身上下粘上了某种又脏又黏的东西，永远也洗不清了。

---

1. 白喉患者咽喉周围覆盖着白色伪膜。

“啊，我撒了多么可怕的谎啊！”她想起与利雅博夫斯基纠缠不清的爱情，“愿这一切受到诅咒！”

四点钟她和柯罗斯杰列夫一起吃饭。他什么都不吃，只喝红葡萄酒，一直皱着眉头。她也什么都没吃。她时而在心里祷告，向上帝发誓：如果德莫夫康复，她会重新爱他，做个忠实的妻子。时而片刻失神，看着柯罗斯杰列夫想：“做一个没有任何出众之处的、平凡的、不出名的人难道不闷吗？更何况脸那么蔫巴巴的，举止也那么土气。”时而她又觉得上帝马上要杀死她，因为她怕传染，一次也没有到书房守着丈夫。总之，她有种迟钝沮丧的感觉，相信生活已经毁了，无论如何也无法补救了……

饭后黑暗降临。奥莉加·伊万诺夫娜从卧室来到客厅，看到柯罗斯杰列夫睡在沙发上，把绣着金线的丝绸靠垫枕在脑袋下，“唏溜，唏溜”地打着鼾。

值班的医生来来往往，没人注意到有人躺在别人家客厅打鼾。这客厅布置得很别致，墙上挂着画作，而女主人没有梳妆，衣着凌乱。所有这一切都没引起一丁点儿注意。有一个医生因为什么事偶然笑了一声，这笑声显得那么奇怪和胆怯，甚至让人觉得有些可怕。

奥莉加·伊万诺夫娜再次从卧室来到客厅时，柯罗斯杰列夫已经不睡觉了，而是坐在那儿抽烟。

“他的白喉到鼻腔了”他压低声音说，“心脏已经不好了。实在地说，情况不好。”

“那就去请希列克。”奥莉加·伊万诺夫娜说。

“已经来过了。就是他发现白喉已经感染到鼻腔了。嗐，希列克有什么呢！其实希列克没什么特别的，他是希列克，我是柯罗斯杰列夫——不过如此。”

时间长得可怕。奥莉加·伊万诺夫娜和衣躺在从早上就没收拾过的床上打盹。她觉得整个房子从地板到天花板堵着巨大的铁块，只要把这铁块推开，一切就会变得快乐而轻松。醒来后，她想起这不是铁块，而是德莫夫的病……

“Nature morte，港口……”她这样想着，又迷糊了，“港口……疗养地……希列克怎么了？希列克，格列克，赫列克……克列克[1]。我的朋友们现在在哪儿？他们知道我们的痛苦吗？上帝啊，求你救救……救救！希列克，罪……”

又是铁块……时间拖得很长，楼下的钟频频敲响。不时听到门铃声，这是医生们来了……女仆用托盘端着一个空杯子进来，问道：

“小姐，要不要把床收拾一下？”

女仆没得到答复，出去了。楼下的钟在敲，她梦见了伏尔加河边的雨，又有人走进了卧室，好像是外人。奥莉加·伊万诺夫娜跳起来，认出是柯罗斯杰列夫。

“几点了？”她问。

“快三点了。”

---

1. 这是一些同样词尾的词，没有连贯的意思。

“怎么样？”

“能怎么样！我来告诉你：他去世了……”

他呜咽起来，在床上挨着她坐下，用袖子擦去眼泪。她一下子没明白，但随后全身发冷，慢慢画起十字。

“他去世了……”他用尖细的声音重复道，又呜咽了，“他死了，因为他牺牲了自己……这是科学多大的损失！”他痛苦地说，“他，和我们所有人相比，是伟大的、不一般的人！那么有天赋！他让我们大家抱着多大的希望！”柯罗斯杰列夫绞着手，继续说，“我的上帝，他本可以成为现在打着灯笼都找不到的科学家。奥西卡[1]·德莫夫，奥西卡·德莫夫，你干了什么啊！啊，啊，我的上帝！”

柯罗斯杰列夫绝望地用双手捂住脸，摇着头。

“他又是多么好的一个人！”他接着说，越说越对什么人感到愤怒，“一颗善良的、纯洁的、充满爱的心！这人像水晶一样纯净！为科学服务，为科学而死，日以继夜地工作，像牛一样，没人心疼他！一个年轻的科学家、未来的教授，却要找机会私人行医，整夜地做翻译，为了买这些……这些破烂！”

柯罗斯杰列夫带着仇恨看了奥莉加·伊万诺夫娜一眼，两手抓住床单生气地拉扯，好像都是它的错。

“他不心疼自己，别人也不心疼他。嘿，有什么好说的！”

“是啊，是个少有的人！”客厅里有人声音低沉地说。

---

1. 奥西普的昵称。

奥莉加·伊万诺夫娜回想起自己跟他的全部生活，从最开始到最后，包括所有的细节，她忽然明白了，这真的是一个不平凡的、少有的人，跟她认识的那些人相比，是个大人物。她想起她去世的父亲和所有的医生同事是怎么对待他的，她明白了，他们都把他看作未来的知名人物。墙壁、天花板、灯、地毯都在嘲笑地向她眨眼，好像想说："错过啦！错过啦！"她哭着冲出卧室，在客厅里从一个陌生人旁边擦身而过，跑进书房，奔到丈夫身边。他一动不动地躺在土耳其式沙发上，被子盖到腰部。他的脸变得非常干瘦，颜色灰黄，绝不是活人的脸色。只有从额头、从黑色的眉毛、从熟悉的笑容才能看出这是德莫夫。奥莉加·伊万诺夫娜赶快摸他的胸口、额头和手。胸口还有余温，但额头和手已经凉了，摸上去很不舒服。那双半开的眼睛不是对着奥莉加·伊万诺夫娜，而是对着被子。

"德莫夫！"她大声叫着，"德莫夫！"

她想跟他解释，过去的一切都错了，一切还没有失去，生活还可以美好和幸福，他是少见的、不平凡的、伟大的人，她会一辈子崇拜他，膜拜他，对他感到神圣的敬畏……

"德莫夫！"她叫着，拍着他的肩膀，不相信他已经永远不会醒来了，"德莫夫，德莫夫啊！"

柯罗斯杰列夫在客厅对女仆说：

"还有什么可问的？您去教堂的门房问问那些养老院的老太婆住在哪儿。她们会擦身、装殓，该做的事她们都管。"

В человеке должно быть всё прекрасно: и лицо, и одежда, и душа, и мысли.

— Антон Павлович Чехов

人的一切都应该漂亮：面貌、衣裳、心灵和思想。

——安东·巴甫洛维奇·契诃夫

安东·巴甫洛维奇·契诃夫年表

1860 年 *1* 月 *29* 日 （俄历一月十七日）出生

契诃夫出生于俄国南部的塔甘罗格市。

祖父曾为农奴，在废除农奴制前从地主手里赎回了自己和家人。父亲是一个开杂货铺的小商人，经济拮据，一家人艰难度日。

契诃夫有四个兄弟和一个妹妹。其中哥哥尼古拉是一位画家，妹妹玛莎一直照顾契诃夫的生活，后担任雅尔塔契诃夫纪念馆的馆长，终身收集、整理契诃夫的文稿。

▲ 契诃夫出生的房子，现为契诃夫博物馆

1868—1879年　8—19岁

契诃夫在故乡的学校读书，十三岁时第一次接触了戏剧，十五岁时和家人、同学一起组建了一个小型的业余剧团。

在此期间，父亲破产，家人迁往莫斯科，契诃夫和一个弟弟留在故乡，直到中学毕业。

1879年　19岁

契诃夫考入莫斯科大学医学系。

1880年　20岁

为了生计，契诃夫在幽默杂志《蜻蜓》上发表了处女作《致有学问的邻居的信》。此后，他开始以安东沙·契洪特等笔名在多家幽默刊物发表作品，其中发表作品最集中的是《花絮》杂志。

▲《蜻蜓》杂志，第10期，《致有学问的邻居的信》

1884年　24岁

契诃夫从莫斯科大学医学系毕业，取得行医资格。同年，他有了咳血的症状。

1885年　25岁

契诃夫结识了《新时报》总编 **A.C.** 苏沃林。苏沃林是契诃夫生命中一位很重要的朋友，《新时报》发表了契诃夫很多重要的作品，是他的"第一道光芒"。

在这段时间里（1880–1885），契诃夫仅仅为了稿费进行着半机械化的写作，不仅不觉得自己有才华，甚至还有些鄙夷自己的工作。

1886年　26岁

契诃夫以笔名出版了自己的第一部小说集《形形色色的故事》。这一年三月，契诃夫收到老作家格里戈罗维奇的一封信，信中对他的才华大加赞赏，同时希望他以更郑重的态度对待创作。这件事对契诃夫的影响很大，他在回信中写道，"您的信如雷电般击中了我"，此后其创作由幽默文学转向严肃文学。

尊敬的安东·巴甫洛维奇：

……他们和我一样，丝毫不怀疑您的才华——一种能够使您列入俄罗斯新一代最杰出的作家之列的才华……如此种种，都让我确信，您应该创作出更多佳作，创作出真正的艺术作品……尊重自己身上那份难得的天赋。别再赶工写作。

▲《契诃夫的一生》，人民文学出版社，2009年，[法] 伊莱娜·内米洛夫斯基著，陈剑译，第66—67页。

1887年　27岁

出版小说集《在黄昏》《无伤大雅的话语》。

1888年　28岁

出版小说集《故事集》。这一年，小说集《在黄昏》获得俄罗斯科学院普希金奖，这使他在那个时代的文学界拥有了举足轻重的地位。

▲《在黄昏》，圣彼得堡，1887 年

1889年　29岁

发表《没意思的故事》。这是契诃夫创作中期分量很重的一个作品，其题材、主题和风格已经显现出鲜明的契诃夫特色。

1890年　30岁

出版小说集《阴郁的人们》。

这一年的三月，契诃夫结识了丽卡·米齐诺娃，这是一位在契诃夫生活中留下重要印记的女性，通常被认为是《海鸥》女主人公妮娜的原型。

▲ 米齐诺娃

同在这一年，哥哥尼古拉因肺结核病去世，对契诃夫造成了不小的打击。尼古拉去世后，契诃夫固执地前往萨哈林岛，完成了带有社会考察目的的萨哈林岛之行（萨哈林岛是沙俄时代的流放地）。

契诃夫于四月离开莫斯科，经过两个多月跨越西伯利亚的行程，于七月到达萨哈林岛。在岛上的考察持续了三个月，他于十月离岛，返程取道海路，于十二月回到莫斯科。

与这次海上航行的见闻和印象有直接关联的小说《古谢夫》于同年十二月发表于《新时报》。这次艰苦而漫长的旅行对契诃夫的身体造成了不小的损耗。

▲ 哥哥尼古拉为契诃夫画的画像

1891 年　*31* 岁

契诃夫与苏沃林一起进行了第一次欧洲之行，在奥地利、意大利和法国游历，走访了维也纳、威尼斯、佛罗伦萨、罗马、那不勒斯和巴黎。此前他从未离开过俄国。

夜晚，若不是习惯了这里，真可以这样死去……泛着轻舟……空气温柔宁静，星光满天……一个贫穷、羞怯的俄罗斯人，在这样一个美丽、富饶而自由的世界，真的太容易意乱神迷。

▲《契诃夫的一生》，人民文学出版社，2009年，[法] 伊莱娜·内米洛夫斯基著，陈剑译，第101页。

1892 年　*32* 岁

一月，契诃夫发表了《跳来跳去的女人》。契诃夫的好友，画家列维坦认为小说内容对他有所影射，因此一度与契诃夫中断来往。

三月，契诃夫携全家从莫斯科迁往美里霍沃庄园居住。这是作家耗尽所有钱财购买的一处房产，他很高兴，因为再也不用交房租了。

十一月，发表中篇小说《第六病室》。这篇小说有明确的社会批判指向，社会反响强烈。

▲《教堂晚钟》，列维坦，1892 年

1893 年　*33* 岁

经过几年的准备，契诃夫完成并发表长篇旅行笔记《萨哈林岛》。

1894 年　*34* 岁

契诃夫进行了第二次欧洲之行。

同年，发表《黑修士》《文学教师》等作品。《黑修士》的创作灵感与契诃夫在美里霍沃庄园生活的休验有关，这一时期契诃夫对某些神秘经验产生了兴趣。

*1895*年　*35*岁

契诃夫第一次前往亚斯纳亚·波良纳，拜望他崇敬的作家列夫·托尔斯泰。

同年，发表《脖子上的安娜》《带阁楼的房子》等。

契诃夫在美里霍沃庄园里创作了戏剧《海鸥》。至今在美里霍沃庄园还可看到一座精致的小木屋，这是契诃夫写作《海鸥》的地方，被称为“海鸥小屋”。

*1896*年　*36*岁

《海鸥》在彼得堡首演失败，这是契诃夫创作生涯中罕见的一次挫折。

◀ 契诃夫和列夫·托尔斯泰

《套中人》，库克雷尼克塞绘 ►

1897年　37岁

三月，在莫斯科时，契诃夫肺结核病发作，大量吐血。病情缓解后，他于秋天出国，这是契诃夫第三次欧洲之行。

1898年　38岁

《海鸥》在莫斯科艺术剧院的首演大获成功。首演时，契诃夫与女演员O.Л.克尼别尔相识，这是他后来的妻子。

同年，发表同一系列的三个短篇小说——《套中人》《醋栗》《关于爱情》，后又发表了《约内奇》等。

秋天，已经无法适应俄国中部冬季气候的契诃夫前往克里米亚半岛的雅尔塔过冬，在雅尔塔得到了父亲去世的消息，这对他是一个沉重的打击，促使他做出了放弃美里霍沃庄园的决定。

他在给朋友的信中写道："父亲去世以后，美里霍沃的好日子也过去了。""我觉得对母亲和妹妹来说，美里霍沃的生活失去了全部魅力，我必须为她们营造一个新的窝。这是一定的。因为我不会再在美里霍沃过冬，而在乡下没有男人是不行的。"

1899 年　*39* 岁

契诃夫与出版商 **А.Ф.** 马尔克斯签订了出版作品集的合同。同年，作品选集第一卷得以出版。

这一年在杂志上发表的小说有：《宝贝儿》《新别墅》《带小狗的女士》等。列夫·托尔斯泰对《宝贝儿》这篇小说非常欣赏，说它写得简洁、精巧，"像一颗珍珠"。

秋天，契诃夫正式惜别美里霍沃庄园，迁往雅尔塔疗养。

▲ 契诃夫在雅尔塔居住的房子

契诃夫与妻子 ▶

1900 年　*40* 岁

契诃夫当选俄罗斯科学院名誉院士。

同年十二月，他再次前往欧洲旅行。

1901 年　*41* 岁

《三姐妹》在莫斯科艺术剧院首演。

同年，契诃夫与 О.Л. 克尼别尔结婚。

◀ 契诃夫与心爱的腊肠犬

1902年 42岁

为声援高尔基，契诃夫发表声明，放弃了俄罗斯科学院荣誉院士的称号。

同年，发表小说《主教》。这篇小说探讨了“死亡”的体验，弥漫着惆怅寂寞的情绪，表现了对人世的留恋。

1903年 43岁

契诃夫发表了他生命中的最后一篇小说《未婚妻》，并完成了最后一部剧作《樱桃园》。他最后的这两个作品中透露出时代剧变即将到来的强烈信号。

▲ 契诃夫的棺椁抵达莫斯科

*1904*年　*44*岁

《樱桃园》在莫斯科艺术剧院首演，演员们在舞台上为契诃夫庆祝了四十四岁生日。

六月，他与妻子启程前往德国疗养地巴登维勒。

七月十五日（俄历七月二日），契诃夫在巴登维勒去世。契诃夫的灵柩运回莫斯科后，于七月二十二日安葬于新圣女公墓。

译者 | 路雪莹

俄罗斯文学博士。

研究课题即为契诃夫小说。曾旅居莫斯科，其间多次造访契诃夫的美里霍沃庄园。

译作

《〈二十四诗品〉研究》(B.M. 阿列克谢耶夫 著)

《迷宫》(柳德米拉·彼得鲁舍夫斯卡娅 著)

《恶老头的锁链》(米·普里什文 著)(合译)

《变色龙:契诃夫经典小说集》
(安东·巴甫洛维奇·契诃夫 著)

《套中人:契诃夫经典小说集》
(安东·巴甫洛维奇·契诃夫 著)

著作

《契诃夫与美里霍沃庄园》

策　　划｜作家榜
出　　品｜

出 品 人｜吴怀尧
总 编 辑｜周公度
产品经理｜张书瑜
美术编辑｜杨净净
封面绘制｜[俄] Katerina Khlebnikova
封面制作｜朱了了
内文插图｜[俄] Katerina Khlebnikova
产品监制｜陈　俊
特约印制｜朱　毓

官方电话｜021-60839180

图书在版编目（CIP）数据

变色龙：契诃夫经典小说集 / （俄罗斯）安东·巴甫洛维奇·契诃夫著；路雪莹译. --杭州：浙江文艺出版社，2021.9（2021.10重印）

（作家榜经典名著）

ISBN 978-7-5339-6587-7

Ⅰ. ①变… Ⅱ. ①安… ②路… Ⅲ. ①短篇小说—小说集—俄罗斯—近代 Ⅳ. ①I512.44

中国版本图书馆CIP数据核字（2021）第142775号

责任编辑：於国娟

作家榜®经典名著

读经典名著，认准作家榜

变色龙

契诃夫经典小说集

［俄］安东·巴甫洛维奇·契诃夫 著　路雪莹 译

全案策划

大星（上海）文化传媒有限公司

出版发行

浙江文艺出版社

杭州市体育场路347号　邮编 310006

浙江省新华书店集团有限公司 经销

上海盛通时代印刷有限公司 印刷

2021年9月第1版　2021年10月第2次印刷

889毫米×1194毫米　32开本　12.5印张　12插页

印数：10001—25000　字数：254千字

书号：ISBN 978-7-5339-6587-7

定价：45.00元